天舞纪

Ⅲ 魅月

步非烟 著

中国华侨出版社
·北京·

题记

传说

每一个世界 最终都会劫灭

重入轮回

在那一天

一只美丽的雪妖

会从雪原深处走出

为绝望的世人

跳起

葬天之舞

（本集回目集自李商隐七律）

目录

楔子

1

上古之时，人与神的后裔共同生活在大地上，平等地分享天地间的一切。阳光，雨露，果实，美景。但渐渐有了仇恨与争斗，最终积累成一场大战。涿鹿之原，黄帝统领的人类战败了蚩尤统领的神裔，并将他们赶出了富饶的中原。

从那之后，人类不再称他们为神，而是称他们为“妖”。

人类凭借着“涿鹿之战”的胜利，占据中原，居于阳光下，建起都城、运河、长城，也在卷册上刻下灿烂的文明。而妖族则居住在黑暗里，孤独修炼，追求永恒的生命与自由。几千年来，相安无事。

直至隋朝末年，天下大乱，无数豪杰乘势而起，企图改朝换代，其中以唐王李世民的势力最为强大，数年征战，几乎将隋朝兵马一网打尽。

隋炀帝眼看江山颠覆，于是不顾群臣的反对，与渴望重新生活在阳光下的妖族们签订了盟约：妖族帮助隋炀帝保住天下，而隋炀帝将江山分一半给妖族。

这支十万妖兵，几乎一夜间击垮了唐王的军队。幸好当时修为最高的三位地仙之首紫极老人果断出手，辅佐李世民，挡住了妖兵的悍然攻势。

然后，紫极老人建立了一座城——长安城。这是李世民的千秋帝业的根基，也是人类盛世的基石。

同时，紫极老人的大弟子君千殇接受师命，要将妖族赶出神州大地，给人类永恒的和平。他约战隋炀帝手下的妖族大将。没有人想到，修为超过千年的妖魔们，竟然没有一个能挡住君千殇的一剑。

君千殇，白发，白袍，背生十二对光翼，全身都隐藏在光芒中，没有人知道他的容貌，亦没有人知道他从哪里来。只知他所到之处，必将遍开鲜花。

他称紫极老人为师父，修为却比紫极老人高了许多。他的剑法只有一招，便是“轮回之剑”，连神魔都无法抵挡。

君千殇的双眼中永怀悲悯，他从不杀死任何人，或者妖。他只将他们封印起来。当他封印到第一百九十七只妖怪的时候，却发出一声悠悠长叹，眉间隐锁寂寞，再不出手。

这一百九十七只妖怪，几乎是隋炀帝十万妖兵力量的一半。而后，紫极老人用道术，李靖用兵法，经过数年苦战，终于将妖兵全部击溃。

长安城也越来越繁华。人类的才智、勤劳、文明、财富，全都集中在这座城里，化为宏伟的建筑、整齐的道路、恢宏的气象、鼎盛的文采。

九天阊阖开宫阙，万国衣冠拜冕旒。任何人，只要沿着灞陵古道进入这座城，都会由衷地赞叹：这里，就是世界的中心。

这不仅仅是一座城池，也是人类伟大文明的象征。

而与此同时，人类与妖族之战仍在进行，长安城外，无尽原野上骸骨支天，血流成河。仇恨，如疯狂滋长的藤蔓，在每一个大唐子民与妖族心底蔓延。唐王朝取得胜利后，迁怒于妖，下令对妖族实施灭绝，不论是否曾为隋炀帝所用，只要是妖，必将诛杀！

短短数十年，妖族便几乎全被人类杀尽。那些法力高深的妖魔首领都已被君千殇封印，剩下的妖魔们虽有超出人类的力量，天性却不喜群居，在人类军队的征讨下，根本无法抵御。

妖族在人类的虐杀与追捕下，迅速减少。

他们的未来，只有绝灭。

如果不是龙皇。

石星御，万魔之皇，天下妖魔最后的庇护者。他出世不久，就令地、水、火、风四大上古神龙倾心追随，亦令天下妖魔甘心奉其为皇。从此，所有人都不再称呼他的名字，而只叫他“龙皇”。

龙皇的力量有多大？

没有人知道。胆敢挑战他的人，都死了。

龙皇在西域石国，建立了一座龙皇城。他将这座城当成礼物，送给他心爱的女人——九公主九灵儿。天下之妖，只要进入此城，便受龙皇的庇护，任何人都不能伤害。

长安城不相信龙皇的狂言，第一次，他们派出了一万名精兵。这一万名精兵再也没有回来。

第二次，他们派出了九百名道士。这九百名道士再也没有回来。

第三次，他们派出了十三位顶尖高手。这十三位高手再也没有回来。

从此，龙皇城耸立在西域，再也无人敢犯。被逼得穷途末路的妖族们喜出望外，纷纷逃进了龙皇城。龙皇传下禁令，城外三十里内，不准人类进入。违令者死。

在龙皇的庇佑下，妖族终于在西域有了一块喘息之地。他们在龙皇城外建立了一个又一个国家，颂扬着龙皇的威德。突厥、回纥、坚昆、喝盘陀、识匿、护密、勃律、乌荼、吐火罗、师子国、拂菻……他们不吝将千年珍藏的珍宝拿出来，只为将龙皇城建造得更壮丽，只为让龙皇更欢喜，让九公主更快乐。

天上地下、古往今来，有没有一座都城比长安更伟大？

有。就是龙皇城。

十一万六千四百七十八只妖魔深信这一点。

他们爱着这座城，亦爱着龙皇、爱着九公主。

2

苏犹怜是一只小小的雪妖。

按照人类的算法，她已经九百岁了，但作为一只雪妖，她还非常年轻。

妖拥有漫长的生命，无论是成长还是衰老，他们都远远缓慢于人类，他们通透的心灵，会保持上千年，不受尘世污染。

雪妖是妖族中最珍异的种族。每个时代，都只会有一只雪妖。她们拥有倾国倾城的容颜和与生俱来的善良。她们与这个时代一同成长，看着这个时代走向繁华、衰落。当这个时代灭亡时，她们会为这个时代跳一曲葬天之舞，一直跳到心碎而死。她们死在北极的冰雪中，当她们的骨灰在冰雪中重新变得晶莹时，一位年幼的雪妖便会诞生，而这时，也将会出现新的时代。

传说，雪妖乃天地精华所钟。她们的眼泪，会化为珍珠。她们的内丹，能令人陡增百年功力。这使雪妖成了每个修道者的猎物。每一代雪妖都只能躲藏在风雪的深处，恐惧而寂寞地看着这个世界由苍凉走向繁华，再由繁华走向毁灭。

漫长的一生，宛如一场寂寞的凌迟。

只是如今，冰封万里的雪原被人类侵占，再不能庇护这只小小的雪妖。

那些觊觎雪妖内丹与美貌的人们，循着踪迹，来到雪原上，一次次欺骗她、伤害她，骗得她遍体鳞伤，骗得她万劫不复。

终于，她逃到了这里。

3

苏犹怜站在青石路口，又回头看了一眼这个小小院落。

这的确是个小小的院落，小到只有一间房子，加上个狭窄的院子。房子是用青石与泥土砌就的，简陋，但却结实，足以抵御西域的风沙。一株高大的胡杨树倚着东墙生长着，树荫在朝阳的映照下落下来，将院落照得斑驳陆离。

这样的院落，龙皇城里有七万三千九百四十二座。这一座，属于雪妖。

这里，就是她的家。

当白水婶婶将雪妖领进龙皇城，带到这个小小的院落里后，这里就成了雪妖的家。

白水婶婶是一只鲤鱼精，在龙皇城中也拥有一个家。她嫁给了胡杨叔叔，生了两个孩子，所以分到的院落比雪妖的大多了。虽然有这么好的家，但白水婶婶仍然喜欢不时去旁边的月牙河小住。就是在河畔，她救起了重伤将死的雪妖。

此后雪妖就住在了这里。

她再也不用担心有人来追杀她。只要她住在龙皇城里，只要龙皇的威严还在，人类就绝不会伤害到她。

这是龙皇给他所有子民的许诺。

是的，这是一座只属于妖族的都城，城中住了十一万六千四百七十八只妖魔，三年了，没有一只妖魔受到伤害。

雪妖很珍惜这个家，因为她知道，这个家的得来是多么不易。

随着唐朝越来越强盛，没有什么能够挡住人类了。高山、大泽、密林，甚至大海，只要人类能想到的地方，他们就一定能到达。他们发明了迅捷的战车，可以日行百里；还发明了坚固的大船，可以航行海上。他们征服了大风、暴雨、洪流、天险，他们无处不在。

更可怕的是，他们渐渐掌握了本来只有妖族才拥有的力量——道术。人类对自然的征服欲及对权力的渴望使他们迅速掌握了这种力量，他们总结了许多规律，并使用法宝来使修行更加容易。他们往往只需几十年的时间，就能拥有妖怪要修炼上百年才有的法力。

于是，自天地开辟之初就与人类共存的妖族，在这个时代被赶得无处容身。

若不是有天下无敌的龙皇，若不是有这座龙皇城。若不是自己偶然听到这个传说，死命逃到了这座城里……

雪妖轻轻打了个寒战，合上门，又看了这个家一眼。

她不想失去这个家，无论如何都不想失去。

这是她生命中唯一的安宁。

但今天，她必须要出门，因为九公主的生辰庆典就在今天。

九公主是天狐一族中最美的女子，也是唯一能留在龙皇身边的女子，龙皇城便是为她修建的。

无论是人类还是妖族都明白，这座地处绝地边塞的城池，之所以有匹敌长安的尊严，是因为龙皇。但龙皇并不住在城中，只要有他的威严就足够了。

唯有今天例外。

每一年九公主生辰的时候，龙皇便会降临城中。

所有的妖类都会在这一天聚集龙皇城，召开盛大的庆典为九公主祝寿。那时，伟大的龙皇将随着落日的最后一缕余晖一起出现。他将携着九公主的手，登上高台，接受万千子民的欢呼。

雪妖来到这座城已三年了。

三年，她见过龙皇三次。都是隔着无数妖族狂欢的身影，隔着千万丈的距离。

皇宫，就像是在天上一般，龙皇更在九天之外。她根本看不清他的面容，但就算如此，她也满足了。她会遥遥跪拜，衷心祝愿龙皇和九公主能永远相爱，永远保佑着妖类生存下去。

她再也不愿意回到雪原，她再也不想活在惶恐之中。在那里，她随时随地都可能成为人类的猎物。她期盼能永远生活在这座只属于妖族的城池中，用自己的一切，去报答龙皇的庇护之恩。

雪妖善舞。她的报答，便是在九公主的生辰庆典上，为龙皇与公主跳一支舞，却不是在龙皇与公主的宫殿中。因为龙皇那苍蓝如天的身影，是她不敢仰望的光芒。她只能躲在遥远的角落里，混杂在欢庆的人群中，悄悄跳起这支来自雪原的舞蹈。

王者的目光是否会落在她身上？她不敢奢望。

只让这支舞，成为庆典上一朵不起眼的烟花，成为你王冠上一粒小小的珍珠。

4

穿过小巷，苏犹怜敲开了白水婶婶的院门。白水婶婶正在梳妆，她笑吟吟地对着镜子，将一串茉莉花插到自己的头上，左瞧瞧，右瞧瞧，不让妆容留下半点的遗憾。雪妖在一旁默默等待着，脸上带着甜美的微笑——她从白水婶婶眼中，看到了和自己一样的欢喜。

终于，白水婶婶站起来，挽着她的手说："我们走吧。每次只有庆典的时候，城中才会允许人类的商人进来。我们去好好挑块漂亮的丝绸，给你裁件舞衣。"

两人手挽着手，向外走去。穿过长长的巷子，龙皇城中已经张灯结彩，一片喜庆。所有的妖类全都走出了家门，呼喊着龙皇的名号，祝颂他和九公主万寿无疆，永远保佑着妖族。

如果没有龙皇那柄天下无敌的剑，他们早就在人类的围剿中死去了。

他们的祝颂，是那么真诚。

雪妖走在欢呼的妖群中，莹洁的脸上不由飞起淡淡的红晕。

她难以控制心中的激动。她又将见到那个湛蓝如苍穹的人影，尽管她仍然不会看清。

却已足够。

一队队骑兵从城外涌入。那都是沐浴在龙皇的荣光之下的妖族，他们在西域各地建立了不同的国家，但都接受了龙皇的庇佑。每年这时，他们都会进入龙皇城，向伟大的龙皇表达他们的感激。

八骏国的骑手们驾驭着银色的飞马从天而降，高大神骏的飞马张开一丈余长的羽翼，在湛蓝的天幕下轻轻舒展，激起七道彩虹般的光辉。

剽悍的突厥骑兵，身着闪亮的铁铠，甲明兵亮、气宇轩昂，令妖族情不自禁地爆发出一阵欢呼。

精干的回纥骑兵将全身都裹在白袍子里，他们骑在高大的明驼之上，不时将锋利的弯刀从腰间抽出，舞出一团银光。

身材矮小但神情凶猛的喝盘陀骑兵，他们骑的马也同样矮小，但马跟人的脾气都暴烈无比，别的骑兵只要一靠近，就会引起一阵撕咬。引得围观者一阵哈哈大笑。

最吸引人眼球的却是护密的骑兵，因为这是清一色的女骑兵。窈窕的身材加上冷艳的面容，令人不由自主地注目，却又不敢多看。她们身上的伤疤累累提醒别人，绝不能对她们有丝毫的轻视与亵渎。

勃律，乌荼，吐火罗，师子国。一队队骑兵各有各的剽悍，却都整齐而肃穆，怀着对龙皇的忠诚。

妖族的热情又被点燃了起来，他们高呼着，看着这一队队骑兵威武地走进城门。习惯了孤独的妖族，从未这么团结，从未这样聚集在一起，为同一件事由衷地感到欢喜。

而后，是一大队载着各式各样的货物的人类商队。虽然是人类，但龙皇城的居民们并没有表现出厌恶，反而立即围拥了上来。因为这些商队带来了他们需要的东西。

精美的、编织了各式各样花纹的丝绸。

绘着精致图画的瓷器。

茶叶，佛经，木器，乐器……

人类高度发达的，并不仅仅是道术，更表现在远超其他种族的文明上。这些文明，被镂刻在瓷器上，编绘在丝绸上，书写在画卷中，印制在图册上，它们征服了每一个见到的生灵。妖族虽然极为痛恨人类，但对于这些东西的喜爱，让他们容忍人类商人踏入神圣的龙皇城。

妖族们涌上前来，迫不及待地抓起货物，七嘴八舌地发出惊叹。一年过去了，丝绸更加精美，瓷器更加精致，那些传唱的诗篇，更加令人心醉神迷。他们拿出一年的收获来，交换着这些心爱的东西。

人类与妖族，这两个不共戴天的死敌，在文明的魅力下，暂时和平相处。

白水婶婶也兴奋地选着最美丽的丝绸，不断地在身上比画着。妖族特有的美丽在丝绸的映衬下，连人类的商人们都看呆了。

雪妖却对这些并不感兴趣。她本能地对人类感到恐惧，就算满脸微笑的商人，她也不愿接近。尽管他们手中捧着令她迷醉的货物，但她仍不能压制心底的恐惧。她只想离他们越来越远，能够躲在妖族之中看到龙皇的出现。

然后她就会赶紧回到家，紧紧关上房门，直到所有的人类全都离开龙皇城。

她合上双手，静静地祈祷龙皇能早一点出现。

雪妖退到了城门口的位置。门几乎已关上，商人们忙着收钱、买卖，这里反而是人类最少的地方。雪妖扶着城门，人类的吆喝声让她感到心烦意乱。

她只想这一切赶快结束。

一个淡淡的声音从她身后传来，仿佛微风拂过大地："你能不能告诉我，龙皇在哪里？"

雪妖回头，只见一个人正静静地看着她。人影高挑、纤细，却裹在厚厚的斗篷里，看不清面目，沙漠里的暴风将沙土扑满了他全身，斗篷几乎看不出原来的底色。

雪妖正在疑惑，只听身后的龙皇城中，一串激越的鼓声响起，万点烟花瞬间点亮了夜空。

万民一齐欢呼，那是龙皇将要出现的征兆。

旅人抬起头，凝望着被烟火和妖族的狂热点燃的苍穹，久久不言。

雪妖疑惑地看着他。他身上，没有人类的气息，这让她的心稍稍安定了一些。她不禁想，这个人远道而来，也是来瞻仰龙皇的威仪吧？

雪妖忍不住伸出手指，向祭台指去。

万众期盼中，一道湛蓝色的光芒正在降临。

那是令万千妖族膜拜的威仪，也是令雪妖啜泣的庄严。

旅人向雪妖点了点头，迈步向祭台走去。

厚厚的斗篷从他肩头脱落，其间夹杂的风沙散开，却在触及地面的一瞬间，化为鲜花。

一朵朵盛开在大地之上。

夜风飞扬，一缕雪白的发逆舞而起，闪耀在雪妖的眼前。她从未见过如此的净洁。这不像是发缕，而像是星光。

光芒不住地自他体内溢出，洒满整个街道。那个人像是背负着光源一般，照耀着伟大的龙皇城。

破碎的斗篷化成十二双飞舞的光翼，托着他的身体冉冉升起。

就像是神。

雪妖惊讶地看着这神奇的变化，不明白究竟发生了什么事。

狂欢着的人们突然安静下来，呆呆地看着这忽然发射出光芒的神明。

整个龙皇城陷入了死寂。

繁华，倏然变成冰冷。就像是原来身处的雪原上一样。

雪妖恐惧地战栗起来，她发现，所有的妖族都跟她一样，在突然袭来的恐惧中瑟瑟发抖。

因为他们似乎有了绝望的预感——他们的龙皇城，妖魔最后的庇护之所、那足以匹敌长安的伟大都城，即将在这一天，分崩离析。

——龙皇，我带着你的轮回，来了。

5

巨大的闪电划破了夜空。

烟花、鼓乐、舞蹈、欢笑顿时被撕扯得支离破碎，如败絮般被抛弃在夜空中。剑光、法宝、符咒、篆隶瞬间涌现，布满了湛蓝的天幕，光影交替明灭，黑压压的阵云潮水般涌来，要将一切碾压粉碎。

广场上狂欢的妖魔发出阵阵惊呼，四散奔逃开去。熊熊烈焰夹着陨石从崩裂的苍穹坠落，将妖族们精心装点的广场、祭台、鲜花化为一片火海。妖族们身上的瓔珞、彩带被火焰引燃，迅速蔓延，妖族们在惨叫声中仓皇逃窜，宛如夜空中飞散开一团团绝望的萤火。

一轮巨大的光球冉冉升起，悬停在满目疮痍的龙皇城上空。

那是平生未见的光芒，它降临的瞬间，所有妖族们都感到了死亡的恐惧。没有人敢直视它哪怕短短一瞬，它仿佛是上古的烈日，带着无上的威严，灼瞎每个冒犯者的双眼。只有极少数修为较高的妖魔，才能打开天眼通的妙法，隐约看到光幕中似乎有赤色的五芒之形，在不断变幻。

除此之外，仍是一团模糊。

大地瑟瑟战栗，苍穹烈火崩摧，唯有这团光轮，一动不动地悬停在龙皇城上。仿佛有另一个宇宙，被隔绝在了这团光轮之中。

但几乎所有妖魔都意识到，那团夺目的光芒深处，正进行着一场亘古未有的决战。

决定妖族与人类生死的决战。

那是他们的龙皇，对决君千殇。

君千殇，这个有着十二对羽翼的男子，没有人知道他从何处来，只知道他是世间光明的源头，一切黑暗的终结。

他庇护着人类，庇护着长安，庇护着整个大唐盛世。

正如龙皇庇护着群妖。

他们之间，必有一战。

宛如宿命。

光轮，在龙皇城上方停驻了三个时辰，将黑夜照为白昼，直到第二天曙光降临。

每一分每一秒，对于躲藏在残垣断壁下的妖族们，都宛如一个世纪般漫长。

石星御、君千殇，无论是谁，都是天才，他们修为之高，别的人都无法想象。

虽然无法看见，但十一万六千四百七十八只妖魔都胆战心惊地等待着这一场对决的结果。

那亦是他们的生死之战。

如果龙皇赢了，他们就再也不必担心人类的欺凌；如果龙皇输了，他们最后的庇所也将崩坏。

在黎明到来的一瞬，天地之间幻出万道光芒，那团一直静静悬空的光轮突然剧烈一震，跃起数丈，和正在喷薄而出的朝阳撞在了一起。

天穹破碎，光轮寸寸崩坏。大地仿佛在这一瞬间，永远沦入寂静。

那一刻，所有的妖族们都感到了心底深处的恐惧——他们知道，自己的黎明，将永不会降临。

烈日崩塌。

毁天灭地的力量从地心深处透出，瞬息撕裂了大地，龙皇城七万三千九百四十二座院落，瞬间化为瓦砾。

是日，龙皇城破。

万里胡笳声幽咽。

是日，长安城中，万民哄传这条惊人的喜讯：

龙皇石星御败于君千殇剑下。

6

雪妖躲在瓦砾下轻轻颤抖，西域的风虽然闷热无比，但她却感到如在雪原般寒冷。

龙皇城破了，妖族们失去了龙皇的庇佑，纷纷逃走。雪妖却没有地方可去。天下之大，却无她容身之地。她只能瑟缩在那个小小院落的残垣中，希冀着已经崩坏的龙皇城，还能再保护她。

她永远无法原谅自己。

如果不是自己指向龙皇，也许君千殇就不知道谁是龙皇，也许龙皇就不会被封印、龙皇城就不会陷落！

是她，是她害了满城妖族！

是她，令无比繁盛的西域妖国沉没。

她该怎样，才能赎掉自己的罪愆？

雪妖禁不住泪流满面。

突然，街道上传来一阵嘈杂的声音。雪妖咬紧嘴唇，止住了哭泣。她知道，沦陷的龙皇城中，只有人类才会这么嚣张地走动。她不敢发出丝毫声息，生怕惊动了这些屠夫。

突然，一个声音大声道：“哈！这里还有一只！”

雪妖骤然回头，就见一名道士站在废墟之外，手里拿着一只葫芦，正向她狞笑。雪妖本能地想逃跑，但道士手中的葫芦放出一道精光，将她罩住。雪妖拼命挣扎，道士用力一拍葫芦，精光就像刀子一样割在雪妖身上，雪妖忍不住惨叫起来。道士仿佛很喜欢听雪妖惨叫，不住地拍着葫芦。

另一个黄衣道士走了进来，一巴掌拍在道士头上，怒喝：“你在做什么？”

雪妖心中刚升起一丝感激之情，黄衣道士下一句话就让她从心底感到一阵冰冷。

“打坏了，就卖不上价钱了。”

黄衣道士从怀中掏出一张符咒，一把撕开雪妖的衣服，将符咒贴在她的脊背上。雪妖感到一阵火辣辣的疼痛，符咒仿佛化成了一团火焰，狠狠扎进了她的身体里。刺痛让她忍不住缩成一团，昏了过去。等她再度醒过来的时候，她发觉自己已经失去了所有的法力。

她被套上绳索，牵着走出了家门。

她最后回头看了一眼曾带给自己安宁与幸福的小小院落。她即将永远离开，再也无法回来了。

仅仅两天，龙皇城已满目疮痍。战火在四处燃烧，高大洁白的祭台变成了废墟。道士用力一拉，雪妖被拽得摔倒在地。她看到白水婶婶也被拴着，跟着另一队道士出了城门。

她流下了眼泪。

她的邻居们几乎全都沦为人类的俘虏。这个安宁的家园，在龙皇被封印的第二日，就彻底沦陷了。

道士们牵着她，走出了龙皇城，走出了石国，走出了西域。走入了中原，走入了大唐，走入了长安。

雪妖知道，长安是世界上最繁华的都城。自从龙皇城陷落后，这里便真正成为世界的中心，唯一的中心。

据说每一个来到长安城的人，都会忍不住惊叹它的繁华。但雪妖却没有真正看清长安城，一眼都没有。她是在深夜被道士押进城门的。她进去的时候，道士们并没有跟着她一起进入，而是拿着一袋黄金，心满意足地走了。

从此，雪妖姓秦，有个人类的名字，叫作秦可儿。

她，成了秦府豢养的乐姬。

秦府的二少爷第一次见到她的时候，竟忍不住从马上掉了下来，摔得鼻青脸肿。雪妖有着人类女子不能比拟的美丽，玲珑剔透，像是梅花蕊上的一杯雪。但雪妖不属于二少爷，因为秦府还有位大少爷。

大少爷拥有一切，家产、功名、尊荣、权力，也拥有雪妖。二少爷只能远远地看一眼雪妖，连碰都不能碰。

当雪妖为大少爷跳起胡旋舞的时候，洁白纤细的双足在厚厚的波斯地毯上隐没，二少爷的双目中总是充满了复杂的神色。

家产、功名、尊荣、权力，他一样都没有。他至少应该拥有雪妖。

但雪妖，秦可儿，却是大少爷最宠幸的乐姬。

雪妖唯一的缺点，就是不会说话。自从道士将符咒贴在她背上之后，她就再也不会说话了，也不能施展任何一点法力。她成了一个普通至极的少女。

除了惊人的美丽。

这美丽令二少爷疯狂。他无时无刻不想将雪妖紧紧拥在怀里，但他不能，因为雪妖是大少爷最心爱的乐姬。

但大少爷身体很弱，弱到只能欣赏雪妖跳的胡旋舞，而不能欣赏雪妖。

终于有一天，大少爷在吃了雪妖亲手递上来的药之后，疯狂咳血而亡。秦府震惊，因为大少爷自小聪慧异常，乃是秦府中兴的希望。大少爷死了，代表着秦府所有的希望都毁掉了。

老夫人震怒，传令务必找出雪妖背后的凶手，究竟是谁指使雪妖谋杀大少爷的。不管查出来还是查不出来，雪妖都必须死，必须为大少爷殉葬。

因为大少爷活着的时候，曾经拉着雪妖的手，说，能见卿舞，死而无憾。

二少爷陷入了绝望。这代表着，他无法将雪妖收为姬妾。他甚至不敢再公开对雪妖的欲望。

为什么，为什么他不能占有雪妖？

愤怒几乎使他疯狂，他向老夫人请缨，亲自审问雪妖。

他亲自执着皮鞭，在众人面前拷打她，打得她遍体鳞伤，然后喘息着拧着她的下巴，问她，他可不可以对她再残暴一点点。

他会将她绑在车上，让她穿上囚服，游街示众。悲愤地陈述这个贱女人是如何让他失去了亲爱的哥哥，让街坊的唾弃使她满身沾满污秽。

他得不到她，所以，只能残暴地对待她。

雪妖对这一切默然承受。

她不能说话，因此，她无法招供出究竟是谁指使的。她对这一切并无怨言。

因为这是她欠了一个人的。

是她欠那个站在高高的祭台上，接受万民欢呼的龙皇的。

虽然她也知道，那场对决不可避免，但她还是固执地相信，若没有她的指引，也许君千殇无法找到他，也许龙皇城就不会陷落。

是的，都是她的错，该让她遭受这样的折磨。

如果她能够说话，她一定会跪下来，请求二少爷再对她残虐一点。

没有了龙皇，妖，只能这样卑微地生活。

终于，到了大少爷出殡的日子。按照老夫人的安排，雪妖要被埋进坟墓里，永远陪着大少爷。

前一夜，人们为她穿上了胡旋舞的舞衣，雪妖美丽得就像是雪地里的一株寒梅。

在打开牢门的那一刻，二少爷震惊地看着她，手中的绳索锵然落地。他终于忍受不了她美貌的折磨，带着她逃出了秦府，和她一起逃入了冰冷的荒原。

他握着她的手，一遍遍说着誓言：他不想要荣华富贵、锦衣玉食，他只想要她。要雪妖就足够了。

而雪妖却依旧那么冷，看也不看二少爷一眼。她心中只有那座黄沙胡笳中的城池，只有那高台上湛蓝如苍天的影子。

都是她的错，她默默忍受着一切。不管二少爷如何祈求她、威胁她、折磨她。

不过三天，二少爷就失去了耐性。他无比怀念秦府的荣华富贵。曾经他以为他只要拥有雪妖就够了，但现在，他宁愿将雪妖献出，以求换回原来的荣华富贵。

他忘记了对她所说过的甜言蜜语，海誓山盟。

只不过是一句空话。他是说给自己听的。

于是，他押着雪妖回到了长安城，痛哭流涕地跪在老夫人面前，说秦可儿是一只妖精，用妖术迷惑了他，才让他做出如此疯狂的事。

第二天夜晚，他召集了所有人。在众人的惊讶声中，几个强壮的家丁捉着雪妖，将她架到了高台上。

他要亲手证明，秦可儿是妖，迷惑众生的妖。

十丈高台，让雪妖感觉那么熟悉，就像是站在龙皇城的宫墙上。

台下，却不是欢呼的妖群，而会是火，是浇了油、将要燃烧的火。

雪妖的血流下，在她身下化成一道符咒。二少爷慷慨陈词，因为他知道，雪妖即将显形。她会成为一只妖，那么愤怒而恐惧的人们就会烧死她。当她灰飞烟灭后，他才会忘记她，彻底忘记。

烈火中，雪妖慢慢显形。

人群惊讶，愤怒。她是妖！她是妖！烧死她！烧死她！

雪妖的泪滴下。

站在高高的刑台上，她却恍惚是站在高高的祭台上。

那巍峨、洁白的祭台，仿佛她与龙皇一起站在上面，接受万民敬拜。

这是多么不公平啊！

为什么，为什么要杀死他？

为什么要毁掉一个跟长安一样恢宏的城池？

为什么要屠灭一个跟人类一样古老的种族?

她在苍白的火中化成一只雪妖，流下了冰冷的眼泪。

她欠他的，她活该灰飞烟灭，还了他的债。

二少爷狂笑着。

他终于如愿了，只有这样，他才能永远忘了她。他一直在折磨她，只因他并不知道，她的美丽，是对他最痛苦的折磨。

雪妖看着他，她忽然无比可怜他。他虽然也是人类，却只有卑微，并不强大。

她环顾着高台下，看着那群被残忍、兴奋而扭曲了面容的人们，心中突然充满了深深的悲伤。真的是同样一群人吗?是建立了如此伟大的城池，谱写了灿烂的诗章，织出了如云的锦绣，创生出大唐盛世无尽繁华的人吗?

鲜血，从她的眼泪中迸落。

她莹洁如雪的身体上，现出道道裂纹，火光中欢呼的人们停了下来，因为他们惊讶地看到，这垂死雪妖眼中的仇恨是那么深。

嘭，鲜血散开，将她背上的符咒湮灭。她的身体在血光中冲天而起，挣脱了绳索。她用血咒换来了仅存的力量，冲出了重围。

她不能死在这里，不能死在长安城。

要死，也只能死在一个地方。

但她已无力回到那里，回到那座只有废墟的城池，那黄沙掩埋下的小小的院落。

她倒在长安城外的原野上，失声恸哭。四周，是比死亡还要痛苦的绝望。

她怎能原谅自己?

一声悠悠的叹息在她耳边响起。她抬头，凄迷月色之中，站着一位矮小的老头。她不认识，那是妖族中的地仙，雪隐上人。

雪隐上人伸出手。

“想复仇吗?”

她眼前闪过人类被火光扭曲的面容，想起那如苍穹一般湛蓝的身影。
她含泪点头。
“来，做我的弟子。从此，只记得仇恨。”
老头的手按在她的额头。雪一般的光芒流转全身，她忽然忘了一切。
忘了曾有过的安定，忘了龙皇城的雄伟。
忘记了胡杨叔叔、白水婶婶，忘记了曾经小小的家。
只记得荒凉的雪原，人类所蹂躏的一切。
只记得自己是一只雪妖。
只记得吾名。
苏犹怜。

7

只是，心中那淡淡的伤，浅浅的痛，究竟是什么？
究竟是欠谁的？

第一章　阊阖门多梦自迷

血，寂静地流淌。

大地，早已染成一片猩红，山岳、城池，被凌厉的力量斩得支离破碎。就连天上的星光也是如此凌乱，已无法承受一抹仰望的哀伤。

远处，恢宏的蓝色之城被劫火笼罩，那曾是属于妖魔的国度，属于他的国度。

于今，他跪倒在地，苍蓝色的血几乎已流干。他与生俱来的力量，比神明还要强大，比龙还要威严，如今几乎全被打散。他苦苦支撑着，只能维护最后的尊严。

透过炙热的光轮，他仿佛能看到无数人、无数妖的尸骸堆积在他脚下的大地上，形成一座猩红的山。

他，就仿佛跪在妖与人的史册上，跪在数万次杀戮的血泊中。

他已无法抬头，面对犹在半空中炽烈的人影。人影身后的十二对羽翼，仍然那么洁白，似乎方才剧烈的战斗，仍不能损害他丝毫光芒。

那个人，真的是神吗？

他苦笑。

他败了，号称天下无敌的龙皇，败了。

败在君千殇轮回之剑下。

龙血淋漓，魔威黯淡。

他的傲岸与威严，尽被那一剑斩尽。

君千殇苍白的发折射着天地间唯一的星光，悠长叹息："我必须将你封印，因为你是魔。”

剑芒隐然而发，便是那旷绝天下的轮回之剑。

而他，却已不再有抵抗的力量。

突然，一个纤细的人影从他背后蹿出，张开孱弱的双臂，挡在他身前。

“不！不要杀他！”

血泪纷纷而下，她散乱的长发遮住了脸上的悲怆，但她的声音就如杜鹃啼血，那么凄楚，让人不忍听闻：“他不是魔啊！”

君千殇默默看着她。他是一切妖魔的天敌，他不必出手，身周旋绕的光芒已然刺穿那女子的身躯。但她依旧努力地站直身体，挡在她的皇面前，挡在无敌的轮回之剑面前。她奋力挥出手臂，指着那座残破的城：“能为这么多生灵建造一座庇护之城的人，怎么会是魔？怎么会是魔！”

她苦苦哀求着，血化成泪，被风吹起，洒在他脸上。

一滴滴就像是冰冷的刀，痛进心里。

——你该走了。

不，我怕。

——怕什么？

怕你此去后再不回来。

——那好，我会送你一座城池，从此你再不用害怕。

真的吗？

——真的。

那我会在城中等你回来。永远。

那时，她妩媚的笑，眼波如春水，注视着他。

那是他唯一为她做过的许诺。竟不能遵守，终至陨落。

天地崩摧，十二对羽翼射出的光芒在女子肌肤上灼烧出道道裂纹。但她绝不肯退缩半寸，执着地张开双臂，尽自己最大的力量，为石星御撑开一寸天空。

为这个傲岸的王者，为这个她最心爱的男子。

石星御用力推开她。

他如冰玉雕成的面容上有一丝愤怒。

诸天神佛在看着他，他的子民在等待着他。他就算败了，也要败得像一位王者，岂能靠女人的庇护?

他用力将这女子推开，魔威浩荡而出，凛凛面对着九天上的神。

鲜血，不住地自他唇边沁出。

他不顾。

他要战。

为他的子民，为他的尊严，为……

也为了身边这个女人。

剑，已没有力气再握在他手中，五行定元阵的光芒在君千殇身边聚结，铺天盖地般向石星御压下。

石星御张开双臂，带起满空龙影，向上迎去。

“不……”女子凄厉的嘶啸声在他背后响起。

石星御嘴角浮起一抹微笑。

他是魔，就算毁灭，也必将带着魔王的尊严。

女子孱弱的身躯，倏然越过他，挡在他和五行定元阵中间。耀眼的光芒爆散，她就像一枚落叶般，倏然被撕裂，鲜血猛然洒落，宛如最寂寞的烟花。

石星御最后的一丝力量倏然消散。

他无法相信地看着漫天飞舞的烟尘，仿佛梦中的劫灰，静静旋绕着他。

为他灰飞烟灭。

他跪倒在地，紧紧抱住她残破的身体，一滴泪水从他湛蓝的眸子中缓缓流下。

他，为她做过什么？一生一世，他不知道该如何爱她，每次都那么粗暴，每次都让她哭泣。

如果有来生，他一定要好好爱她。不让她担心，不再像个魔一样让她痛苦。

他定定地跪着，任由五行定元阵的光芒将他罩住，将他化为尘埃。

他的手中，却紧紧握着她的血。满掌冰凉。

三生三世，他要与她一起，不离不弃。

在消散前的一瞬间，他忍不住轻轻念出她的名字："苏犹怜……"

苏犹怜发出一声尖叫，霍然惊醒。

重衣尽湿，她的身子就像是从湖水里捞出来的一般。低沉的夜色紧紧包着她，像是贪婪的妖魔。她的尖叫声依旧回响着，心中充满了惊惶与痛苦。

临死诀别的绝望感是那么真实，几乎让她疯狂。良久，她方才控制住情绪，回想起这只是个梦。

但这个梦太过真实，真实到就算已经醒来，她仍然很清楚地记得每一个细节。

龙皇的面容，在梦中竟是那么清晰。他抱住她的温度，似乎现在仍然在手臂间蔓延着，她仍无法从极度的震惊与绝望中清醒。

直到曙光穿透窗棂，她才真正冷静下来。

是的，那是梦。

龙皇临死前紧紧拥抱的，绝不应该是她，而应是妖族的公主，九灵儿。

那是妖族最后的传说，但传说已经过去一百年了。

一百年，妖族几乎已从大地上完全消失。昔日的龙皇城早就不在了，石国也成为一片废墟。妖族失去了龙皇城的庇护，完全无法反抗人类的杀戮，只能躲在黑暗之处，越藏越深。

而同时，长安城却更加辉煌，唐王朝成为有史以来最强大的帝国。紫极老人隐居于终南山，开创了一座书院——摩云书院，继续为大唐盛世培养着人才。他的雄心已经消磨，但摩云书院的弟子却一个比一个出色，摩云书院几乎成了大唐的象征。

苏犹怜自得到雪隐上人的庇护后，回到了雪原上，却再无人敢为难她。承平日久，雪隐也不再跟紫极老人敌对，反而越来越多地交流起来。一年前，他将苏犹怜送到摩云书院就读，学习人类的道术和学问。

在雪隐法术的封锁下，苏犹怜已不记得自己曾在龙皇城中的一切，不记得自己曾仰望过那湛蓝的影子，但她仍知道龙皇和九公主，也知道石星御与君千殇这场惊天一战。

百年来，人类津津乐道这场胜利，文人墨客们甚至编撰出了数十个版本在长安城的坊间传唱、演出。幸存的妖族们则在黑暗中低声啜泣，诉说着刻骨的屈辱与悲痛。

却没有人知道真相到底如何。因为传说决战当日，一轮光芒自天而降，隔绝了所有人的目光。

然而，这百年前无人得见的一幕，又为何会出现在她的梦中？

难道仅仅因为，就在数月前，石星御已突破了百年封印，重新出世了吗？

想到这里，苏犹怜不由得打了一个寒战。她还清晰地记得当石星御重新出世的那一刻，终南山顶的天空尽皆化为湛蓝，蓝得那么纯粹、那么妖异，宛如一块琉璃，绝无半点风色。

那一刻，所有的人都感到了恐惧。没有人知道，这位被封印百年，又痛失挚爱的魔王，将怎样宣泄他的仇恨，又将给天下开启怎样的浩劫。

也许，人类延续百年的大唐盛世，即将因此终结。

但或许，这对于妖族而言是一件好事。

苏犹怜并没有感到喜悦。也许是由于失去了一部分记忆，也许是一百年的时光太漫长，如今的她，已不再是那个只会彷徨、任人欺凌的小雪妖，也不再觉得人与妖族的分界那么重要。因为在摩云书院里她经历了很多事，也认识了很多人。

那是与以前她遇到的完全不同的人类。他们的行止是那么有趣，他们的笑容是那么温暖。

而其中最重要的一个，就是李玄。

摩云书院本届大师兄李玄，这个吊儿郎当像个小无赖的家伙。想到他，苏犹怜嘴角便禁不住挂了一丝微笑，噩梦的惊惧慢慢消散。

若不是因为李玄，石星御也不会再度出世了。

雪隐上人派她进入书院的一大目的，就是让她阻止李玄释放出龙皇。但她没有做到，或者不忍心做到。于是，李玄最终无意中一步步打破封印，将石星御放出，才造成了这样一场灾劫。

但不知道为什么，她并不觉得后悔。

只是，心底有淡淡的迷茫。

她不能明白，为什么石星御呼喊的，不是九灵儿，而是她的名字。

仅仅是因为，这是一场梦吗？一场她做的梦？

但，她为什么要做这样的梦？

为什么不能有一个梦，一个没有君千殇、没有石星御的梦，只有她与李玄，只有他们两人，为什么不能有这样的梦？

她的心轻轻抽搐起来，痛得宛如破碎。

突然，一个声音轻轻道："我为你编织的梦境，你喜欢吗？"

那声音就像是早晨花瓣上的第一滴露水，悠悠地在苏犹怜耳边颤响，如缭乱一抹轻弦。

苏犹怜猝然抬头。

漆黑的双翼，张开在天边，簇拥着一束纤细的影子。几乎没有光能映亮他，他就仿佛是谁留下的阴影，永远抹拭不去，永远印在天涯尽头。

随着苏犹怜的目光望过来，两只巨大的黑翼缓缓飘舞了起来。纤细的羽毛极长，没有骨，没有肉，飞扬而起，像是他体内生出的阴霾，在空际留下一蓬散乱的血影。

然而他的脸却极为妖艳，衬在漆黑的双翼下，像是污血中绽出的一朵花。

他的双手轻轻举起，手中捧着一个人头，向苏犹怜递去。

“送给你。”

他的漆黑与美丽混合成一种奇异的妖毒，散发着致命的吸引力，竟让苏犹怜无法抗拒，只能痴痴地望着他，任由他将那只头颅放到自己手中。

秀发披散在头颅上，掩映成一抹静默的睡意，竟让苏犹怜恍惚中起了一丝错觉，这颗头颅竟是那么完美，身体倒是多余的了。

她情不自禁地将头颅捧起，想要细细地欣赏。

她的动作惊动了沉睡中的头颅，它嘤咛一声，缓缓醒了过来。海棠春睡乍醒，它脸上挂着浅浅的笑意。

苏犹怜忽然觉得不对。

这颗头颅不是别人，赫然竟是她自己！

它长得跟她一模一样！

苏犹怜惊恐地看着它，它也惊恐地看着苏犹怜。

它的脸上有着同样的震惊，它的笑容在这一刻忽然破碎。破碎成无数七彩的碎片，消散在空中。

不知怎的，苏犹怜感到一阵锥心刺骨的悲痛，她忍不住尖叫了起来。

那死去的，就像是她自己。

她霍然醒来。

尖叫声仍萦绕在耳边，苏犹怜惶恐地抱紧自己，良久，方才意识到，这仍然是个梦。

而这一次，她真正地醒来了。

她跳下床来，赤脚站在地上，阴冷的湿气钻进脚掌，让她不由得颤抖着。早秋的清晨，已经很凉了，却令她感到了一丝安心。

她不记得，完全不记得自己做过什么梦，连一丝印象都没有。

但她的心中充满了恐惧，站在摩云书院的宿舍里，这天下最安全的地方，她仍不由得感到一阵阵寒冷，忍不住轻轻颤抖起来。

仿佛一只看不见的手，正轻轻探过来，攥紧她的心房。只要它愿意，它随时可以将她的心捏得粉碎。

她无法逃，无法躲，无从避免。

她抬头，曙光就像是一块破碎的琉璃。

这是一个妖梦之夜。

只是，她不知道，所有人的妖梦，都在这一刻开启。

第二章　帐卧新春白袷衣

李玄摇着头，叹着气，从石头上爬了起来。

今天的阳光很好，风很轻，夏天刚刚过去，天气不凉也不热，很适合睡上一个小小的午觉。但李玄却睡不着。

因为他睡得实在太多了。

龙皇再度出世之后，摩云书院元气大伤。九极定乾旌被石星御拔走，镇压了百年的妖魔统统被释放。常傅们、学生们伤的伤、惊的惊，无法再正常上课，而且龙皇什么时候再来闹也无人知晓，因此，祭酒紫极老人决定将摩云书院暂时关闭，书院放暑假啦！

学生们高高兴兴地回家团聚去了，书院关门整顿，天天叮叮当当地敲打着，修理几场大战中损坏的建筑。只有李玄没处可去，只好闷在学院里。

不用上课，没人理的日子过得实在是逍遥，天天吃饱云泥，给瑶儿讲讲故事，梳梳咕噜的毛，然后就寻一处山明水秀的地方，躺下来睡大觉。

这种日子实在是太舒服了，可惜连睡了一个半月之后，李玄实在睡够了。躺在石头上，他连数一万三千九百六十头绵羊，还是睡不着。

好在，暑假终于结束了，同学们纷纷从家中回来了，李玄终于不必再一个人守着空空荡荡的摩云书院了。

李玄叹着气，还是不肯离开这块睡不着觉的大石。

书院刚修整完，还是那么讨厌，李玄不想走进去。

阔别了一个多月的同学们，肯定会很高兴地打着招呼，拿出各自的土特产来分着吃，一面说着家里发生的事情。说不定还会跟家人依依不舍，脸上会露出悲伤的表情来。

这一切，李玄都没有。

他的童年是空白的，少年不想回忆。

家，是多么遥远而陌生的名词。

他有时候也会想，自己的父母是什么样的人？他们为什么从小扔下他，任由他自生自灭？

有一天，他会见到他们吗？

他会怎样做？他们会怎样做？

李玄苦笑。他一定是睡傻了，居然想这么无稽的事。若真有那么一天，那就骗光他们的钱，然后再跑掉吧！

他自己一个人挺好的，不需要父母。

忽然，摩云书院中传来一阵喧哗之声，李玄情不自禁地抬起头，脸上露出了一丝好奇。

似乎有什么有趣的事情发生了。

有趣的事情，怎能少了李玄呢？

他忍不住起身，向书院走去。倒要看看这帮家伙，有没有给他这位大师兄带礼物？要是没带，就一个人打十大板！

李玄得意地想着，叼着狗尾巴草，倒背着手，向书院走去。他忘了，他这个大师兄，乃是摩云书院历史上最名不副实的大师兄，想抓他起来打板子的师弟师妹们倒是很多。

重新修葺过的太辰院看起来肃穆、整洁，宽大的院子中是一片巨大的广场，除了正中的太皓天元鼎之外，空无一物。一丈见方的青石板铺满了院中，不加丝毫雕饰。这里是师生们集会、训话之处，亦是摩云书院最宁静之处。

李玄走进太辰院时，却大吃了一惊，他几乎以为自己走错了地方，因为他听到了一阵奇怪的声音。

叫卖声。

“真正的蜀锦哦……蜀中妙手封三娘的呕血之作，有钱没处买，天下只此一家哦……”

“清明雨前茶咪……好喝好看好玩的雨前茶……走过路过不要错过咪……”

“太白诗仙的真迹、草圣张旭的醉后帖、谢灵运穿过的木屐……件件价值连城、般般独一无二，赶快看赶快买啊……”

这……这究竟是什么地方？这是大唐朝第一书院、最神圣庄严的摩云书院吗？这难道不是骗子横行的赝品集市？

一团花花绿绿的东西突然凑了上来，李玄本能地大喝一声，一拳揍在那团东西的头顶上。那团东西“啊”的一声惨叫，栽倒在地上，叫道：“老大，是我啊！”

只见花花绿绿的锦袍中，裹着一张奇丑无比的脸。那件锦袍实在太华丽，而这张脸又实在太丑，强烈的对比让李玄不由不惊。

幸亏他还记得那声音：“封常青？”

封常青连滚带爬地站了起来，扭着脸笑了起来：“是我啊，老大！”

李玄上下打量了一下他，只见他身上歪歪斜斜地披着一件锦袍，手中抱着一大堆纸包，样子要多古怪有多古怪。

李玄皱眉：“你们在做什么？”

封常青笑道：“老大你不知道吗？我们在庆祝返院日。”

“什么返院日？”

“返院日就是学生们放假之后返回书院的第一日，大家都一个暑假没见面了，彼此都会带些见面礼。但每人都要送见面礼，未免太浪费，而且还要花很多时间来准备，又费精力又费财力，本院祭酒紫极老人想出一个解决办法，每年返院日让学生们将带回来的礼物摆一个集市，大家互相以物易物，各取所需。所以我就采了很多雨前茶来，找卢长涣换了一件紫金袍。”

他越说越兴奋，拿袍袖擦了一把汗。那件锦袍立即变得黑不溜秋的，封常青毫不在意，得意扬扬地看着李玄。

每个人都准备了礼物?

还要互相交换礼物?

李玄越听越是不爽。他这个暑假过得难受至极，他们倒是兴高采烈的，还要交换礼物?眼里还有没有他这个大师兄啊?

封常青像惯常那样，看不出他的不高兴来，不识相地问："老大，你准备了什么礼物?"

李玄邪邪一笑："我是谁?"

封常青一脸痴呆地回答："你是我们的大师兄啊。"

李玄哈哈大笑："对了！还不将你们为大师兄准备的礼物献上来?快些！"

封常青吃了一惊："还……还要为大师兄准备礼物?不是每个人都要准备，在返院日交换吗?"

"笨蛋，那是你们！我是大师兄啊！快些将礼物献上来！"

封常青这才意识到有些不妙，急忙反身想要逃走，却被李玄一把抓住，一阵拳打脚踢。惨叫声中，他的清明雨前茶被李玄抢了几包，得意扬扬地抛在手中，向卢长涣等人走去。

卢家四兄弟虽然人多势众，但李玄这位混世魔王积威已深，四兄弟脸上都有些变色。

李玄怪叫："你们准备的礼物呢?"

卢长涣摇头："己所不欲，勿施于人。盗岂不亦有道乎?"

李玄笑道："讲道理是吧，那咱们就讲。所谓己所不欲，勿施于人。那么己所欲，就要施于人，是乎?"

卢长涣点头："然也。"

李玄脸上的笑容又开始有点邪邪的了："汝欲暖乎?汝欲美乎?汝欲君子乎?"

他问一句，卢长涣就点一下头，说一句："然也。"

李玄一把抓起他面前的锦袍："锦袍暖也，锦袍美也，锦袍君子也。"

他说一句，卢长涣就点一下头，说一句："然也。"

李玄也点了点头，抓起锦袍就走。

卢长涣吃了一惊，一把抓住他，叫道："三军可以夺帅，匹夫不可夺锦袍！"

李玄微笑："锦袍，汝所欲也。己所欲，施于人。"

他说到"己"的时候，手指指了指卢长涣，说到"人"的时候，手指指了指自己，卢长涣立即怔住了。

这里头肯定有什么不对的地方，但卢长涣一时之间怎么都想不明白。李玄微笑着挣脱他的手，施施然向前走去，只留下卢长涣苦苦思索。

身披锦袍、手托名茶的李玄，心情终于好了起来。

他的脚步突然停住，双目一下子好奇地瞪大了。

崔蔼然、崔翩然、崔嫣然这崔家三姊妹还有龙薇儿等人正围在一起，叽叽喳喳地说着什么。好像是很好玩的东西？好玩的东西怎么可能少了李玄？

他悄悄地靠近，隐隐约约地似乎听到"星相""命运"等字样。但就在他靠近的一瞬间，声音戛然而止。

一人身穿漆黑的衣服，坐在太辰院的地上。漆黑之服将她全身都包裹住，不露丝毫出来。一只透明的绿色光球摆在她面前。

李玄顽皮之心不减，笑道："你带来的礼物又是什么？是水晶球吗？"

那人慢慢抬头，李玄讶然道："石紫凝？是你？"

这位神秘的黑衣人，竟然是摩云书院的大姐大石紫凝！她面沉如冰，冷冷地望着李玄，淡淡道："我贩卖的是你的未来。"

李玄笑道："什么未来？"

石紫凝不去理他言语中的轻蔑，双手捧住了绿玉球，一字字道："这里面，有你的未来。"

李玄笑嘻嘻地问："那你看看，我的未来是怎样的？"

石紫凝双手轻轻一拂，绿玉球立即恢复原状，却是她从不离身的九命石。细长的猫眼在石中心立着，忽然缓缓睁开。一束绿光立即诡秘地腾起，将石紫凝笼在其中，看上去神秘而妖异。

她凝视着猫眼的正中心，缓缓道：“我看到了，你将被狠揍一顿。”

李玄哈哈大笑。谁能狠揍他？他乃是摩云书院的大师兄，平日作威作福，他这些师弟师妹还不是敢怒不敢言？谁能揍他？

看着噤若寒蝉的封常青、仍在苦苦思索的卢家四兄弟、跃跃欲试但随即因他拿出阿拉神雷而脸色惨变的郑百年，李玄狂笑。

大师兄的威严，岂是他们所能冒犯的？石紫凝的预言，注定是要失败的！

突然，一个声音冷冷道：“你的礼物呢？”

李玄回头，脸色骤然改变。

玄冥常傅站在他身后，似笑非笑地看着他。一抹刀伤从玄冥脸上划过，衬得他笑容诡异至极。李玄的狂笑不由得猝止。

天上天下，他最怕的人就是玄冥啊！

他禁不住一阵紧张，一紧张说话就不利索了：“我的……我的礼物……”

玄冥常傅的笑容不变，淡淡道：“你不知道书院的院规吗？返院之日，每个人都要准备礼物？你既然不遵守院规，想必已经做好准备了。”

李玄讷讷道：“什……什么准备？”

一道闪电划破长空……

玄冥常傅走了。

李玄趴在地上，欲哭无泪。

封常青走了过来，忽然跪倒在李玄面前：“老大，我太感动了！”

李玄看着他，无言以对。

“老大！你是因为想跟我变得一样丑，所以才故意招惹玄冥的吗？”

砰！砰！

“老大！你不要打我啊！你看看你自己，你现在真的像个猪头啊！”

砰！砰！砰！

“老大！你这种同甘共苦的精神真是太让我感动了，我跟定你了，以后赴汤蹈火、在所不辞啊！”

砰！砰！砰！砰！

看着封常青几乎断了气，李玄终于心满意足了。

石紫凝双手托着九命绿玉，静静地看着他。黑衣围裹中，她的双眼中竟透露出一丝睿智。

看破命运的睿智。

李玄不由得一怔，随即慢慢笑了起来。

他顾不得被玄冥常傅揍得全身是伤，抢到石紫凝面前，道：“快给我算算，我还有什么样的未来？”

这预言真的很准啊！他果然被狠揍了一顿！

只要准就好，要是能算出他的将来，他就没什么可怕的了！他的敌人统统无法奈何他了！李玄坐在地上，开心地笑了起来。

石紫凝伸出一只手。

李玄：“你什么意思？”

石紫凝淡淡道：“交换。”

李玄笑了：“好！”

他脱下身上的锦袍，放下手上的雨前茶：“够不够？”

石紫凝笑了。她的笑美丽而尖锐，就像是能扎到人心底一般。

“我看到你的未来，有一场灾劫。巨大的灾劫。”

“想要知道，就拿宝物来换。”

李玄：“宝物？”

石紫凝轻轻点了点头，李玄笑了笑，掏出玄陛天书，摔在她面前：“天下第一至宝，够不够？”

石紫凝淡淡道：“你以为我不知道天书已被紫尊施了法，只能跟着你，别人想夺都夺不走？想要知道未来灾劫，就拿出点诚意来。”

李玄叫了起来：“我还有什么宝？我穷得叮当响！”

石紫凝：“你有。半年之后，上届实习的学生们将回来进行毕业考试，他们将交还从书院借走的宝物。而我们将开始实习，每位实习的学生，将被允许从神华阁中借一件宝贝。我要你将你借的那件，给我。”

李玄叫了起来：“你休想！”

石紫凝：“你不想知道灾劫了？我从卦象上看出，你将在这场灾劫中灰飞烟灭。”

李玄身子一震。雪隐上人的话，不由得在他耳边响起。

——天下生灵必将因他涂炭，大地也将因他赤红。

——因为，他便是那触动禁忌的魔。

这神秘的预言让他不寒而栗，只要一想起，就不由得一阵难受。

而今，却有个机会，让他知道这灾劫究竟是什么。

他岂能不动心？

可是，宝贝，神华阁的宝贝啊！

他又岂能割舍？

他抓耳挠腮，苦恼得只想在地上打滚。忽然，他想明白了。

神华阁的宝物终究是虚无缥缈的东西。万一上届的学生不还了呢？万一他们这一届不实习了呢？就算是要实习，他难道不能悄悄地偷一件吗？想到此处，他豁然开朗，对石紫凝道：“好！我答应你！”

石紫凝缓缓点头，她抓起九命石。

猫眼在她手心化成一团凝碧的绿液，她轻轻向地上一洒。

点点绿光碎跌，布成一道缥缈飞舞的细线。石紫凝凝视着地面，缓慢而深沉地道：“小心，龙。”

李玄呆了呆。石紫凝长袖一拂，绿光重新聚合成九命石的形状，被她捧在手中。

李玄挠了挠头，觉得实在太亏了。他浪费了一件神华阁的宝物，就听到这三个字？

“小心，龙。”

这三个字有意义吗？李玄一面思索，一面向外走去。

龙有什么好小心的？龙都笨得很，简直做宠物都不合格。

李玄心不在焉地想着，忽然发现，自己走到了红月崖上。

正好，去欺负欺负霄拏遮罗，看看龙有什么好小心的。李玄最喜欢坐在红月崖边上，两只腿在空中晃荡，抱着几块大石头丢霄拏遮罗。看着这条毒龙之王狂怒但又捉不着他的样子，李玄就开心得要命。

龙王很好玩。

今天的毒龙潭很安静，也许是因为实在太早了，朝阳才刚露了个头，霄拏遮罗是条懒龙，还没起床吧。

李玄寻了块大石头，舒舒服服地坐了下来，寻思用什么方法可以让霄拏遮罗迅速而暴躁地起床。

他忽然怔住了，因为一向被称为禁地的毒龙潭中，站着一个人。

第三章　珠含百斛龙休睡

一朵金色的花，迎着朝阳，绽放在碧绿的幽潭中。

金色是如此纯净，仿佛经过了天工淬炼，不带一丝渣滓，周围的一切，都为它罩上一层粼粼的光华。

一个陌生的少年正在这夺目的光华中沐浴。

金色的长发自他肩头披垂而下，一直垂进潭水里。细碎的波卷在发际蔓延着，仿佛是秋日麦田中吹起的浪，一层一层，澹荡开谢。

他站在潭水的浅处，水刚好没过他的腰，他用手捧起水，浇在自己微卷的长发上。

潭水化为明珠，从他纤长的指尖坠落。

这一刻，他仿佛一株盛开的菩提树，开满了初春的花朵。

每一个看到他的人，都仿佛化身荒漠中疲惫焦渴的旅人，跪在海市蜃楼的边际，满怀热念地仰望着菩提树的荣光。他亦如佛陀在净水中沐浴，洗涤着禅经梵唱中的尘垢。

一袭翠与白交织的绸衣绕在他身上，将他的身体遮住。璎珞与流苏在潭水中飘舞着，他双手合十，静默而立。

这一瞬间，他与诸天神佛在静默地交谈。

他的容颜清明如神佛，静寂而虔诚。站立在潭水中，一如早上明媚的朝阳，浮沉在宁静的大海上。

李玄摇头叹息。多么完美的一个人啊，可他的脑袋为什么会像封常青一样呆蠢呢？他不知道毒龙潭乃是险恶之地？雷拏遮罗乃是狂暴之龙？一旦它睡够了觉，马上就会冲上来将他撕成碎片吗？

暴殄天物、暴殄天物啊！

李玄唉声叹气之际，那人沐浴完毕，将丝绸披在身上，头发迎风一扬。

李玄就觉得眼前闪过一阵璀璨华光，咦？那头发居然就跟梳过一样，整齐无比，自然三七分！

好神奇啊！

水珠坠地，倒映出淡淡的晨曦，仿佛绽开一地莲花。那少年沐浴完毕，竟踏着满地彩光，转身向岸边走了过来。

薄如蝉翼的丝绸以一种奇异的方式束扎着，衬托出他那修长的躯体。数道璎珞自肩流下，斜过腰间，结在胸前。

绸衣飘扬，洁白与翠绿各占了半面，惊心动魄地对峙着。

白，如深山空雪，纤尘不染。

翠，如欲坠之露，点缀着孔雀尾翼之纹，恰如诸神凝视众生的多情之眼。

清风徐来，璎珞化为一只半白半翠的孔雀，翩舞于他身侧，仿佛给他披上了一件华丽的羽衣。

东天朝霞的光芒布设出一道光之天阶，他就踏着这道大阶逆空而上。

李玄眼前一阵恍惚，仿佛神祇踏云扑面而来。

这少年美得简直令人窒息。

就在这时，只听一声苍茫的龙吟声自潭底升起，那潭水倏然变成一片黑暗，雷拏遮罗那巨大的龙头急速地自水下升了起来！

李玄惊叫一声："不好！"

那少年显然不知道发生了什么事，止步，转身向潭水望去。

危机瞬息而至！

李玄顾不得多想，五云战靴闪过一道祥光，四只胖乎乎的小翅膀出现，李玄身子腾空而起，向崖下俯冲而下！

那少年惊讶抬头，向李玄望去。

漫空破晓的曙色在那一瞬间暗淡无光。

金色的流芒飞舞之中，李玄只觉那双眸子仿佛比这幽潭还要幽、还要深，又比青天还要寂、还要远。

李玄顾不得多想，一把将他抱住，飞蹿而出。

无论是谁，遇到了狂暴的霄拏遮罗，都只有死路一条。救命要紧！

李玄拼命催动五云战靴，向山谷飞去。他知道，霄拏遮罗不能离开毒龙潭百丈，只要奔出这个范围，他就是安全的了。

没有十足的把握，李玄怎敢冲下来救人？

现实与理想之间的差距有多远？

李玄的回答是：三十七丈。

五云战靴的确是非常好的宝贝，劲气一鼓动之间，百丈的距离，就冲过了一大半。

一大半的意思，就是六十三丈。还剩下三十七丈，再冲一下，就脱离了霄拏遮罗的势力范围了。对付这条蠢笨龙王，李玄有的是办法。

这是李玄理想中的想法。

那什么是现实呢？

现实是当李玄鼓起他那小小的、微弱的劲气，驱动五云战靴再往前飞奔时，面前忽然“轰”的一声巨响，一条粗长的水柱拔地而起，直冲苍天！

这条水柱就出现在他脑门一尺前！

水势凌厉，溅出的水珠打在李玄脸上，他的脸立即红肿了起来。李玄一声惨叫，就听轰轰之声响个不停，巨大的水柱不住地自他身边冒出，双眼望去白茫茫一片，看不到尽头！

耳听一声龙吟，漫天水柱齐齐从中折断，向李玄砸了下来！李玄眼冒金星，一阵惨叫，忙不迭地向后退了回去。

水柱不住升起、落下，忽然全都消失。

李玄又惊又喜，却忽然发现霄拏遮罗那只巨大的龙头昂起在潭面上，冷冷地盯着他，一双龙目中尽是讥嘲与不屑。

巨大的声音在毒龙潭的上空回荡着："卑鄙的妖龙！你在侮辱龙族的智慧！伟大的龙王怎么可能在同一个地方跌倒两次？上次让你侥幸逃脱之后，我就运用大法力，将毒龙潭向周围扩了一百丈！就连这座崖，我都连通了水源。"

一声龙吟，红月崖上猛然冒出了一条粗长的水柱，凌空落在毒龙潭中。李玄吓了一跳！看来雷拏遮罗果然是只吃一堑长一智的龙王，这次真是准备充分。

李玄怯怯地道："这都是为我准备的吗？"

龙吟声再起："当然了！陷阱是为卑鄙的妖龙而设！"

李玄搔了搔头："我们之间有那么大的冤仇吗？冤冤相报何时了啊。"

雷拏遮罗怒道："我要杀了你！我要杀了冒犯龙王威严的你！"

李玄笑嘻嘻地道："可是我是摩云书院的大师兄耶，你杀了我，不怕紫尊怪罪？"

雷拏遮罗不由一窒！圆鼓鼓的龙睛暗淡了少许。

李玄笑道："要不，我们也按照紫极老头的规矩来，你打死了我，然后你就是大师兄了？"

听到紫尊的名字，雷拏遮罗不由得再窒！

李玄："听说神华阁里有几件专门克制龙的法宝，而我又可以随便动用神华阁宝物，要不下次我借几件出来跟你玩玩？没关系，你是龙王，想必不受这些宝物的控制。你不用客气，大可将这些宝物全都毁去，紫尊绝对不会怪你的。"

雷拏遮罗再再窒！

李玄一下子嚣张了起来："臭龙，你真以为我怕你吗？我话俾你知！"

他一脚踏在雷拏遮罗的鼻子上。

这鼻子可是有个专用的名词，叫作"隆准"。古代帝王，都以有个雷拏遮罗这样的鼻子为荣，这样的鼻子，才是男人的骄傲，天子的血统啊。现在竟被李玄踏只脚在上面！

霄孥遮罗暴怒，刚要发作，就见李玄那双凌厉的眼神。

杀又杀不得……打好像也不行……神华阁的宝贝……

霄孥遮罗是条能屈能伸的龙王，它自然知道“形格势禁”这句成语，于是悄悄地埋下头，听着李玄滔滔不绝地在吹嘘着自己的丰功伟绩。

哦！三刹鬼毒大摩天居然落得个这样的下场？怪不得自己几次求救都没有回应呢……

哦！连玉鼎赤亵龙这龙族神祇都在他手下吃瘪了？那我这个小小的龙王也不要说什么了……

哦！伟大的龙皇，不可战胜的龙皇石星御，宇宙中唯一的光芒居然也拿他没有办法？他不是妖龙……他绝对不可能是卑微的妖龙……

霄孥遮罗听得晕晕乎乎的，对李玄不由得肃然起敬。

李玄又滔滔不绝地开始吹自己的宠物。

哦！凤头鹫都是他的宠物？那可是龙族的克星啊……

哦！三头，猫身，一头喷火，一头喷冰，一头喷毒？好可怕……好可怕……

李玄还在口沫横飞地吹嘘，霄孥遮罗心惊胆战地聆听，越听越是沮丧。

幸亏没有动手揍他！

李玄眼见霄孥遮罗蔫得就跟条泥鳅一样，就有些得意忘形，大笑道：“现在你知道我有多厉害了吗？你想要我不追究你以前对我的冒犯也可以，驮我上去！”

他使劲一脚踩在霄孥遮罗的鼻子上。霄孥遮罗一声闷哼，刚要发泄一下不满，就被李玄一口吼了回去：“叫什么叫？叫什么叫？”

霄孥遮罗被吼得头都快压进水里了。

它双眼满含泪水。

李玄一脚踩在它的鼻子上，使劲地碾啊碾，然后一脚踩在它的眼睛上，使劲地碾啊碾。然后……

他还没踩第三脚，一股大力猛然自脚下爆发，万条水柱轰然喷发，霄孥遮罗巨大的龙头跃起在空中，悲愤的泪水滚滚流下：“我受不了了！我受不了了！卑贱的妖龙！我宁愿让紫尊再镇压一百年，也要将你撕成碎片！你居然踩我的隆准，你知不知道那是天下帝王艳羡的对象！你居然踩我的龙睛，你知不知道那是我最光彩夺目的地方！”

水柱轰然击下，李玄一声惨叫，虽然有浩瀚战甲护身，也被砸得又酸又痛。他慌乱地寻找着突围的办法，但雷拏遮罗显然对他恨之入骨兼且准备充分，四周都被水柱锁了个风雨不透，那张巨大的龙嘴就在下面等着，只要李玄一掉下来，它立即啊呜一口！

噢，那从未刷过牙的一张大嘴啊！

李玄不住地惨叫，每一声惨叫，伴随着一根水柱爆开甩在他身上。

猛然，一个淡淡的声音响起，带着一丝厌倦：“沉默，卑微的愚者。”

李玄一低头，就见潭水沐浴的金发少年嘴角挑起，冷冷看着他。

俊美而冷漠的面容笼罩在华光之下，显得那么庄严而遥远，仿佛一位独自修行的异国王子，在无尽红尘中游历诸方，却偶然在此地暂作栖息。

咦，为什么他身上一点水都没有？

为什么我这么狼狈，他却那么优雅？

难道只有我在受苦吗？

光芒忽然盛了些，李玄的身形竟被推开半尺。李玄这才发现，自己的手竟从未触及过他的身体。

光芒裹着那少年浮空而立，他双手合十，目光从李玄身上移开，落在雷拏遮罗身上。

“沉默，龙。”

雷拏遮罗忽然感到一阵莫名的害怕，自从失去内丹之后，它就经常感觉到害怕，它本能地知道，眼前这个貌美得出奇的少年，绝不好惹。

它连话都不答，低头向潭深处钻了进去。

流年不利，回家歇着吧。屈辱的龙王顾不得自己那点可怜的自尊了。

满空水柱消失，晴空重新回归，金发少年看着李玄，就像是君王看着冒犯他的臣子。

李玄不在乎。他对什么都不在乎。

他趾高气扬地指着金发少年道："快过来谢谢我，是我救了你啊！"

金发少年脸色微微变了。

李玄的厚颜无耻、大言不惭，的确让很多人都无法适应。

金发翠白映照之下，他眉宇间淡淡的厌倦也显得那么动人："要学会敬畏，卑微的愚者。"

手不抬，眼不动，李玄突然一声大叫，被狠狠打进了潭中，咕嘟咕嘟，一连喝了好几口潭水。

这少年修为高得惊人！

但李玄却不见了。

少年仔细盯着潭面，他脸上慢慢浮起了一丝微笑，就像是春日的暖阳一般，让整个天地都生机勃勃起来："你逃不掉的，我们马上就会见面。"

李玄愤愤不平地吐着口中的泥水，从地里爬出来。

幸亏雷拏遮罗打通了周围百丈里的地脉水泉，他见势不妙，立即潜到潭底，悄悄寻了个孔，钻上红月崖，逃了出去。

雷拏遮罗将头深深埋进潭底，巨大的尾巴缩着，瑟瑟发抖，半点都不管他的闲事。这让李玄的逃亡很顺利。

但他仍感到极度的憋闷。他招谁惹谁了？他不就是发扬助人为乐的精神，帮助溺水儿童吗？怎么会招来一顿暴打？

——要学会敬畏。

那张绝美的脸在他面前浮现，清华无比，高高在上。

李玄觉得心中一阵烦闷。他很想揍少年一顿，但又知道那是不可能的。

看看雷拏遮罗的德行，就知道那少年有多可怕了。李玄可没不自量力到这种程度。不过，这里是摩云书院，少年再厉害，也不可能到书院里来找他吧？

等我毕业，哼哼……等我拿到神华阁的宝贝，哼哼……

想到这里，李玄不由得一声尖叫！他已经不可能拿到神华阁的宝贝了！因为为了换取那个预言，他将神华阁的宝贝让给了石紫凝！

没有宝贝可怎么办？他一定会被霄拏遮罗追杀的！

李玄刚刚高兴起来的心情立即黯淡下去了。石紫凝的预言没错，他果然应该小心龙，小心霄拏遮罗这条龙。他不该得意忘形的。

而他若不是为了知道这条预言，就不会将神华阁的宝贝让给石紫凝；若不是让掉神华阁的宝贝，他就不必害怕霄拏遮罗。造成这个预言实现的原因正是因为他想知道这条预言。

李玄不禁欲哭无泪。

——小心，龙。

至少这条预言没错。他听到了一条不错的预言。李玄是个很容易忘掉烦恼的人，他给自己找了个高兴的理由，然后哼着小曲向山下走去。

突然，一道寒气在背后出现。一个声音冷冷道："你怎么这么闲？"

李玄一口气憋住，小曲戛然而止，他急忙回身，就见玄冥常傅似笑非笑地正看着他。

李玄想笑一笑，却无论如何都挤不出笑容来。玄冥常傅揍人又狠又疼，简直是他的克星。他期期艾艾地道："玄冥常傅……您……您要做啥？"

玄冥常傅却仿佛很喜欢见到他一样，淡淡笑道："我想看看，你是否忘了准备礼物。"

李玄吃了一惊，眼见玄冥越走越近，他大叫："早就准备好了，我这就去摆摊！"

他一溜烟地走了。

但他什么都没有，怎么摆摊？

这个问题难不倒李玄。他的锦袍还在，找了根棍子，将锦袍绑在上面，当作旗帜，扯着嗓子大叫："瞧一瞧、看一看呀哈！绝世跳楼大甩卖，只要一两银子呀哈！绝对超值啦……"

他这一番鬼哭狼嚎般的叫卖声响起，倒也起到了效果，学生们全都放下买卖不管，围上来看他卖什么。只见李玄叫得虽然起劲，但双手中空空如也，什么货物都没有。他搞些什么鬼？

看着他们疑问的眼神，李玄哈哈大笑，指着郑百年：“你最想要的是什么？”

他不等郑百年回答，又指着石紫凝：“你最想要的又是什么？”

郑百年、石紫凝同时怔了怔，李玄一拍胸脯：“是不是我这个大师兄的位子？”

郑百年、石紫凝脸色一变，李玄叫道：“我今天卖的就是大师兄的位子，喷血跳楼大甩卖，一两银子一天，想做大师兄的，就出钱吧！”

这生意倒也真是奇怪，郑百年、石紫凝对望了一眼，脸色都有些古怪。

这家伙，不是在故意羞辱他们吧？两人武功虽然都高出李玄甚远，但李玄这家伙又奸又猾，几次明争暗斗都不落下风，大师兄的位子反而越坐越稳，让两人想起来就觉得极度不爽。现在这家伙居然想出这个稀奇的办法来，拿大师兄的位子卖钱，两人听着，不由得又羞又恼。

李玄见他们两人不说话，激道：“你们这是怎么了？平日抢得比谁都勤，现在我拱手让出来，你们倒不要了？拜托，求求你们，照顾一下我的生意吧！”

众学生们都不知道他葫芦里卖的是什么药，平日被他的阴谋诡计耍得团团转，这时谁都不敢答这个话。

李玄急了，大叫：“封常青！拿一两银子出来，你做这个大师兄！”

封常青惨叫：“老大！不要啊，我会被他们杀了的！”

众人脸色都不禁一变。不错，无论是谁，坐了这个大师兄的位子，他能像李玄一样躲过全部同学的追杀吗？

很难说！

危险很大！

李玄见他们都不敢买，急得抓耳挠腮。

突然，一个淡淡的声音传了过来：“我买。”

第四章 桐拂千寻凤要栖

声音远远传来，极为好听。空山寂寂，却不见人影。同学们狐疑地互相望着，不知道是谁突发此语。

突然，就听看守大门的阿长大叫："你们做什么？你们干吗拆我们的大门？这里是摩云书院，大唐第一书院！是钦封的！你们这些番佬想干什么？"

阿长大叫大嚷声中，夹杂了一阵叮叮当当的声音。

终南山烟笼雾锁、秀丽绝尘，从太辰院望下去，一条幽寂的小道穿行在古木幽林中，直达山脚下的大门。大门宏伟至极，由巨石砌成，乃是摩云书院的第一重门户，更是书院的象征。隐约可见门口挤满了人，突然，轰隆一声巨响，摩云书院的大门竟被推倒！

所有的同学不由得都大吃一惊，难道书院又遭到袭击了吗？

耳听阿长激愤的抗议声不绝，那些人影却一言不发，密密麻麻地忙碌着。突然，一座新的大门平地而起！

这变化实在太快，快到同学们都来不及反应，只见水云掩映中，那座大门赫然是由上好的青玉砌就，柱为玉，梁为玉，连开合的门扇，也是温润秀滑的美玉。

朝阳碧映，玉石反映出五彩的光华宛如一道光晕，浮荡在终南山的山腰上。四处青葱郁郁，山岚隐约，这座玉石山门竟然与山同体，相映相合，没有半分的不协调。

摩云书院，刹那间成了神仙宫阙。

几位女学生不由“哇”地欢呼起来，男同学们隐隐觉得有些不妥，但那座玉门实在太壮美，简直就似奇迹一般，瞬息拔地而起，不由也看得目眩神驰，为之赞叹。

奇迹仍在发生，从山门通往太辰院的古道，被一段段拆去，整块的玉石搬来，砌出一条恍如天上神宫才有的玉阶。

玉阶两边，竖着琉璃雕成的细腰灯龛，里面嵌着精致的水晶盘，盘里面随手撒下两颗长明的夜明珠。

若是晓珠明又定，一生长对水晶盘。

玉如君子，温润谦谦，也正如终南山，隐合苍翠，不露锋芒。玉门玉阶显然独具匠心，每一个细节都镂刻得细致无比，山蕴玉而润，并没有丝毫的富贵气。

也许，只有神仙才能踏足其上，乘终南山之云气，上达玉京仙府。

蓝田日暖玉生烟。

终南山中云烟缥缈，恍如天外。

学生们诧异惊叹之际，叮叮当当的声音已响到了太辰院。他们亲眼见到整座太辰院在一刻钟之内被拆掉，然后再由玉石重新砌成。太辰院本古朴典雅，而今却如神宫玉京，曼妙精严，绝尘望仙。

等他们的赞叹诧异稍微平定一些之后，他们赫然发现，太辰院忽然站满了人。

那是一群少年人，年纪跟他们差不多，每个人都皮肤微黑，眉目深陷，充满了异国风貌，迥异中原人士。但他们双目全都冰冷、沉着，眼睛里一丝表情都没有。

他们就像是冰，又像是安静而残忍的野兽，无论有什么人敢冒犯他们，他们一定会一拥而上，将之撕得粉碎！

摩云书院的学生们也都经多见广，自然不会为了几个外邦人而诧异。

但若是一千多人呢？

那足以组织起一支小型的军队，甚至可以成为一方的霸主。这些人全都神情剽悍，显然经过极长时间的训练，每个人都可以以一当百。

那便堪比一支十万人的精兵！

太辰院中一时鸦雀无声，同学们都不由得暗中戒备。

那一千人静立着，形成一道威严而沉悍的屏障，山雨欲来风满楼。

突然，他们一起跪下，跪倒在太辰院的泥地上。

终南山山雨绵密，太辰院的土地上织着细细的青苔，他们就跪在青苔上，围成了一个巨大的圆。

跪拜着的千人静默，他们脸上的神情，严肃而又敬慕，仿佛是在期待着什么。

难道，这一切竟是为了等待一个人？

这个人，是他们的主人，也是统御他们性命的帝王，诸神都因他而存在。

千年书院之古拙，竟不足让他踏足，他莅临之地，一定要珠为烛、玉为阶。

他降临之时，一定要千人慕迎，万众敬仰。

何人将从这玉门中拾天阶而上，引领万般繁华？

所有人的目光不由得都落在玉阶上、山脚处。

千人却齐齐仰首。摩云众弟子也抬头观看，却不由得一惊！

终南山的上空，不知什么时候，停了一座极大的仙岛。

祥云若有若无地托在岛下，那岛重如泰山，却又轻如鸿毛，静静悬浮在空中，映在满空阳光中，就如梦幻一般。

一块玲珑剔透的奇岩耸立在岛心，岩顶飞瀑突出几丈，奔涌而下，在岩底形成一泓碧绿深潭。潭上散落着七十二朵巨大的莲花，每一朵都盛开出数十丈的光华，莲心中建着一座座精致的玉亭。

潭水悠然晃动，莲花浮沉，亭台飘摇，看去恍如海外仙山楼阁。几百只白鹦鹉袅袅在空中飞舞，围着奇岩莲亭不住盘旋，宛如空中撒落的无数飞花。

而倚着那座巨岩，雕着一座几百丈高的佛像。佛像安详庄严，闭目端坐，一掌竖立胸前，另一掌平平摊开。

一人长身玉立于佛掌中。

佛陀慈悲，翼护着他微微垂首，淡淡冷笑。

风来，吹着他的长发。宛如一缕缕金色的祥云，披散在他的肩头，又随风扬起，仿佛展开了一对金色的羽翼。

花落，拂过他的衣袖。一蓬雪色缦纱被精心束扎成莲花状，在他袖口簇拥绽放，衬得他的手指是那么修长白皙。

然而，这一切全都无法吸引众人的目光，因为每个人都不由自主地注视着他的面容。

传说西方天上，诸神诸善的化身叫作天使，有着最美丽的面容，若这个传说是真的，这张脸，已令所有天使暗淡。

那是每个人心中的一场无痕梦境。

他若破颜一笑，必将倾城倾国。

终南山上静得连针落地的声音都听得见。

羽衣飘动，少年飘身而下。

无数白鹦鹉随着他一起飘落，它们争相聚集在他身侧，有的停驻在他肩头，有的飞翔在他袖底。

他踏足大地的一刻，众人仿佛听到了岁月的声音，在低低吟哦。

跪拜的千余人，缓缓起身，拱卫在他身后。于是，玉山玉阶都不再寂寞，将因他之降临，而欢喜赞叹，不负一生。

崔氏三姊妹心旷神怡，崔嫣然双手捧在胸口，似乎不使劲压住，那颗心就会奔腾而出，一直冲到少年的面前，破碎。她双眼眨都不肯眨一下，好像连少看一眼，都是无法估量的损失！她只会说一句话："好美啊……"

那少年却只浅浅微笑，淡定矗立在众人的仰望中。

他就像是一株菩提树，为苍茫之世结一具不朽的桂冠。

一时摩云书院中的同学们都如痴如醉，赞叹者有之，惊骇者有之，惶惑者有之，迷乱者有之。但若说惊骇之大，却首推李玄。

因为，他见过这少年。

毒龙潭中，以清泉阳光而沐浴，只言片语，便让霅拏遮罗落荒而逃的少年，就是他！

他忍不住跳了起来，指着少年大声叫道："是你！"

少年目中露出一丝厌恶，似乎因李玄如此粗鲁地冒犯而感到恼怒。他随即笑了笑："我买。"

哪知李玄是那种脑袋一根筋的人，丝毫不管他说些什么，抢上来拍着他的肩："原来是你，我们认识的！"

少年肩头停憩的白鹦鹉，因他这莽撞的行为而纷纷尖叫着飞起。

李玄就像是熟人般拍着少年的肩头，大笑："我们真的认识的！今天早上我们还抱过……"

一言既出，太辰院中忽然变得鸦雀无声。

呜……这句话是有点歧义……

李玄正想解释，突然，他周身倏然变得冰冷，少年冷森森的目光停在他的面上，他那颗大大咧咧的心，竟充满了恐惧！

少年的笑容轻淡如风，斜斜挑起一个破碎的弧度。

梵唱声倏然响起，那座巨大的浮空岛猛然一震，岛中心的巨佛像是突然醒过来一般，双目光芒大盛，盯在李玄脸上。

巨大的佛掌合十，一道微光闪过，佛掌倏然当空按下！

李玄惨叫声中，被这只佛掌轰然击飞，深深嵌进太辰院的泥土中！

梵唱声顿息，巨佛垂眉端坐，依旧庄严而安详。

少年亦同样淡淡微笑，笑容一如阳光。他便是天下最纯最善的化身，他的一举、一动都祥瑞呈集，诸神赞叹，没有任何恶能沾染他。

少年衣袖轻摆，白鹦鹉们纷纷飞出，将李玄从泥土中衔了出来。显然，那巨佛手下留情，而李玄有浩瀚战甲护身兼且命比蟑螂，居然还呻吟着未死。他倒也真是不知死活，居然仍挣扎着想去拍少年的肩膀，只不过被白鹦鹉们死死拽住了，没有拍成。

他呻吟："为什么打我？"

少年淡淡道："我买。"

他一摆手，刹那间眼前金光闪亮，一大堆金子出现在他面前。

“三百六十万两黄金，我买你的一生。”

“从今日起，我便是摩云书院的大师兄。”

三百六十万两黄金！

好大的一座金山啊！而且是真的，不是幻术！李玄的眼睛里顿时充满了金星。但少年的第二句话，让他一下子清醒过来。

摩云书院大师兄的位子是他的，他绝不容许别人侵占！

一天两天还可以，拿来卖卖还不错，但若真的想夺走，那必须要踏着李玄的尸体啊！

李玄的贪欲一下子被打败了，他哈哈大笑起来：“可惜啊可惜，这笔交易我很想做，但无奈你不是书院中人，我想卖给你都不可能啊！”

他又一副想要拍拍少年肩膀的样子，脸上一片遗憾的表情。但谁都看得出来，那只不过是装出来的。

少年的脸上再度浮现出一丝讥诮的笑意，优雅躬身：“有请紫尊。”

一声苍老的咳嗽响了起来。同学们齐齐一惊，转身，就见紫极老人率着司业谢云石、六大常傅鱼贯而入。

这少年究竟是什么人，竟然连书院院长紫极老人都随叫随到？

眨眼之间摩云书院的领导层们摆好了阵势，玄冥常傅往前一站，朗声道：“摩云书院第九届书生第二次开学典礼现在开始！”

同学们面色一变，急忙收拾东西，整齐地排成了两排。就连一向吊儿郎当的李玄，也在玄冥常傅凌厉的目光逼视之下，乖乖地站好了。

紫极老人又咳嗽了一声，缓缓道：“同学们好，首先，欢迎大家再次回到摩云书院这个大家庭中，祝愿大家在新的学期中能取得更好的成绩，每人都能顺利毕业。”

他扫了众人一眼：“当然这是不可能的，从这个学期开始，大家都要进行考试了，考试的题目会非常非常难，考试的目的之一就是让你们毕不了业。因为只有最优秀的人才，才有可能拿到摩云书院的毕业证书。从今天起，各位就要扪心自问，你是大唐国最优秀的人才吗？”

怎么……怎么可以这样说话？这是一个书院院长、以教育为终身理念的人该讲的吗？他难道看不到每个学生都面如土色，封常青吓得都快晕过去了吗？

紫极老人好像很满意大家的反应，又咳嗽了一声，道：“不过这不是此次校会的主旨——本校会是一次欢乐的大会、祥和的大会，因为我将为你们介绍两位新同学。”

他指了指少年，嘟囔道：“第一位，大家都已见到了。来自遥远的西方、五大天竺国共同的继承人、西天佛圣大日至尊者唯一的弟子，龙穆王子。”

这少年竟是王子，还是五个国家的继承人？而且……

大日至尊者唯一的弟子？

这些头衔也太可怕了吧！难怪会有如此声势！

龙穆王子低头合十，向大家致意：“从此，我就是书院的大师兄了，以后请大家多多关照。”

李玄跳了起来！

他居然还敢提这件事！

他蹿到紫极老人面前，怒道：“臭老头，你跟大日至不是敌人吗？怎么会收留他的弟子？”

紫极老人：“谁说我跟大日至是敌人？我们是朋友，好几百年的朋友。”

李玄眼珠子都快掉出来了。紫极老人跟大日至是朋友？

“那么雪隐呢？”

“当然也是朋友了！想当年我们三人结伴游学天下……”

紫极老人悠然神往，叹息：“政见不合啊！我们只是政见不合而已。”

李玄怒道：“那也不应该啊！这家伙明明是大日至的徒弟，为什么要拜倒在你门下？”

紫极老人：“这叫交换学者。我正想将你送到雪隐门下去学习两年，但又怕丢了我的脸。你想不想去？”

还有这种事？李玄哑口无言。

紫极老人淡淡道：“摩云书院中百无禁忌，允许一切方式的竞争。你若是真要拿大师兄来卖钱，我也并无意见，反而要赞你一句：很有经济头脑。”

李玄彻底泄气了。看来他无法从书院领导层获得支持。

他冷冷一笑，指着龙穆王子道：“你以为大师兄那么好当？靠几个臭钱就能收买人心？我告诉你，我能当上大师兄，靠的是以德服人！”

咦？他居然能将这四个字说得如此振振有词？果然不愧为书院最厚之脸皮啊！

李玄冷笑：“你能服谁？”

他决定要让这位嚣张的插班生看看，他李玄不是好惹的！他响亮地打了声呼哨。

他狠狠地打了声呼哨。

咪呜！

一声响亮而又奶声奶气的叫声传来，咕噜一阵风般地冲了出来，一把就把李玄扑倒在地，三只巨大的头颅全都凑上来一阵乱舔。

咪呜咪呜！

云泥！云泥！

咪呜咪呜！

罐头！罐头！

咪呜咪呜！

咕噜是主人最爱的小猫咪！

无论什么时候，咕噜都是绝不能轻视的大魔头。平时李玄碰到咕噜这副招牌动作，势必拔腿就跑，但现在，这是他克敌制胜的伟大法宝啊！

他抱着咕噜的巨头，恶狠狠地盯着龙穆：“你能服它吗？”

他左手伸出，指着书院中的同学们：“他们，每一个都是心甘情愿地奉我为大师兄的，一年！整整一年！没有人能抢走我大师兄的头衔！没有人！”

这句话倒没人有异议。虽然李玄这家伙卑鄙阴险了一点，但的确，整整一年，他们都无法从他手中抢走大师兄的头衔。莫非这家伙有真才实学？只要看着他的脸，没有人愿意承认这一点。

李玄大笑：“你能吗？”

他飞扬跋扈地看着龙穆。

这是他的地盘。

第五章　蓬峦仙仗俨云旗

龙穆的手指修长而苍白。

这样的手指，也许只适合怀抱寻香神的竖琴，弹奏一曲连诸天神佛都沉睡的曲子。但现在，这根手指却指向李玄。

无数猫罐头哗啦哗啦从天空中掉了下来。咕噜一声怪叫，飞扑了上去。

李玄措手不及，被它一脚蹬在面门上，踩上了一个大大的脚印子。咕噜围着龙穆，奶声奶气地一阵叫，又挨又蹭的，看那样子，只要给它猫罐头，无论让它做什么都可以。

猫是奸臣。

龙穆有些戏谑地看着李玄目瞪口呆的表情。

他的声音就像是一声轻婉的叹息："我该夺走它吗？你赖以生存的唯一荣耀。"

李玄身子震了震。

他为什么那么看重大师兄的位子？他本一无所有，本不该对任何东西抱有如此强的欲望的。他也未尝不知道，这个大师兄的位子有多危险，一不小心可能会搭上性命。

这是个极度危险的游戏。

他又是为了什么，死死攥着，不肯放手呢？

是否真像这位王子所说的，他是想以此来证明什么？或者，仅仅是想证明给自己看？

生存曾经对他是如此黑暗，如今，他却沐浴在光明中。他是摩云书院的大师兄，这个唯有最强之强者才能拥有的名号，于今，被他染指。

这是否可以证明，一无所有、卑贱而寒酸的他，也同其他人一样，尊严、高贵、无与伦比；是否，就可筑起一道门，关闭他所有曾经的黑暗？

李玄无言，目光中第一次带着深沉的痛苦。

龙穆优雅躬身："是的，我将夺走。"

他抬头，目光中闪耀着讥嘲："承认他是大师兄的，请站到他身边；拥护我的，请站到我这边。"

李玄一惊。

龙穆的金发染着阳光垂下来，一如春天盛开的花树："我若做了大师兄，我承诺你们所有人都能毕业。"

他轻轻吐出一串字来，所有同学的眼睛都亮了。这实在是太强的诱惑了！就连石紫凝、郑百年这样的优秀人才，都无法抵抗，何况封常青等人了。

几乎所有的人，都禁不住向龙穆走去。

龙穆微笑："不急……让我们听听看，这位前大师兄，会有什么承诺？"

李玄瞠目结舌。难道……难道大师兄还要为师弟们作出承诺？大师兄不是只管作威作福就好吗？

封常青："老大，你不会从没想过为我们做点什么吧？"

厚脸皮如李玄，也不禁脸红了起来。说实话，龙穆的承诺实在诱惑力十足啊，唔……如果可以，我能不能也过去？我也很想毕业啊……

但……大师兄的位子是我的！我才是大师兄！

龙穆眼中的揶揄之色深深刺痛了李玄，他微弱的自尊心受到了极大的伤害，他绝不能让这个浑蛋得逞！

但他有什么法宝？想来想去也只有一样了。

"谁若是敢站到他那边，我就每天晚上睡觉前在他床上放一陀阿拉神雷！"

同学们齐齐脸色大变！

这太恶毒了，简直是惨绝人寰啊！他们望望龙穆，又望望李玄，一时彷徨了。

一边是致命的诱惑，一边是恶毒的威胁，虽然能毕业很好，但……阿拉神雷……想到人生从此就要与这东西脱不了干系，这样的人生还有什么趣味呢？

竟然没有一个人能果断做出选择！

龙穆轻轻颔首："瞬息之间竟能用威胁来对付我的诱惑，看来你并不是个简单的人呢。"

他伸出两根手指，轻轻打着响指。

"听说摩云书院不禁打斗，而大师兄的制度中最重要的一点就是谁能胜过大师兄，谁就是新的大师兄。那么……"

他脸上的笑容温和而从容，像是在发出一次晚宴的邀请："杀了你好吗？"

瞬息之间，他淡栗色的瞳仁开始深沉，变得宛如湖水一样深。他冷冷看着李玄的时候，嘴角慢慢挑起，形成一个艳色惊人的微笑。

冰冷而残酷。宛如暗夜的王子，登上城墙，看着为他一句戏言，而血流成河、骸骨支天的大地。

他身后便是地狱，是这个现世揭开升平的假象后的地狱。腐败、残灭、杀戮、恐慌，催动着黑旌逆风飘扬，尽放地狱腥腐之气息。

这位异族的王子，有着太阳一般的容貌，与月一般的妖异，两种截然不同的气质在他身上交融，铸成了他那奇特的、无法阻挡的魅力。

当他殷勤邀约时，没人能够阻挡，但当这邀约变成地狱的呼唤时，亦没人能够拒绝。

李玄一声尖叫，因为，一轮明月自浮空岛上升起，化为一柄巨大的镰刀，刹那间已凝聚成形，在龙穆的浅浅微笑中，向他厉挥而下！

凌厉的力道疯狂地喷涌而出，蚀吞着周围的一切。在镰刀漆黑的刀刃上，卷起无数道细小的旋涡，终南山上一切灵气全都被旋涡吸住，急骤地向镰刀奔汇而去。刹那间，那柄镰刀迸发出一阵妖艳的光芒，凌空直取李玄！

厉光宛如山峰，向李玄轰然塌落。

李玄惊得脸都白了。这位少年王子说杀就杀，出手又快又辣，而且力量强大至极，绝非他能够抵挡！李玄忙不迭地提起全身劲力，五云战靴上立即腾起四只胖乎乎的小翅膀，托着他向外飞纵而出。

轰隆一声巨响，大半个太辰院被这一刀斩成齑粉，刀势所及，终南山上被切割出一道深深的裂痕，直达几十丈。

裂痕漆黑幽深，看不到底，紧贴着李玄的身子穿过。若不是他躲闪得快，这一刀便会将他斩成肉泥。

这少年出手竟是如此狠辣！

李玄看着紫极老人，惨叫："你们难道就不管管吗？这是谋杀啊！"

紫极老人淡淡道："鉴于你已做大师兄超过一年，那么可以判断你的实力已超过师弟师妹们很多。所以师弟师妹们挑战你时，可以不择手段。这是摩云书院大师兄制度的第二条，你好好记住了。"

李玄气得快要晕过去了。

紫极老人道："何况你是我的大弟子，龙穆王子是大日至的大弟子，紫极老人没输给过大日至，你岂能输？你要是输了，我就让你永不能毕业！"

这是什么规矩啊！

龙穆嘴角浮起一抹微笑，他很喜欢这个规矩。那么，是不是可以放手一击了呢？

月之镰刀再度扬起，却在刹那之间幻化出三柄，凌空将李玄围在中间。

李玄心神俱裂，五云战靴虽然神奇，但他的修为实在太低，无法全力驱动。躲开一柄镰刀还勉强能做到，若是三柄齐杀，他能躲开吗？

轰然爆响声中，三柄镰刀一齐暴起，伴随着裂天嘶啸声，电光骤起，将李玄前后左右上下一齐封住，怒斩而下！

这一次，李玄无论如何都无法逃开！

龙穆做了一个遗憾的手势，代表着一个生命的终结。

他转身，准备荣膺大师兄之位，为他的师弟师妹们发表一通辉煌的就职演说。

突然，三柄激烈旋转的镰刀从中折断。

龙穆身形骤然顿住，就见一柄刀悬停在空中。

那是一柄普普通通的刀，唯一奇异之处，就是它的刀身上透出一缕暗红，缓慢地闪烁着。仿佛沙场战血，苍茫而深痛。

但这柄刀一出，龙穆幻化出的三柄圆月镰刀，却在刹那间全被斩断。

龙穆脸上闪过一抹怒容，盯住这柄刀。

红光从李玄身上暴起，结成定远侯的形貌。那柄刀凌虚握在他手中，发出一阵心跳般的回声。

黄沙万里，唯有战魂不息。

这柄刀或许普通，但却因为那个心志坚毅的人，而不再普通。

是名定远刀。刀身斜挥，指向龙穆。

定远侯的力量化成一抹火影，浮动在李玄身外。他的飞扬跳脱似乎也受着这股力量的洗涤，沉静了下去。只要这柄定远刀在手，他便不惧任何人。

龙穆细长的眉毛轻轻蹙起，盯在定远刀上。

这个一无是处的浑蛋，怎么可能会有这样强大的力量？要想胜过这股力量，他需要出动浮空岛上的古佛。

要吗？真的要杀了他，毁掉他所有的希望吗？

那似乎是很有趣的事情呢。龙穆轻轻地笑了。

忽然，他的目光动了动。

穿过定远刀的火影，他看到了一抹苍白的影子。

镜光，在这纤细的影子心中旋转，诱发出轮回中一幕又一幕的往事，刻在骨上，铭在心中，形成火烙一般的伤。

镜光，穿过无穷的世事轮回，若有若无地透出来，照在李玄身上。

于是，那抹火影能够横刀而立，睥睨天下豪杰。

——原来，这就是定远侯力量的来源。用一面镜子，连接前生与后世；用一个女子的痛苦，成全了他的威严。

龙穆的笑容缓缓绽放，他找到了更有趣的事情。

他抬步。每一步，纷飞的翠羽之眸就散落成花，翔舞在他身侧。他走过李玄时，并没有停留，一直走到苏犹怜面前，悄然站立。

阳光洒在他脸上，他的微笑就宛如光芒镌刻成的一般。

他注视着她，仿佛看尽她的万般轮回。

苏犹怜的身体在他的注视下，也仿佛变得透明，藏不住一丝秘密。

铮……

一声轻响，九灵御魔镜感受到她心底的惶惑，将光芒缓缓透出，包围住她。

但再强的光，都无法抵挡龙穆的凝视。

他的声音低沉而温柔，充满魅惑："这才是你最珍贵的吗？"

"那么，我将夺走它。"

他微微躬身，拾起苏犹怜的纤手，放在唇边轻轻一吻。

那时天地寂静，世间所有的光都汇聚在他的双眸中。

他无尽真诚。仿佛所有的生命都在这一吻中燃烧，为这一吻，他不惧化为灰烬。

这一吻，竟让苏犹怜无法躲闪，就像一把镶嵌着累累宝石的匕首，如此霸道，如此不由分说，将她钉在了今世的轮回中。

就算是一片雪，她也不再飘飞，永恒融化在幸福的九重天上，身边伴着那骄傲的王子。

这一吻，只有公主才能享有，而接受了这一吻的人，也将成为真正的公主。从此，跨上那金色的马车，不再犹疑，不再畏惧，只需深居在他辉煌的王宫中，分享他的尊荣、权力与繁华。

他缓缓起身，恭谨地行了一礼，缓步倒退，没入了千人的包围之中。

这时，时间才能继续。直到他的笑容完全隐没，苏犹怜才能恢复呼吸。

不知为什么，她竟有些怅然若失。

最困惑的要数李玄了。不是要跟我打的吗？不是要抢我的大师兄位子吗？怎么突然去找苏犹怜了，还当众做出如此恶心的事情来？

但不知怎的，他的心底涌起一阵强烈的不安来。

仿佛，最珍藏的，暴露在别人的触摸下。

仿佛，最珍贵的，将要被别人掠夺。

这不安是如此强烈，第一次，让他心神不宁，莫名地烦躁起来。

仙乐风飘中，龙穆满身白鹦鹉翔舞，步入浮空仙岛。

他在临消失之前，回过头来，手指在自己咽喉前缓缓划过，眼睛却讥诮地看着李玄。

“记住，我将夺走它。”

定远侯的火影散落，李玄忽然感到一阵寒冷。

左耳一阵疼痛，被苏犹怜狠狠拧住，提了起来。

无论什么时候看起来，苏犹怜的娇媚容颜都那么销魂，但此刻，却无法让李玄静心欣赏。她轻轻将暖香的气息吐进李玄的耳朵里，娇柔道：“郎君，这便是我们的第六重考验，可不要让别人把我抢走哦。我的郎君，一定会勇敢面对的。”她轻轻一笑，化雪消失在漫空碧色中。

李玄揉着耳朵，忽然感到一阵莫名的惆怅。

李玄摇了摇头，将杂念摈弃。虽然不知道龙穆这家伙究竟想夺走什么，但他绝对不会让他得逞的！

他的魔爪，绝对绝对不能伸到苏犹怜身上！

开学典礼终于结束了。

真是个复杂而热闹的典礼啊。

一个人站在太辰院中，挠着大脑袋，满脸疑惑地四处打量着。

“不是说会用盛大的典礼欢迎我的吗？我也是插班生啊！为什么一个人都没有？”

“我可是雪隐尊者的弟子，永恒的审美大师啊！我那凌厉的美感与充满时代精神的造型，是不容忽视的！究竟是谁在忽视我？我绝不能原谅他！”

他仰天长啸着，摩云书院静寂无声，没人回答他。

这就是跟龙穆王子这样的人生活在同一个时代所必须付出的代价啊！

看来胡大老爷还没明白这个道理。

第六章　不是花迷客自迷

苏犹怜静静地站着，她的脸上是前所未有的谦恭。

她眼前，是一轮光，雪光。雪光照耀着她，在她眼前形成一道幻影。幻影的正中间，是一个头发花白的老头。

那是藏边佛教的第一尊者，雪隐上人。

雪隐上人凝视着苏犹怜。雪光照耀下，苏犹怜全身宛如透明一般，一切意念全在雪隐的目光中化为飞舞的曼陀罗花，历历在目。

雪隐悠悠叹息："你还没有找出杀死李玄的方法。"

苏犹怜低头，不敢回声。

雪隐的目光中有历尽沧桑的睿智："也许，我不该派你来。"

苏犹怜猛然抬头，叫道："不！师尊，让我完成它！请不要将我召回！"

雪隐淡淡道："但你的时间已经不多了。"

他左手轻轻抬起，手心中有一枚透明的珠子在静静地旋转着。

"这，就是你想要的奖赏，我已经替你做好了。如果你在一个月之内杀不掉李玄，我只有亲手毁灭它。"

苏犹怜急切地道："不，千万不要毁灭它，千万不要！我一定会杀了李玄的，一定！"

雪隐淡淡道："你曾对我说起，你心中似乎总存着一丝疑惑，似乎自己曾欠了某个人很重要的东西，希望自己能回报给他。但始终找不到这个人是谁。你总该知道，你乃是雪身，天生无情无爱，注定不可能得到任何人的爱。你降生的唯一职责，就是在诸天灭绝时，为世人跳一阙葬天之舞。但你在漫长的岁月中，有了人的感情，妄图也享受爱情的温暖。只有借我之无边佛法，才能够满足你的愿望。”

“于是我用两藏千佛珠的力量，为你逆天换命，让你能找到你寻觅的人，并且得到一份爱情。为此，我将千佛珠的一部分植入你的体内，为你禁锁天命，此事大损我的修为。我命你入摩云书院，杀死李玄，用此大功来抵消。哪知你来此半年多了，仍没有半点进展。我不禁怀疑，为你大损修为，是否值得？”

苏犹怜凝视着那枚透明的珠子。

那里面有她看不清、找不到的疑惑。她知道，那将是一颗温暖的心。那是她在雪原上静立了千年，凝望了千年，却不能拥有的一颗心。当她拜入雪隐门下，修行之后，她曾虔诚地问雪隐上人，为什么她千年以来，不断地经历背叛、戕害，却从没有人珍惜她、爱过她？为什么，她心底深处，总仿佛缺了什么，欠了什么，始终无法寻找到？

后来她才知道，那是她的天命。

她的天命，就是该受尽折磨，不配享有任何的爱情。

但她又是那么渴望能寻找到那模糊的影子，回报她的亏欠，并追随他一生。一想到有人会执起她的手，用万种柔情来呵护，她就潸然泪下。她愿意付出任何代价，只为能享受哪怕一时、一刻的爱情。

哪怕只是一个瞬间。

于是雪隐便与她订了一个契约。一个用地仙千年修行为她换命的契约。

而作为交换，她必须进入摩云书院，杀死一个连名字都没有听过的少年。

她毫不犹豫地答应了。

但这个看似不学无术的少年，身上却怀有紫极老人亲赐的玄陛天书，只要她稍有敌意，紫极老人立即就会知道。他是摩云书院的大师兄，紫极老人绝不会袖手旁观的。

如何才能不惊动紫极老人，将他杀死呢？

她以爱情为名，给他订立下七重考验。上天入地，降龙伏凤，骗他一次次经历绝险之境，却最终没能杀死他。最接近成功的一次，她用九灵御魔镜，将他救了出来。她也不知道自己为什么会这么做，为此她追悔了很久，很久。

她的爱情，锁在一枚小小的、透明的珠子里，就在眼前。

只要李玄一死，她就能得到。

她脑海中忽然闪过了那个奇异的梦，以及梦中那对妖异的黑翼。她的心霍然明亮了起来。

如果需要魔的契约，她才能得到爱情，那她也毫不犹豫地深入地狱，订下这份契约。她决然抬头，凝视着雪隐。

“师尊，我这次再不会令你失望，李玄必死不可！”

李玄郁闷地坐在石头上，摩云书院竟然如此冷冷清清。

崔氏三姊妹、龙薇儿等人叽叽喳喳地，讨论来讨论去都是这位帅气的插班生。男同学们虽然不说，但瞧着浮空岛的目光，都充满了羡慕，当然还有一丝妒忌。

龙穆王子，俨然已成了书院的中心。

这让李玄极为不爽。

显然，大师兄的位子，迎来了最强有力的竞争者。这一次，无论从哪方面看来，都必定要易主不可了。

李玄偏偏不服这个气！他一定要想个办法来，保住自己的位子。

同学们都看热闹去了，封常青居然没走，还像往常那样伴在李玄身边。

“老大，我要陪你同甘共苦！”

李玄看着他那张诚恳的脸，心中有一丝感动。这难道就是友情?

他拍了拍封常青的肩膀，心中微微有点惭愧。这么好的朋友，他竟然经常嘲笑他的丑，还不时拳脚相加。他暗暗发誓，以后一定要对这个小弟好一点。

突然，一阵仙乐遥遥飘来，李玄情不自禁地抬头观看，不禁一呆。

终南山钟灵毓秀，摩云书院西侧的绛云顶本来并不突出，只是山势略高，傍晚太阳西落的时候，夕阳返照，将山云染成红色，盖在山顶上，就像是新娘子的红盖头，所以叫作绛云顶。名字虽然好听，但景物却很平平，除了练武，平日几乎没有人上去。

但现在，却完全不同了。

山体缩小了一半，上面的泥沙全被移走，露出玲珑的山骨来。奇峰挺拔，仿佛一只仙掌指天而立。朴素的绛云顶，变得灵秀万分，竟比天秀峰还要好看。

山的最顶处，生着一株极大的菩提树，枝条横曳，几乎将整座山顶都覆满。无数藤萝攀附在树冠上，斜垂下片片翠微，仿佛是天女曼妙的裙。一朵朵淡金色的花在绿丛中盛开，又仿佛浩瀚夜空中点点的繁星。

龙穆斜倚菩提树而坐，轻轻扣着修长的手指，翠白色的长袍与金色的长发一起倾泻下来，淡淡的微笑，却是他最奢华的装饰。

一条玉阶盘着绛云顶徐徐下降，缓缓铺向摩云书院。

侍奉王子的随从们，正在铺设云路。这一次，踏足其上的又将是谁？

李玄倏然一惊，忍不住站了起来！

玉阶所止之处，赫然竟是女生宿舍门前。

苏犹怜的宿舍。

无数白鹦鹉从空中翩跹飞来，每一只都衔着一枚明珠，淡淡的光芒将道路照亮，一只最为清俊的白鹦鹉轻轻啄门，宛如灵慧的小奴，替主人殷勤邀客。

苏犹怜打开门的时候，淡淡的明珠从山顶垂下，连成一条星河，一头系着她，一头系着龙穆王子。

龙穆浅浅的笑，隔着千级阶梯，一如月色中的一轮太阳，足够温暖她千年寂寞的心。

他便是仙苑禁囿中的王子，等待着公主应邀而至，一起共享这美好的夜色。

为此，他开辟青山，铺设玉路，让月色照临，群鹦飞舞。

只为她。

苏犹怜心中浮起一丝感动。

从没人为她这样做过。这个异国的王子有着难以捉摸的心思，竟会准备这么豪华的晚宴，邀请她一起度过。

她有点好奇，如此晚宴，会是何等光景？

这好奇足够让她打消心底的犹豫，前去赴约。毕竟，只不过是同学之间吃顿饭而已，没什么大不了的。

她缓缓举步，向玉阶上踏去。

那一刻，龙穆脸上露出一抹慵懒的微笑。

李玄心中一震，他猛然记起在开学典礼上，龙穆说过的一句话。

“记住，我将夺走它。”

那时，他的目光，似乎正看着苏犹怜。

他要夺走苏犹怜？

——跟我有什么关系？

李玄自嘲地笑了笑，心中却有一丝莫名的烦躁。

他看着苏犹怜一步步向龙穆走去，满空明珠随着她踏过之后，便暗淡、消失，在她身后隔绝出一片幽深的黑暗。他忽然感到一阵惆怅。

他想起了在书院后山，自己莽莽撞撞地握住了一双手。抬头，便看见了苏犹怜新雪般的笑容。

她对他说过一个传说。在她的故乡，少女的手若是被握住，那就表示她收到了对方求婚的请求。从此后，勇士要历经七重考验，才能娶回他的新娘。

在那之后，无论是情愿还是被迫，他都陪着她一起，经历一个个爱情考验，上天入地，降龙伏凤。每一次，他都在心中告诫自己，这只是一个游戏。毕竟，这一切来得太突然，突然得有些不真实。

更何况，苏犹怜是如此美丽的女子，又怎会爱上一个一无是处的小混混。

不过是游戏罢了。

好在，那个恼人的游戏，那个不知真假的传说，会随着她一步步走近，而离他远去，跟他再没有关系。

七重考验，将会在苏犹怜登上绛云顶时，戛然而止。

公主，毕竟更适合留在王子身旁。

此后，他是李玄，她是苏犹怜。他跟她各自追逐自己的天荒地老，再也没有关系。

人群之中，他们会擦肩而过，却再也不会相视而笑。

解脱了，再也不必被她逼着去降龙伏凤、出生入死。

他又成了自由身啦！

他该大笑三声，以示庆祝的，但不知怎的，他连一声都笑不出来。

封常青："老大，你怎么不追上去？"

李玄："我凭什么追上去？"

封常青："全书院的人都知道，老大跟苏师姐是一对啊！这位龙穆王子明摆着是想撬你的墙脚嘛，这你都能忍？你还是不是男人啊，老大？"

李玄："谁说我跟她是一对？"

封常青："老大你不承认都不行啊！你跟苏师姐经常偷偷溜出去玩，全书院的人都知道啦！玄冥常傅还说，下次要逮着你开风纪批斗大会！"

李玄脸色惨变！

封常青："老大！男人一天累死累活是为了什么？还不是为了女人啊！是男子汉的，冲上去，打败他，抢回你的女人！不能输这口气啊！"

这最后一句话打动了李玄。

岂能输这口气？李玄的斗志顿时昂扬起来。他要冲上绛云顶，将苏犹怜带回来！

李玄："咦？你为什么拿着纸跟笔？"

封常青："老大，我想写一本小说，就以你跟苏师姐为原型，名字我已经想好了，叫《传奇》。”

李玄：“你准备写些什么？”

封常青：“看到的、听到的。古墓老鬼跟他老婆的故事就不错。前些日子我在蓝桥见到了个书生，他跟我说了他的经历，也挺不错的。我还决定起个笔名，叫‘斐硎’，发硎新试、文采斐然的意思。所以我天天跟着你，就是想将你的一举一动全都记下来，以后好编故事。你不知道，无论是小玉还是咕噜，都特别爱听你的故事，我靠说故事给他们听，已经赚了三两银子了……”

这家伙居然是为这原因陪着他的？李玄几乎气个半死，冷冷道：“我看你该起名叫‘悲硎’，发硎新试，一刀自砍，悲从中来。”

封常青立即哭丧着脸道：“老大，你怎可如此打击你的小弟？”

李玄：“小弟？我看你是想把我当摇钱树而已！赚的钱呢？拿出来！”

他追着封常青一阵狂打，将他兜里的钱全都刮走，然后得意扬扬地向绛云顶走去。背后封常青呼天抢地地大哭着。

月色撩人。

苏犹怜就像是一身雪衣的仙子，袅袅走在碧宇天际。一只只白鹦鹉在她身侧缓缓扇动着翅膀，徐徐飞向绛云顶的山巅。

李玄急匆匆地奔到山脚，却发现随着苏犹怜走过，玉阶已化为碧尘。苏犹怜已在几十丈的空中，离那棵摇曳的菩提树越来越近。

月光之下，每一片玉阶都化成虚幻的光之华，碎成粉末，被柔风一吹，宛如佛座前燃尽的沉香屑，飘飘荡荡洒得漫天都是。

李玄大叫一声：“喂！”

苏犹怜驻足，回头，向着他嫣然一笑。

那一刻，她是如此美丽。玉阶在他们之间一级级破碎。

李玄一阵紧张，他是那么渴望苏犹怜能跳下来，跟他回去。就算她再让他经一百遍考验，他都愿意。

这念头，让他忽然发现，自己真的有点喜欢这个会撒娇会黏人，美丽而又危险的雪妖。

只是一点点而已，他追过来，只是不想让她陷入龙穆的魔掌，还有，不能在龙穆的挑衅中输掉。

是的，他是不会爱上她的，他有他的前生约定，有许多许多事情等着他去努力。他只不过是在跟龙穆抢大师兄的位子而已，苏犹怜是不小心被卷进来的……

苏犹怜转身，踏上了绛云顶。

李玄呆了呆。

他心中闪过一阵迷惘。苏犹怜看到了他，却不理他。

龙穆淡淡的微笑似乎在夜空中出现，讥诮地看着他，似乎在对他说："你输了。"

李玄大叫一声，向绛云顶冲去。

他要爬上绛云顶，他不能认输！绝对不能输给这个目中无人的浑蛋。

不知为什么，他的心，有点隐隐的痛。

爱情是一枚刺。

特别是将要失去的时候。

不承认，它就会藏进肉中，轻轻地，随着呼吸挪动着。于是疼痛便铺天盖地而来，却又无法捉摸。

龙穆看着姗姗走来的苏犹怜。

雪妖本是这个世界上最美丽的精灵，在他刻意营造的月色交融下，更是娇婉美丽，宛如冰碗中储着的一瓣新雪。

一个连月神都要赞叹的美少年，一个倾国倾城的美人。

他们两人对面而视，仿佛珠玉映照、日月争辉。

多么完美。美到只要轻轻一碰，就会粉碎。

龙穆淡栗色的眸子中透出一丝笑意。

他喜欢这样的美丽。美，就该昙花一现，在惊艳的一瞬后，化为乌有。只有回忆陪伴的美才是最美的。

就如同这只孱弱的雪妖，在破碎前的一刻。

他轻轻欠身，用最隆重的礼节来迎接他的公主。

两尊佛陀雕像静立在绛云顶上，茂盛的菩提树生在佛陀中间，龙穆斜倚树而立，翠白衣袖缓缓抬起，邀苏犹怜落座。

菩提树下，是两只莲座，莲座中间，是一只长长的花案。各种各样奇异的鲜花摆满了桌子，佛陀各在一边拈花微笑。

两人落座，微云之中，浮空仙岛上透出一缕毫光，照在花案正中央。龙穆的笑容透过鲜花，就像是天国中微微蹙眉的月神。

“在我的国度中，人们全都信仰慈悲的佛，不沾半点荤腥。佛也以他那广大的法力让大地遍开鲜花，令人们取食。这就是我们国度中最隆重的花之宴，为美丽的公主而盛开。”

鲜花可以吃吗？

苏犹怜看着那些美丽的花朵，不禁微觉好奇。

一群通体如雪的白鹦鹉飞了过来，停在桌边上，宛如鲜花丛中的仙子，徜徉在繁锦之宫中。苏犹怜的目光在哪朵鲜花中稍稍停留，便有一只白鹦鹉飞过来，将鲜花衔到她面前的玉盘里。

龙穆抬手，殷勤而优雅地邀请。淡淡的月光跟烛光交融在一起，让周围的一切全都朦朦胧胧的，龙穆淡栗色的眸子隐没在夜色里，也变得分外虚幻而撩人。

苏犹怜轻轻叉了一瓣花，送到嘴里。一点异香透下，花变成了一滴露，滑入了她的舌中。这不像是云泥，却如一个吻，隐秘地点在舌尖上，瞬间直透到心底，令人心醉神迷。

苏犹怜仿佛置身在空旷的花之国中，这个世界中只有她一个人，四周全都是花的海洋。她在轻轻飞舞，摇曳的裙袂带起朵朵鲜花，她就在漫天花雨中舞着，不愿停止，不愿醒来。

第一次，她的世界中没有冰、没有雪，只有花、只有喜悦。

良久，苏犹怜方才醒过神来，赞叹：“真好吃。”

龙穆双手十指交叉，轻轻地放在颚下，慵懒而随意地半支起身子，微笑看着她。

一枚妖红如血的花枝，随意缠搅在他苍白的指间，在他的把玩下缓缓旋转。

烛光摇曳，他淡栗色的双眸中有一贯的讥诮和慵懒，却也透出一种别样的温柔。

眼前这个少年的笑容不亚于任意一朵鲜花，竟让苏犹怜升起了一个恍惚的念头。

若是将他的吻放到舌尖上，会不会有同样的感觉？

这念头实在太疯狂，让苏犹怜的脸轻轻地红了起来，她急忙将目光投向另一瓣鲜花，用鸾刀慌乱地切了起来。

龙穆微笑地看着她，她的每一丝神态的变化，都镌刻在他细长的双目中。

他忽然喜欢起这个游戏来，他心中也不禁冒出了一个念头。

若是将这瓣雪放在舌尖上，会不会品尝到直透心底的清凉呢？

两人全都沉默着，只有鸾刀碰在盘子上，发出轻微的声音。但这沉默并不尴尬，仿佛有种隐约的默契。

苏犹怜挥手示意白鹦鹉不必再为她服务，拿起桌上洁白的丝巾，缓缓拭了拭嘴角的余痕。

她该走了。淑女不该陪陌生人太长时间，一刻钟的晚宴恰好。

那一瞬间，李玄惊愕的日光浮现在她面前。

——刺伤他了吗？

她轻轻笑了。

很好。

龙穆修长的手指伸出，轻轻打了个响指。

浮空仙岛收起毫光，静静滑远。

绛云顶上恢复了原来的模样，鲜花之宴结束，只有两尊佛陀，佛陀莲座打开，上面坐着苏犹怜与龙穆。

夜色四合，黑暗中一片幽静，没有光，没有声。

第七章　开年云梦送烟花

繁华落尽，忽然变得这么平淡，让苏犹怜微微觉得有点不适应。

龙穆的笑容仍然那么温柔而魅惑，悠然道："喜欢烟花吗？"

烟花？像是鲜血般涂满天空，炸开成一丛丛绽放的惊悸？

喜欢。

那是温暖的寂寞，在华丽中失神。

但我却要走了，苏犹怜轻轻想着。放纵不能太多，否则就成了放荡。

我与你，只有一刻钟的晚宴。

龙穆微笑，身子微微后仰，随意地斜靠在佛像上，缓缓转动着指间的花枝。

他身上有种来自异国高贵而颓废的气质，这个姿势恰好将这种气质完整地表露了出来，让人想起镂空的、丝绸的衣袖，散发着隐秘味道的薰香，以及空寂的皇宫大道上走着的孱弱诗人。苍白的、永远等着安慰的双唇。

这连番的想象在月色中让苏犹怜有种梦幻的错觉，一时忘了离去。忽然，身上一紧，背后的那尊佛像散发出无尽毫光，化成千手千眼的法身，千只手一齐抱住了苏犹怜，将她紧紧护住。

苏犹怜一惊，龙穆的声音传了过来："二十年前，天竺十八位最有名的高僧即将圆寂，他们痛感人间苦多，放弃了涅槃成佛的机会，甘愿身入地狱，永受轮回之苦，于是请求我师大日至尊者将他们炼成即身佛，守护众生。我师感叹他们之慈悲佛心，不惜损害七十二年的修为，施展无上佛法，于一须臾之间让他们遍历十生之苦，觉悟成佛。是为罗汉金身，不败不灭，永佑苍生。”

苏犹怜脸色一变，这佛像竟然是罗汉金身？得其一可横行天下，龙穆竟然有其二！

她稍稍放了点心，至少罗汉金身是不会害人的。

一阵隐隐的轰鸣声传来，苏犹怜急忙低头，就见脚下的山石，竟然变成了血红的一块。透明的血红。

咯咯咯一阵轻响，两人身周缓缓浮起了十三片甲骨，呈一个圆形，将他们包围在中间。

苏犹怜在雪隐门下多年，自然认识这十三片甲骨，正是神鳌万年修炼完足之后，褪下的背甲。神鳌极大，等化龙飞升之时，每一片背甲都大如山岳，纵使天上雷劫亦不能动其分毫。这十三片甲骨显然经过仙法炼制缩小，每一片都精光射目，刺得苏犹怜几乎睁不开眼睛。

苏犹怜忍不住抬头，头顶上浮着一尊透明的佛陀。那是一枚舍利子结成的幻象。

能形成这种幻象的舍利子，只有真正的佛才能生成。

苏犹怜脸色变了变。罗汉金身、神鳌背甲、舍利子，无一不是罕见的奇珍，它们共同组成的防御圈，连天雷都不一定能突破。

龙穆为什么要布下这么坚固的防御？

他究竟想干什么？

苏犹怜看了龙穆一眼，龙穆正在看着自己修长的指甲，只用余光打量着她。他似乎很满意她的惊慌，嘴角噙着一丝淡淡的微笑。

这微笑滋生了苏犹怜心底的不安。

背后的千手千眼佛忽然动了，每一对手都结成了佛教里的不动明王印。

两位千手千眼佛，两千个不动印。

梵唱声隐隐响起，结成阵阵光雨，在两人身周纷纷坠落。每点光雨中，都是一尊小小的不动明王。

那枚舍利子光芒大涨，外面形成的佛陀幻象轰然爆发，顶天立地，双手合十，将龙穆、苏犹怜护在掌心里。

十三块神鳌背甲中射出万道精光，围绕着两人急速旋转起来。海涛之声大作，澎湃涌动，隐隐卷起地、水、火、风，挡在两人身外。

苏犹怜不禁有些惊恐，这防御是如此严密，也就意味着，即将到来的危险，是如此之可怕！

龙穆仍在微笑："地心由一团很大很大的火焰组成，叫作地火。从任何一座山上往下打洞，只要打得足够深，就能引动地火，化为火山……"

他话音还未落，惊天动地的一声巨响中，一大团炽烈的火气猛然自山腹中涌出，以雷霆万钧之势向天空怒冲而去！

地底仿佛被打开了一个巨大的缺口，潜压了千万年的地火汹涌而出，宛如一尊被囚禁的巨人，怒吼着向苍天挥舞着火化成的双拳。

绛云顶轰然炸成碎片，巨大的山石在瞬间就被烧得通红，成为通红炽烈的火团，迅猛地向四周迸飞。方圆数里内仿佛化成了火海，经历着天地开辟时的阵痛。

一切全都塌陷、沉沦，变为火之地狱。

苏犹怜就觉身子像被巨锤撞中了一般，连人带佛像冲天而起，向上抛去。

他们成为火之巨人的武器，被它攫取着，猛烈地砸向苍天。它疯狂野蛮的力量瞬间遮蔽了所有感官，深植进骨髓深处，化为恐惧。

绛云顶，火山爆发了！

苏犹怜宛如一片雪，在烈焰中飘摇，仿佛下一刻，她就会枯萎。

她使劲咳出一口血，却立即被烈火烤干。

舍利子、神鳌甲、罗汉金身散发出的毫光仍护在她身边，为她抵挡着地火焦炎，但火山爆发之力何等强大，顷刻间整座终南山都仿佛燃烧了起来，黑云红光遍天，烧得夜空化为炽白，地火热气早就涌入了法宝光圈之内，炙得苏犹怜几乎死了过去。

她是雪身，最受不得火气，何况还是天下最炽烈的地火之气。

刹那间，她仿佛历尽了千生万世的辛苦一般，然后重重摔在地上。

“啪”的一声轻响，她背后的佛像化为飞灰散去，十三片神鳌背甲也齐齐炸裂，只有头上那颗舍利子仍放射出阵阵清光，为她稍解炎热。

饶是如此，苏犹怜仍觉全身骨骼几乎散开！

她咬牙勉强起立，只觉全身的力气都被火气蒸走，身子一软，又摔倒在地上。

火山爆发乃是人世间最猛烈的几股力量之一，顷刻之间毁城灭池，千里赤地。

若不是神鳌甲、舍利子都是千年难得的宝物，苏犹怜早就被烤炙成了飞灰，哪里只是起不了身这么简单。

苏犹怜咬牙用了几次力，但觉骨髓都仿佛被烈火烤焦，勉强站了起来，又是一口鲜血喷出。

刹那之间，她已从生到死历练了一个来回。若是护身的宝贝稍微弱了一点，她早就死了几十遍了！

好端端地，怎么会突然火山爆发？苏犹怜想破头都想不明白发生了什么事！

她抬头，向天上望去。

天空赤痕纵横交布，仿佛回到了远古的浩劫后，灰烬漫空。

终南山本是天下灵山，此时残破，荒芜，废弃，凄凉。

它成了一位被剥光了华装珠宝的老妇人，丑得歇斯底里、疯狂刻薄。

这座山，这座书院可真是多灾多难啊！

苏犹怜忽然看到了一双眼睛。

龙穆的羽衣华服也布满烧灼的痕迹，金色的长发落满灰尘。然而，他的神态仍然那么潇洒而高贵，他站在漫空劫灰之中，就仿佛暗夜中的王子，所有灾难都是他身上装饰的夜之珠宝。

他拂去发上的尘埃，静静地注视着苏犹怜，双眸透出星辰般的光华。

“伟大的烟火，喜欢吗？”透过布满尘埃的衣衫，他的骄傲依旧如此逼人。

苏犹怜怔了怔，一时不知该如何回答。

他微笑着，踏过烧尽的灰土，来到她身边，俯身在耳畔低声道：“那是专为你准备的呢。”

苏犹怜猛地想起花之宴中龙穆说过的一句话：“地心由一团很大很大的火焰组成，叫作地火。从任何一座山上往下打洞，只要打得足够深，就能引动地火，化为火山……”

她豁然醒悟！

火山，是他引发的！

怪不得他事先准备好那么多宝物！

他邀请自己来赴宴，就是为了让自己受火山喷发之苦的吗？

苏犹怜从未对任何人生气过。就算眼珠被挖走，爱情被背叛，她都没怨恨过任何人。她怨恨的只是自己的命，但此刻，她身上的雪衣却全都燃烧起来。

她伸出双手，尖尖的十指就像是猫一般抓住了龙穆的衣领。她的怒气也像是被冒犯的猫：“你知不知道，你差点害死了我们！你差点将终南山都点燃了！”

龙穆微笑着看着她，他的笑就像是钩，带着美味可口的饵，等着鱼儿上钩。

鱼儿游在清澈的水中，他在岸上等待。

等着她心甘情愿地咬住钩，然后他就会扬手，将痛深深刺进她体内。

她的疼痛就是他的收获。

爱情是一枚刺，弯弯的，带着美味的饵，迟早会刺进体内，而他，则在刺的背后微笑看着。

看着她像猫一样发怒。

“因为，我想你记住这一刻。”

“这是我们的初遇。”

这一刻，他不再骄傲，不再刺人。他的语声低沉而温柔，宛如嵌在月光里的一段回忆，那么空灵、那么忧伤，总是在不经意的时候触动心底最柔弱的地方。

苏犹怜怔了怔。

——为了让你记住这一刻。

谁又能轻易忘记这样的一刻？

苏犹怜忽然发现自己的怒气也不是那么重了。龙穆的话音隐在低沉的月色中，就像是一脉袅袅的笛声，让人不由自主地静下来，去倾听。

满目疮痍，只为让你记住我。

多么疯狂而浪漫。

她不禁低头，感到一丝默默的娇羞。但随即，她猛然惊醒。

她不能在这一刻沦落。

她急忙甩手，却发觉已被龙穆握住。

他的眸子中又有了一丝玩世不恭的讥诮，抬起绣满华藻的袖子，轻轻为她拭去唇上残留的血痕，这个动作让他靠得更近了些："痛吗？"

一丝邪恶的笑在他的唇间荡漾。

"就是让你痛呢。"

这句话让苏犹怜有些狼狈。

他替她拢起了凌乱的长发，一缕缕绾住，却仿佛不经意地用修长的手指在她的耳边轻轻拂过，一面欣赏着她那慌乱的表情。

这句话让她忽然变成了那个羞涩的少女，第一次被一个笑容打动的时候。

她满心慌乱，想逃开，却忽然想起了李玄。她不知道这个大孩子一样的无赖怎么会突然出现在她的脑海里，但她想到他的时候，她的心忽然宁帖。

这感觉让她自己都怔了怔。

怎么可能？

天上天下，她跟他是最不可能的。

她不禁冷笑了起来，她看着龙穆，那是一个完美的王子，永远站在月光下，站在迷人的微笑里。

他随时等候着，对你说："我让你记住这一刻，那是我们的初遇。"

多么完美，多么浪漫。

她却是个卑微的雪妖，一千年冷落在灰尘里，无人问津。于今，她终于等到了王子。

但这不属于她。她的爱情，就在那个对雪隐的许诺中，只要她完成了，就能获得。从此陪着她天长地久，不再寒冷。

她只想要这一点小小的幸福，此外什么都不要。

她心中忽然涌起一个强烈的念头——琉璃打散了会是什么样？

这念头让苏犹怜轻轻笑了，在漫天劫灰中，她的笑是那么纯洁，那么亮眼。

她要撩拨他。

鱼儿是聪明的，它们会小心地将饵吃掉，然后悄悄离开。当你用力掣回鱼钩时，刺到的只会是自己。

只要轻轻一撩拨，他就会反陷入这个危险的游戏。

她轻轻将他推开："你对任何一个陌生女人都这么说吗？"

她平淡的神情让龙穆有些惊讶。这个女人是怎么了？她们不都是肤浅的动物，天生对华丽而深情的东西没有免疫力吗？

他忍不住反问道："你怎么会无动于衷？难道我不够深情，不够完美？"

苏犹怜淡淡道："有多少深情，就有多少薄幸。"

这句话博得了龙穆的赞同。在夜色的阴霾下，他轻轻点了点头，深有感触地道："你说得不错，鲜花、烟火，谁都爱着这份美丽，却又有谁能真心收藏？"

苏犹怜轻轻一笑。她忽然想起了许多许多年前，曾在她耳边响起的一句话。

若你接近完美时，你就要小心了。

因为雪会融化，你的心，若完美便会破碎。

就像是一味追求通透的琉璃盏，如果磨得越来越薄，越来越薄，就会在某一天，“啪”的一声响，破成碎片。

雪的心是那么薄，经不起太炙热的完美。

“小王子，留着你的爱给公主吧，我不过是个平民。”她轻轻一笑，为这句话画上句号，然后转身，向外走去。

她知道，她的撩拨，已潜入了他的心。她能感觉到，这位年轻的王子，变得有些恼怒。

太容易得到的东西，便会觉得廉价。这位雪妖知道，如何让最容易得到的，变成最难得到的。

那就是她的撩拨。

“站住。”

龙穆的唇间轻轻吐出这两个字。那声音中有一丝决绝，让苏犹怜想象到，龙穆在说这句话的时候，肯定是轻轻咬住了嘴唇。

他的眉一定极为好看地皱了起来，因为她的拒绝而满心懊恼。

“为什么，你会如此漠视我？”

这句话换来了苏犹怜在心底的轻轻叹息。

伤了他的心吗？

她转过身来，凝视着龙穆。站在夜色中，以漫天烟火为背景的龙穆，的确有着无上的魅惑。那是一枚七彩闪耀的宝石，应该置于最华丽的王冠上，而不应该埋在自己这堆雪中。

但这样不好吗？太骄傲的人就该受些挫折。她从他琥珀色的瞳孔中看到了自己的影子，于是感到一丝快意。最骄傲的王子，却被小小雪妖打败了。

还不够，她轻轻对自己说。

她微笑了：“龙穆王子，能不能回答我，你究竟爱我什么？”

这句话让龙穆一窒。

并非没有女子问过他这个问题，但那是心醉迷离地拥在他怀中，满心想讨他欢喜的询问。他往往用一两个句子就将她们打发走，让她们的疑问全都化为炽烈的爱。而他，也就在那一刻失去兴趣，他看着她们因爱情而变得丑陋的脸，心中不禁涌起一个念头。

跟这些丑陋浅薄的人搅在一起，真是对我美丽的损伤啊。

她们不懂爱情，她们只知道迷醉于他的美丽，就像是迷醉于宝石、珍珠一样。他是最昂贵的装饰品，用来装点她们苍白而贫瘠的人生。

但苏犹怜的话，却与她们不同。

因为说话的，是那双澄净的、仿佛能看穿心灵的眼睛，带着一丝挑逗且充满灵气。那是龙穆从未见过的，他不禁问自己，是不是跟她们混迹得太久了，他的人生也变得苍白而贫瘠起来。

她面对他，就像是多年前，他面对她们时一样。

他仿佛看到，他若不能回答，或像以往一样回答这个问题后，她就会转身离开，他的影子会从她心中完全抹去，就像他对待那些苍白的女子一样。

这让他的雍容，忽然变成了庸俗。

丝绣簇拥的袖口下，他的手悄悄握紧。

他不禁有些疑惑，难道他要变成一个平凡的人，褪去所有的奢华，才能够堂堂正正地站在她面前，带着充实的生命，不再庸俗？

这让他几乎无法回答苏犹怜的问话。

雪妖知道自己该离去了。这个异国王子的心中，再也没有别的东西，他会想着自己的这句话，一整天都不会安歇。

他并未明白，要想记住一个人，记住一刻，不用玉阶云顶，火山爆发。只要一个眼神、一句话，就永远都不会忘记。

她转身离开，心中有淡淡的骄傲。

她的笑容滋生在他看不到的阴霾中，那么鲜甜、妩媚。

这一次，再没有什么能让她停留的了。

龙穆的声音寂寞地从背后传了过来。

“究竟怎样，才能让你爱上我？”

苏犹怜的话很淡。

“如果爱我，就不要像个王子一样。”

琉璃散成尘，漫天飞舞。

第八章　春心莫共花竞发

满地劫灰中，苏犹怜默默伫立，就仿佛千年的岁月里，她一直站立在雪原上一样。

劫灰混合着火花，寂静地飘落，宛如一匹鲜艳的彩缎，覆盖着枯槁的一切。

她脸上带着迷人的笑容，心中浮动着一丝得意。

她知道，又离杀死他接近一步了。

李玄，这个大唐盛世中的小人物，却是那么难以杀死。难到连天下独尊的雪隐上人，也要命她悄悄潜入，用最不为人知的方式结束他的生命。

他究竟有什么奇特的呢？竟要两位地仙，都要为之博弈？这个人并没有什么难以杀死的，但苏犹怜却迟迟不敢出手。

因为一出手，紫极老人就会知道。

天书，绝不仅仅只是送给李玄的一件礼物那么简单，普天之下的人都知道，玄陛天书早就与紫极老人的元灵相合，无论相隔多远，紫极老人都可以心念运转天书，施展出惊世骇俗的威力来。所以，雪隐上人虽然极想杀死李玄，但没有选择直接动手。

苏犹怜更加不敢。

所以，她要用另一种方法来杀死李玄——让他自投罗网。

她给他的七重考验，带着他一次又一次去历险，上天入地，降龙伏凤，总有一次他会死掉。现在，又有了另一种方法，那就是龙穆。

龙穆有一种特异能力，可以在绝没人知的情况下，杀死李玄。

这是只有她才知道的秘密。

苏犹怜轻轻地笑了。

这时，她看到了李玄。

满身污秽，仿佛从泥灰里钻出来的李玄，第一眼见到她的时候，眼睛里充满了惊喜。他似乎想要冲上去迎接她，但她站在那里，仿佛一片皎洁的雪，那么圣洁，那么孤高，让他不敢亲近。

她与他的距离，忽然间变得那么远。

她要杀死他。

这是她的使命。如果没有这个使命，她甚至不会存活。

苏犹怜笑了笑，她的身子化成一朵雪云，向李玄飘了过去。

“郎君，你的考验并不过关呦。”

苏犹怜的声音又甜又腻，不知怎的，已听惯了的李玄的脸竟然红了起来。苏犹怜伸出手，使劲拧住了他的耳朵。李玄突然一用力，从她的手指间逃走。

他竟有些害怕她的手，不敢跟她接触。

苏犹怜：“郎君，你怎么了？”

李玄脸更红：“不……不要这样叫我。”

苏犹怜笑了，她的笑声柔腻至极，贴在李玄的唇边，像是轻轻一触就能融化一般：“害羞了吗？不但叫你，我还要天天陪伴着你，跟你一起上课，一起吃饭，一起练武，一起休息。你喜欢吗？”

李玄一阵心慌，他竟然感到一阵憧憬。但他说出来的话是：“那怎么行？”

苏犹怜柔软的身子靠着他，轻轻向着他的耳朵吹着气：“怎么不行？明天一早，我就去找你，你可不许迟到哦。”

她转头，向他回眸一笑。

美丽得就像是春花绽放。

但她却要杀死他。

她知道这一点，那是她的过去。

她要杀死他。

他已知道了这一点，因为在心魔的幻境中，他已看到了她的过去。

她与他，是那注定不能交织的因缘。

却又像是熟悉的人，戴着陌生的面具，演着别人的戏。

李玄的眼神变得很复杂。

幸亏苏犹怜离开了，他不知道该怎么面对她。

是该冷笑着对她说：他早就知道了她的阴谋，还是在大庭广众之下戳穿她，让她在摩云书院中无容身之处？

李玄搔着头，突然笑了。为什么要戳穿呢？

这样不是很好吗？他还有什么不满意的？在全天下最好的学院里作威作福，还有美丽的雪妖陪伴着。他还奢求什么？也许，苏犹怜的暗杀，不过是上天对他取得的幸福所做的惩罚。

人的一生，是不该太顺遂的。不时地就该受点磨难。

这个解释挺好的。李玄又高兴起来，折了枝狗尾巴草放在嘴边，手插在裤兜里，吹着口哨走了。

苏犹怜临去时的那一回眸，却突然出现在他眼前。

弱水三千，她的眸子是一条河。

无法跨过。

一声清亮的啸声响起，终南紫气陡然一震，缓缓退下。

满空火云，为之一黯。

几条人影浮动在空中，每人手中都散发出一条长长的光华，驱赶着火云，向绛云顶压了下去。

绛云顶上的火山仍在爆发，轰卷出几十丈长的火舌，缭天飞舞。劫灰沉沉，被冲得激烈翻卷着，在终南山上形成一条条巨大的灰龙。

光华与地火一接，立即爆发出猛烈的雷鸣声，绛云顶完全崩坏，山石燃烧成火雨流星，向光华急冲而去。终南山顶上氤氲密集的紫气骤然爆发出一阵炽烈的光芒，与人影手中的光华合二为一，将地火卷住，慢慢退下。

龙穆看着这一切，眼神中露出一丝无聊，轻轻打了个响指。

一团巨大的光芒从地火正中心怒涌而出。那是一尊小小的佛陀，面带微笑，双手合十。佛陀轻轻向龙穆点了点头，合十的双掌猛然分开，一手指天，一手指地。

天上阴郁恶劣的天气猛然变得清明，大团的劫灰像是受了什么牵引一般，向绛云顶汇聚。方才还在肆虐的地火，瞬间消解了所有的威力，向地心狂奔而去。突然，霹雳震响，天地重归清明。

一座劫灰之山，矗立在绛云顶的废墟之上。劫灰坚硬至极，甚至比石头还要结实，只是通体黝黑，看上去极为怪异。

终南山上再没有丝毫劫灰留下，连那喷涌地火的窟窿，也被这座劫灰之山盖住。如不是几座坍塌的山体、烧焦的树木，甚至看不出丝毫火山爆发的痕迹。

龙穆脸上没有丝毫笑容。今天很不好，他的心情极为不悦。

空中光华猛然一亮，几条光华破空向山顶飞去，为首的一条落在了龙穆身前。

那是玄冥常傅。

龙穆却看都不看他一眼，叹了口气，转身向书院走去。

他有些意兴萧索。苏犹怜的话让他很不舒服，他要好好想想这几句话的意思。他是王子，岂能败在一女子的手下？

玄冥脸上永远带着一抹微笑，跟那道斜斜的刀疤混杂在一起，显得诡秘而邪异。他淡淡道："站住。"

龙穆王子应声住脚，回头，脸上是温煦的笑容："玄冥常傅，您叫我有什么事情吗？"

玄冥看着他，似乎想从他脸上看出些什么来。但龙穆的脸上只有笑容，别的什么都没有。

玄冥轻轻道："你知不知道罗汉金身多么珍贵？只有十世修行、绝无半点污垢之人才能够修成，而一旦修成，便可法力无边，十二金身罗汉，乃是天竺炼魔御敌护国的最强法宝？"

龙穆微笑道："我知道。"

玄冥的脸色沉了沉："既然知道，你为什么轻易毁灭掉两具？"

龙穆淡淡道："因为我喜欢。"

玄冥脸色一冷，他的目光陡然锐利，盯着龙穆。龙穆丝毫不退缩，满脸慵懒的讥嘲。玄冥深深吸了口气，将怒火压下。

"你知不知道这场火山爆发杀死了多少生灵、造成了多少罪孽？"

龙穆合十双手："那是解脱。"

玄冥厉声道："住口！"

龙穆笑了笑，柔声道："玄冥老师，您对您的学生太没有耐心了。"

玄冥："我要你保证，以后再不会发生这样的事情！"

龙穆："为什么呢？我的师父教导我，花开花谢，本为自然。人生在世，应当顺天应命，才可超脱。玄冥常傅，您怎知这次火山爆发不是天意呢？"

玄冥双目中的怒火已不可遮蔽，他冷冷凝视着龙穆："你莫要忘了，你的师父为什么将你送到这里来。"

龙穆淡淡道："可我来了之后，觉得很失望。"

他悠然转了个圈："只要我愿意，我可以让整座终南山都火山爆发。你说，玄冥常傅，这样好不好呢？"

玄冥笑了笑："很好。"

这个回答出乎龙穆的意料，但他并没有犹豫："好，我们就来放一场盛大的烟火。"

他抬手，指向苍穹。

巨大的浮空岛出现，随着他的手势，岛心古佛雕像睁开双目，毫光迸发，向终南山顶罩去。

玄冥的声音冷冷传来："靠别人的力量算什么英雄好汉？"

龙穆猝然顿住，厉声道："你说什么？"

玄冥踏上一步，脸上的笑容冷厉："我很想教训你一顿。但我若想教训你，我就拔自己的剑，不会靠别人的力量。你的剑在哪里？"

龙穆骤然梗住，双目中闪过一阵怒意。

"浮空岛，我记得是大日至尊者的东西。龙穆王子，你的剑在哪里？"

龙穆死死盯住玄冥，手指轻轻发抖。

玄冥淡淡道："我知道你也看我很不顺眼。想砍我一剑是不是？那，就，拔，你，自，己，的，剑！"

一字字从他的牙关中迸出，龙穆的脸色猛然涨红！

"拔我自己的剑……这难道不是我的剑？"

他一声怒啸，浮空岛猛然震动，一道毫光从古佛双眸中轰然怒发，向玄冥冲下！

玄冥一动不动。

毫光怒涌，他那黑色的身影被击得飞了出去，砰然摔在地上。

龙穆嘴角浮起一丝得意。

玄冥慢慢爬起，伸袖擦去嘴角的血迹。

"好法宝、好威力……大日至尊者，你怎会如此厉害？"

他的双眸却冰冷至极："但我的龙穆王子，你的剑又在何处？"

他冷笑道："于今我站在你面前，要你砍我一剑，你能吗？"

"除了大日至的溺爱之外，你还有什么？"

龙穆霍然明白他说的是什么了，忍不住喝道："你住口！"

玄冥狂笑，转身道："什么时候你找到了自己的剑，就来找我！在那之前，你只不过是个被惯坏的孩子！"

龙穆厉声："住口！住口！！住口！！！"

浮空岛随着他的狂啸不住震动，毫光如柱，向玄冥怒涌而去。玄冥的身形却丝毫都不停顿，萧然向书院走去。毫光轰轰击在山上，将山石击得崩裂飞舞，却始终没再击中玄冥。

新的一天有很好的阳光，就像什么都没发生过一般。

绛云顶虽然爆发出了火山，但摩云书院实力绝伦，黎明才到，所有的一切都收拾得干干净净了。

山清水秀，阳光明媚，一切残破的和污秽的都被清理空了，还终南山本来的面目。

苏犹怜就踏着这样的阳光走进了教室，她的心情也像阳光一样好。

她的使命，马上就会有结果。

“早上好。”

这声招呼融入了一片阳光，这笑容也如阳光一般通透。

仿佛清晨的露珠，通透、纯粹，却又带着淡淡的峭寒。

龙穆就坐在第一排座位上，身子斜斜地靠着椅背，手指轻叩扶手，向苏犹怜打着招呼。

苏犹怜报之一笑。衣袂带风，越过了他，坐在自己的位子上。

摩云书院一共有六位女生，正好占了三张桌子。龙薇儿跟石紫凝分在同一间宿舍，自然也就坐了同一张课桌；崔蔼然、崔嫣然大姊二姊坐了一张桌子；爱美的三妹崔翩然跟苏犹怜坐在一起。其余的男生们，卢家四兄弟不肯分开，占了两张，封常青、边令诚坐在一起，郑百年没人来抢，自己占了一张桌子。按照安排，龙穆与胡突干两名插班生坐在一起。

龙穆没有跟过来。

因为崔氏三姊妹与龙薇儿将他围住了，正叽叽喳喳地不停地问东问西。

龙穆面带微笑，聆听着她们各种各样的问题，一点都不觉得烦。

又或许，他根本没有在听。

苏犹怜起身，走向楼上的书架。

“哇，你好帅哦，天竺人都这么帅吗？”

“你是出于什么动机去引爆火山的呢？是为了世界和平？失学儿童？流浪动物？家庭暴力？你是不是在警醒世人，不要沉溺于山明水秀的表面假象，这一切下面潜藏着巨大的危险呢？”

“你的皮肤为什么这么好？你用的是什么化妆品？你平时做不做护理？据说火山灰对皮肤很好，你是不是为了挖火山灰才引爆绛云顶的？”

“龙穆，你好帅哦！第一天来书院，就挑战玄冥老师！你一定会打败他的，因为你比他帅！”

哦，老天，这都是什么对话啊？

难道长得漂亮了，做什么事都能得到原谅吗？

其余的男同学们简直嫉妒死了，卢家四兄弟更是眼冒金星，大声念着“四书五经”，心里不停埋怨老师怎么还不上课！这招来了众女生的一致白眼。

崔翩然的双目都快冒出花来了，她突然拨开众人，大胆地道：“龙穆，我能摸一摸你的手吗？”

一时，四周沉静下来，大家都伸直了脖子，在等着龙穆的回答。

崔翩然只听到自己心跳的声音，呼吸都要停止了。

龙穆看了她一眼，淡淡道：“可以。但要准备好你的一生。”

这句话招来了女生们一阵尖叫。

龙穆就像是一枚灿烂的星辰，那么耀眼，那么遥远，那么惹人注目。

是的，一定有人，会因为他偶然的注目，而付出一生。

她的一辈子都将在对他的回味中度过，再也不会接受任何爱情。但他，却又离得那么远，仿佛只是一个传说，是闺中密友们信誓旦旦讲的一个故事。

现在他微微侧着头，侧影的轮廓是那样鲜明，美得有些恍惚。

但对于簇拥在身旁的少女们，却有着致命的吸引力。

崔翩然完全陷入了对龙穆的钦慕中，大声道：“大姊二姊，你们一向都是让着我的，这次也让了吧！”

崔蔼然、崔嫣然不为所动——美丽面前人人平等。

龙薇儿举手：“我也要！”

石紫凝扯了她一把，悄悄道："你不是已经有谢哥哥了吗？"

龙薇儿："但是龙穆很好看！"

石紫凝彻底无语了，难道这就是传说中的花痴？

龙薇儿眨了眨眼睛，道："我还是喜欢谢哥哥多一些，龙穆哥哥嘛，可以陪着我逛街啊，替我拎包，帮我打伞，渴了饿了困了累了还可以看着他的脸消消乏……"

石紫凝："你……你把他当什么了……"

崔氏三姊妹显然没将龙薇儿当成对手，她们害怕的，是石紫凝、苏犹怜这样量级的人物。眼见石紫凝一如既往地酷，苏犹怜一如既往地媚，都对龙穆不太感兴趣，不由心中大喜。

崔翩然："好！那就按照惯例来，决斗！谁赢了，谁就跟龙穆学长约会！"

她已经替龙穆做了决定。女人决定好了的事情，男人最好不要反对。

没办法，自从石紫凝做了大姐大，苏犹怜降伏了李玄，摩云书院早就变成女权社会了。

龙穆带着一丝嘲讽的微笑，看着她们。

崔蔼然、崔嫣然齐声道："好！"

一句话出，小小课堂里立即充满了杀气！

崔翩然："我数一二三，大家一齐出手！出手晚的自动失去竞赛资格！"

"一！"

三姊妹粉拳紧握！

"二！"

三姊妹秀眉飞扬！

"三！"

三姊妹一齐出手！

剪刀，石头，布。

崔蔼然输了。

崔嫣然输了。

崔翩然也输了。

赢的是胡突干！

他哈哈狂笑："我赢了！我要约会！龙穆学长是我的！"

整个课堂里的人全都吐了。

崔氏三姊妹摩拳擦掌地围了上来。

胡突干的笑立即干瘪。

"你们……你们不能歧视男人啊……"

没有人同情他，这一刻，审美是属于女人的，她们不是三个人在战斗，她们背负着摩云书院全部师生对美的执着与诉求。

胡突干变得畏缩起来。

"我……我也有审美的诉求啊……"

一声惨叫，他被无情拍飞。

"重新来！"

"一！""二！""三！"

剪刀，石头，布。

这次终于有了结果，三妹崔翩然胜出。

她对着崔蔼然鞠躬："谢谢大姊！"她又对着崔嫣然鞠躬："谢谢二姊！"

她对着龙穆。

龙穆表情丝毫未动。

他端坐着，仍然是闲散的姿态，斜斜靠在椅背上，修长的手指宛如撩拨着竖琴一般，轻轻叩着椅背。

那头金色长发，瀑布一般流泻，将他的笑容衬得有几分阴郁。

崔翩然的心，不由得沉了下去。

她忽然发现，为龙穆这样的人擅做决定，是多么可笑。是她，自己在众目睽睽下走到他面前，强塞给他一个羞辱自己的机会。

他的一声拒绝，将令她万劫不复。

龙穆手指轻叩，嗒，嗒，嗒。

每一下都宛如春雷，在她心头轰炸。她的心中充满了惊惶，几乎忍不住转身冲出去。

这一刻，他可以用一个简单的拒绝的字眼，让她少女的所有矜持都化为羞辱。

龙穆淡淡地看了一眼。

这一眼，有他昨晚所受的一切委屈。

什么自己的剑？什么不要像个王子！

要怎么做，才能让他们所有人都满足？

还有这个叽叽喳喳的小姑娘，她让龙穆有些厌烦。他很想摆摆手，让她一辈子都记得今天的耻辱。

但他的心思却在这一刻改变。因为他是龙穆，他不会认输。

大日至的溺爱吗？不要像个王子吗？

他想得到的，没有任何东西是不能得到的。

他用一句话结束了这场闹剧。

“下课后，红月崖。”

第九章　一寸相思一寸灰

崔翩然觉得身子都快虚脱了。

只有她自己才知道，她方才已站在了悬崖边上，哪怕只是一阵风，也会让她坠落下去，万劫不复。

但龙穆却将她拉了回来。

他答应了她。

突然而来的幸福让她晕晕乎乎的，连龙烟常傅什么时候走进来，什么时候开始讲课的，她都不知道。

她的全部注意力，都锁在了龙穆身上。

他认真听课的样子好帅哦，果然，男生还是在认真的时候最动人……

他伏在桌子上的样子也很好看，金发就像是一丛金色的雪，堆积在一份耀人的美丽上……

咦，他为什么要伏在桌上?

在……在睡觉?

这可是上课啊！他没有注意到龙烟常傅那愤怒而冰冷的眼色吗?

崔翩然不由得担心起来。

果然，龙烟常傅开始讲起最深奥、最令人头痛的《云笈七鉴》来。而且一讲就是厚厚的两大本。连平时功课最好的石紫凝与郑百年，都听得皱起眉头。

龙烟常傅的脸上，却浮出了一丝笑容。

崔翩然心下不由得一阵叫苦。

这节课，整整上了一个时辰，简直是前无古人的大拖堂。

终于，龙烟常傅合上了书本，淡淡道："好的，同学们，这节课就上到这里。"

众人松了口气，暗中骂龙烟常傅真是标准的灭绝师太。突见龙烟面容一变，愉快而轻松地道："不过……为了提高大家的学习积极性，我想来一次随堂考，看看大家是不是记住了今天所学的东西。"

所有人立即面如土色，连天不怕地不怕的胡突干也深深埋下了头颅。

果然人不能变啊。人若改变，不是有灾，就是有难。龙烟常傅就该冷着眉，阴着脸，一副死气沉沉的样子，没事学人家笑做什么？

课堂成了屠宰场，龙烟常傅狞笑着，看着这些砧板上的羔羊。

只有崔翩然知道，其实所有的人都是安全的，因为龙烟的目标早就锁定——就是簇拥在那袭华服里沉睡的龙穆！

这令她愁眉不展，因为她知道龙烟下手有多狠，她的约会可能要泡汤了！

果然，龙烟的目光冷冷地盯在龙穆身上。

"龙穆同学，你起来，复述一下第三章第七节的内容。"

龙穆还在沉睡。

崔翩然不由得感慨，真是要命，连他的睡姿也是如此好看，金色的长发披散，隐约露出微侧的面容，那是恬静而温和的笑容，显然他的梦境是柔和的，像秋天的原野一样。

龙烟的话并没激起任何反应。她脸色沉了沉，用力抓起教鞭。

龙穆倏然就醒了过来。

他一醒，就完全清醒，脸上的笑容也变得像平时那么镇定从容。别人刚睡过之后，一定会衣衫凌乱，脸上留下压住的折痕，如果是胡突干，还会流着口水。

但龙穆却完全不这样，无论什么时候，他都像是初春落在人肩头的第一片飞花，带着淡淡的新凉，干净、清爽。

"下课了吗？"

他起身要走。龙烟的脸都绿了。

她几乎是咬着牙，一字一字地挤出这段话来："龙，穆，同，学，请，你，复，述，一，下，第，三，章，第，七，节，的，内，容。"

龙穆重新坐下，叹息："你坚持吗？"

龙烟怒森森地逼视着他。

所有的女同学都咬着嘴唇，同情地看着他。

所有的男同学都乐开了花，等着他被龙烟揍成个猪头，像李玄那样的猪头。

"那好吧。"

龙穆无奈地站起来，半白半翠的长袍散开，衬得他修长的身形宛如一株开满鲜花的菩提树。

他微微侧头，似在思索："第三章第七节……"

他突然开口，流畅无比地讲了下去。

先是背诵出第三章第七节的文章，接着是各朝各代的注释，然后，是他自己的理解。他甚至还指出，其中有两处文字，是错误的，也许作者当时只是乱写的，后世学者们想破头都无法明白。

他讲得，甚至比龙烟常傅还要好。

然后，他抬头，优雅无比地问道："可以了吗？"

他双手轻轻撑在书桌上，似笑非笑地俯看着龙烟，阳光布满他全身，淡栗色的眸子里透出几分一贯的讥诮。

淡淡的书卷味就这样随着他的话语散开，让整座课堂笼在一片墨香里。

——所有伟大的学者，都是这个样子的吗？

崔翩然心里由衷地充满了幸福。

龙烟常傅摔门而去。

崔翩然抱着一摞书，一蹦一跳地向红月崖走去。

她忍不住想到龙烟常傅临去时的脸色，这让她轻轻地笑出声来。

龙穆站在书桌前，像是有点不经意，但又专注的形象，在她眼前跃然而出。

她一定要捡到这个宝！

龙穆似乎总是比别人先到一步，崔翩然赶到红月崖的时候，他已经等在那里了。看到龙穆那卓立的身影，崔翩然的脸不禁红了起来。她放慢了脚步，装作一面欣赏风景，一面不在乎地走了过来。

当然，她是恨不得一步就跨到龙穆身边的。

龙穆静静地看着她。

崔翩然的脸越来越红，她觉得整个身子都烧了起来，心跳得发慌。

龙穆似乎在斟酌着词汇，缓缓道："你能不能告诉我，你们女孩子喜欢什么样的礼物？"

这句话让崔翩然的心稍稍安定了一些。她也愿意两人先交谈一下，不要一上来就……

这想法让她的脸又红了起来，她急忙将思绪转开。

"你是说礼物？"

龙穆点点头，认真地道："不是珠宝、鲜花什么的，平常一点，但却会觉得很温暖、很感动的东西。"

他为什么要问我这个问题？

是要送给我的吗？崔翩然心中一阵激动。

她小心翼翼地压制住心中的惊喜，认真地思索起来。

一个很温暖、很感动的礼物。

一定会成为一粒种子的，她将它种了下去，等到秋天的时候，便会收获美丽的回忆。

她讲了一个故事。

一个当时流传很广的故事。

一个叫裴航的举子，走到蓝桥这个地方的时候，被一个老婆婆看中了，想收他做女婿。裴航问她要什么聘礼，老婆婆说什么都不要，只要他捣一夜的药，一直将药捣成长生仙药。

后来裴航果然一直捣药，不但娶到了如花似玉的妻子，还成了神仙。

也许，真正能打动一颗心的，不是珠宝，不是财富，不是能拿出来让万人惊叹的华丽，而是简简单单的，一个由你亲手做出来的东西。

就像裴航那样，一下一下，亲手将仙药捣出。

每一下，都是你的心意，一下一下捣下去，最后捣出的，不仅仅是仙药，还是你那颗打破了、揉碎了、柔情万种的心。当你奉上它的时候，连神仙都会潸然泪下。

这样的礼物，又有谁能够不接受呢?

崔翩然悠悠地说着，她甚至没有注意到自己的眼角挂上了一滴眼泪。

她诉说在自己的传奇里。每个人都有自己的传奇，在那里面，她们是蓝桥上的仙子，等着一个可意的人，将心捣在仙药里，奉在自己的手中。

从此，她们平凡的生命不再平凡，她们幼稚的想象不再幼稚。

她们的传奇像每个故事里的传奇那样光彩，照耀着几千里外，正在一步一步靠近的意中人。

有一千条河、一万座山阻隔着那个爱她的人，也许这一辈子过完，她的红颜凋落成白发，他还不曾寻来，但他们在传奇中相会。

在蓝桥驿上，在那个玉兔伴随的月光里。

那是少女的传奇。

每个怀着爱的少女，一定会有传奇。

龙穆静静地听着，脸上不再有笑容。

这就仿佛让他华丽的外装褪去，他不再美得像是一道光。他纯净了起来，仿佛孩子在琴弦上轻轻碰了一下，然后被那柔美的声音吸引住。

他轻轻皱起了眉头，思索着崔翩然的话。

蓝桥本是神仙路。

每个人心中都有一座蓝桥，一位美丽的少女等在那里，等着自己将心捣成仙药，一齐飞向九天。

他心中的蓝桥又在哪里？

他抬头，长发垂披而下，宛如打开了一道金色的光。

无论何时，耀眼的光彩始终追随着他，让他无法体会什么叫温暖，什么叫感动。

他尝试着，让自己能够体会一些平凡的东西，就像蝴蝶一样，美丽而单薄，但能感受到雨，感受到风。

“谢谢你。”他抬起头，静静地看着崔翩然。

他是那种带着一点邪恶的少年，但正是这邪恶，让他有了难以言说的魅力，但现在，他的邪恶全都泯灭，只剩下淡淡的忧伤。

他轻轻拾起她的手：“如果一颗种子种下来，它会长成什么呢？”

崔翩然不知道。望着龙穆的脸，她忽然很想知道，很想很想知道。

“我们先不要使用它，让它种下去，好不好？”

崔翩然静静低下头。

好吧。让它种下去。我会好好浇水，用一个个传说，一个个传奇。

等它最后的盛放。

崔翩然又一蹦一跳地向山下走去，她心中充满了欢喜。

她跟龙穆之间，有了一个小秘密，那是她与他专属的，没有第三个人知道。

每想到这一点，她就觉得特别甜蜜。

月光缓缓升了起来，今天的月亮又大又圆，是那么美丽。裹在月光中的书院，显得缥缈而悠远，崔翩然就像是飞翔在迷幻的梦中一般。

突然，一个淡淡的声音传了过来：“美丽的姑娘，能不能接受我一个礼物？”

崔翩然停住脚步，抬头。

那轮月亮不知什么时候变得血红，悬在遥远的天上，看上去是那么诡异。月亮下面，是一株干枯的老树，树上坐着一个人。

长长的黑色衣衫垂下，就像是一声荒凉的叹息。

黑翼纷舞，凌乱地悬在他身周，护着他那瘦削的身姿。他苍白的双手捧在胸前，目光凄婉地看着崔翩然。

就像是远古时代铭刻在岩石上的一首诗。

月光隐约照在他微微抬起的脸上，一如美丽的梦境，虚幻，却凝结着窒息般的诱惑。但没有人能真正看清楚他的容貌，黑翼悬浮着，将他隐藏在一缕缕轻烟般的黑暗中。

他恍惚存在，又恍惚只是个影子，一挥手就不见了。

被他的目光凝视着，崔翩然觉得身子有点冷："你是谁？"

人影淡淡地笑了："不记得我了吗？"

巨大的黑翼无声地扇动着，他翱翔在红月之天际，倏忽之间就到了崔翩然面前。他一手捧在胸前，另一只手缓缓拂开了垂在额上的散发。

崔翩然骤然一惊，喜道："是你……"

人影温煦地笑了。他的声音有点沙哑、苍老："愿意接受我的礼物吗？"

崔翩然："愿意！愿意！"

人影小心地抬起手，将掌中捧着的东西送到崔翩然面前。

崔翩然脸上洋溢着幸福的微笑，接了过来。那东西跟他的笑容一样温暖，让崔翩然的身躯轻轻地颤抖着。她的目光完全被那人的面容吸引，凝视着他，轻轻将他的礼物拥在胸前。

突然，她听到了一个声音："为什么，你不看我？"

那声音，竟然由她怀里发出。崔翩然骤然一惊，她匆忙低头，就见她紧紧捧着的，竟是一颗人头！

长得跟她一模一样的人头。

人头目光哀怨地望着她："为什么你不看我？我就是你啊。"

它痴痴地看着崔翩然，一行血泪慢慢自它眸中沁出。

崔翩然一声尖叫，急忙放手，捂住了双眸。

人头并不跌落，飘浮在空中，轻轻向她飘了过来。崔翩然吓得几乎窒息，一步步后退着。人头缓缓飞动，一直飞到她面前，在她唇上轻轻一吻。

冰凉的唇，让崔翩然竟无法躲避。

“我，就是你啊……”

人头忽然化为一蓬血，洒了满地。崔翩然再也控制不住自己心中的恐惧，大声尖叫起来。

突然，一个声音温柔无比地对她说：“你怎么了？”

这声音是如此熟悉，让崔翩然忍不住睁开眼睛。龙穆静静地站在她面前，满脸担心地看着她。

她抬头，没有血月，没有巨大的黑翼，这只不过是个普通的夜晚，龙穆走下红月崖的时候，听到她的尖叫，赶过来看看她出了什么事。

见到龙穆的笑容，崔翩然惊魂稍定，她断断续续地跟龙穆讲着方才经历过的事情。

他静静地听她讲完，柔声道：“你做噩梦了。”

他抬手，指着崔翩然：“你看，你的头还在脖子上。”

崔翩然伸手，摸了摸脸，龙穆说得不错，她的头还在脖子上，这只不过是个噩梦而已。她也笑了。

她的手顺着脖子摸下去，却忽然觉得有些不对。

她的脖子上，有一条缝隙。温暖的液体，不断地从缝隙中流下来，沾满她的双手。

她惊惶地尖叫起来，手忍不住一用力，她的头颅脱离了躯体，被她捧在手中。

于是，她看到了自己。看到自己的脸扭曲着，口中发出一声声惊恐的尖叫，她甚至能够感受到脖子里不断流出的血液。

一个孱弱的思绪从心底冒出：怎么能在龙穆面前这么出丑！

这念头让她不由得望向龙穆。

红月映照下，龙穆的脸却变得那么冰冷，他向她伸出手。

“把它给我。”

崔翩然吃惊地捧着头颅，惊惶得不知怎么办才好。

龙穆的表情是那么陌生，阴森得有些可怕：“把它给我，那是我给你的礼物。”

崔翩然拼命摇着头，尖叫：“不！不！”

龙穆伸着手，固执地等待着她肯定的回答。崔翩然双眼含着泪花，撕心裂肺地尖叫着。

她霍然醒了过来。

淋漓的大汗沾湿了被子，她就像是刚从水里捞出来一般。过了良久，她方才止住尖叫声，颤抖着抱紧被子，将自己紧紧裹住。

是个梦。

幸好是个梦。

她长长出了口气。

突然，一个声音传了过来：“你为什么不肯给我？你不是爱我的吗？”

她猝然回头，就见龙穆静静地坐在她床边，优雅地把玩着手中的酒盏。长长的金发覆盖住他的眉梢，让他在黑夜中如月般清雅。

“为什么你不肯给我？”

龙穆倚着墙，眼神中满是凄伤。

他轻轻转身，向门外走去。

血，再度顺着崔翩然的脖子流下，一直流到手中，在手心画出一轮红月。

他一旦走后，就再也不会回来。她所有的梦想，都将化为泡影。

她亲手赶走他的。

她的心隐隐痛了起来，那么酸楚，那么尖锐。她忍不住发出一声长长的凄啸。

“不要走，我给你！”

她用力将头颅捧起，朝龙穆奔去。

龙穆回头，粲然一笑。

第十章　未容言语还分散

无穷无尽的黑暗纷纷聚合，化成一双巨大的黑翼，聚舞在龙穆身周。他清俊的脸渐渐阴郁，隐藏在黑暗的深处，只剩下一双明亮无比的眸子。

他的容颜，化成妖魅。

他轻轻接过崔翩然手中的头颅，手指抬起，点在了她眉心处。

诸天十地，仿佛在这一瞬间凝结，然后，随着“啪”的一声轻响，崔翩然的身形爆开，化成一团七彩的火光。

那人影却仿佛溶解了一般，消失在夜空中。

李玄大叫一声，醒了过来。

黑暗包围着他，就仿佛那人影讥嘲的冷笑。

他用力摇了摇头，将这一切从脑海中驱走。

他不明白，自己为何做这么诡异的梦。他居然梦到了崔翩然，还梦到了一个陌生人。这个陌生人是如此诡异、妖魅，在他脑海中留下了极深的印象，但他偏偏无法想起这个陌生人长什么样子。

明明看到了，看得一清二楚的，但梦醒来之后，却忘得一干二净，半点都不记得了。

崔翩然怎么了？

被那个人杀死了吗？

李玄心中涌起了一阵强烈的不祥之感，他急忙翻身坐起，觉得自己必须要去查看一下。

一阵骨碌骨碌响，几枚珠子从他怀中滚出，落了一地。李玄有些奇怪，一枚枚将它们捡了起来。

那是七枚珠子，分别是赤、橙、黄、绿、蓝、靛、紫七种颜色，放在一起就像是一道彩虹。珠子闪着淡淡的光，似乎充满着某种液体。

李玄霍然想起，在梦中，当那人的手指触到崔翩然的时候，崔翩然的身形爆开，化成一团七彩的火光……然后，似乎就变成了一堆珠子。

既然是梦，这些珠子又怎会出现在自己怀中？

李玄心中疑虑万分，他虽然不知道发生了什么事，但知道一定是不好的事情！

他将珠子揣进怀里，拔步往崔翩然的宿舍冲去。

书院中静悄悄的，大家都在酣睡。这是个静谧的夜晚。

李玄顾不得考虑，一脚将崔翩然的房门踹开，一阵风般冲了进去。

一声尖叫几乎震聋了他的耳朵："色狼！"

李玄还没明白过来发生了什么事，一只水壶跟饭碗在他头上爆开，接着锅碗瓢盆一齐飞了过来，将他砸得眼冒金星，跌出了门去。

跟着几条人影飞身而出，将他团团围住，粉拳绣腿一齐挥下，几乎将他砸了个半死。

李玄大叫："是我啊！是我啊！"

几人这才住手，却是石紫凝率领着崔蔼然、崔嫣然姊妹。李玄哀怨道："什么色狼？是我啊！"

石紫凝冷冷道："我是故意的。"

她面容一冷："你来这里做什么？"

李玄："崔家三妹是不是发生了什么事？"

崔蔼然一凛："你怎么知道？"

李玄："我当然知道啦！要不我来做什么？就算我真的是色狼，也不会来偷窥崔家小妹的！放心好了！"

崔蔼然恶狠狠地看了他一眼，李玄："让我进去！我有些话要问问崔小妹！"

崔蔼然跟石紫凝对望一眼，都觉得李玄不像是在说谎，两人一边一个，押着他走进了屋里。

只见崔翩然正拥被而坐，脸色极为憔悴。她像是受到了极大的惊吓，紧紧用被子裹着自己，不住地发着抖。李玄走了进来，她就跟没有看到一般。

李玄皱着眉，围着她转了几圈。

突然，他伸手向崔翩然围着的被子拉去。崔蔼然一巴掌砸向他，怒喝："你想做什么？"

李玄不改无赖的习气，笑嘻嘻地道："看看。"

崔蔼然的脸都气白了，眼睛快要喷出火来。

李玄慌忙道："崔小妹是不是做了一场很奇怪的梦？"

崔蔼然一怔："你怎么知道？"

李玄得意地一笑："她是不是梦到被人杀死？"

崔蔼然更惊，不由得放下了粉拳。李玄更是得意："你让我看看，说不定能看出点什么来。"说着，他伸手向被子拉去。

他心中极为困惑，在梦中，他明明见到崔翩然浑身破碎，化成七彩的珠子，怎么崔翩然现在还好好的一点都没受伤呢？

那个梦实在太过真实，李玄宁愿相信那个梦是真的。

他一定要好好看看崔翩然，确定她真的没受伤，否则，他寝食难安。

他的手刚触到被子上，一直发呆的崔翩然忽然身形剧烈一颤。她的头猛地扭过来，死死盯住李玄。

她的瞳仁，竟是苍白的。

李玄天不怕地不怕，被她盯住，竟不由得一阵惊慌。

崔翩然倏然发出一阵凄厉的尖叫，战栗着向床的角落里躲去，用被子捂住自己的头，仿佛看到了最可怕的妖怪一般。

李玄叫道："崔小妹，是我啊……"

崔翩然猛然跳了起来，似是想逃，但又不敢靠近李玄。她急促地喘了一口气，突然晕倒。

崔蔼然与石紫凝慌忙抢上去扶住她，崔蔼然拿出几枚丹药，向她口中喂去，石紫凝沉着脸，冷冷道：“你对她做了什么？”

李玄叫道：“我哪里对她做什么？我只不过想看看她受没受伤！”

石紫凝冷笑：“没做什么？那你怎么知道她的梦？”

李玄不由得一窒，说不出话来。他在梦中见到她的梦，这样的话，谁能相信？

石紫凝怒道：“擒下你，再来问！”

“锵”的一声响，长剑出鞘！

李玄叫道：“我告诉你，我昨晚……”他刚要将发生的一切告诉石紫凝，突然，一个巨大的声音响了起来：“哪个色狼敢到摩云书院惹事？”

一道紫气凭空垂下，化作一条金光闪闪的绳索，将李玄捆得紧紧的。李玄惨叫声中，被金索骤然提起，向终南山顶摔去。

他重重地落在睡庐中。

金索化为紫气，淡淡消失。

李玄跳了起来：“老头！连你都不相信我？”

紫极老人斜倚在仙游榻上：“我相信你，但我不能让你讲出真相。”

李玄叫道：“为什么？”

紫极老人的脸色有些沉重：“因为，那将引起极大的恐慌。”

李玄笑了：“龙皇打到头上来了，都没见你这么恐慌。”

紫极老人脸色更是郑重：“龙皇虽强，还可以防，这个敌人，却防不胜防，就连我也对他毫无办法。”

他说得如此郑重，让李玄也不禁有些心慌起来：“究竟是什么人？你快些告诉我！”

紫极老人不答，伸出手，指着李玄道：“你一定奇怪，你在梦中明明见到崔翩然死了，为什么崔翩然还好好活着？”

李玄：“是啊！”

紫极老人：“你也一定奇怪，为什么你会这么相信那个梦，宁愿怀疑事实也不愿怀疑梦境？”

李玄："是啊！"

紫极老人："第一个问题，是因为人在梦中见到的自己，是魂魄，而不是肉体。其他人也是一样。梦中被杀，自然也是魂魄被杀，而不是肉体。所以，你见到崔翩然被杀，实际上是见到她的魂魄被杀。那些珠子，就是她的魂魄。"

李玄心中又闪过一阵不祥之感："魂魄被杀又会怎样？"

紫极老人淡淡道："魂魄乃人之灵，人若失灵，譬如灯中无油，七七四十九天之后，就会油尽灯灭。"

李玄："也就是说，她会死？"

紫极老人点头不语。

李玄："老头，你一定有办法救的，是不是？你是无所不能的，是不是？"

紫极老人道："若是魂魄自己脱离身体，我有十七种方法能够搜回。但若是梦魔所为……"

他长长叹了口气。

李玄："梦魔？谁是梦魔？"

紫极老人道："你想知道，为什么不去图书馆？我为你们准备了这么多好书，里面一切应有尽有，你为什么不善加利用？我不早就跟你说了吗？不知道的事情不要问我！"

李玄这个气啊，刚要发作，"砰"的一声响，他被打了出来。

这臭老头，自己推得干干净净的！

他知道紫极老人的意思，想要逼着他学习。但李玄会这么乖乖就范吗？他自然有自己的办法。

一顿拳打脚踢，封常青乖乖就范，连夜去图书馆查资料去了。

李玄心满意足地回去睡觉，他还有七七四十九天的时间，他相信，以自己的能力，应该足够找出梦魔了。

何况他已经发了最后通缉令，如果他睡醒之后，封常青还不能查出来，他就再也不收他做小弟了。

闷头睡大觉吧。天亮了就啥都知道了。

呼……呼……呼……

咦？什么东西压在身上？伸手摸一把……胖乎乎……毛茸茸……

咪呜，咪呜。

咕噜是主人最爱的小猫咪。

咕噜？

李玄一下子坐了起来。咕噜伸出爪子，将他扑倒，抱住，翻了个身，舒舒服服地继续睡。

“咕噜，你不是投靠龙穆去了吗？”

咪呜，咪呜。

那里虽然有好多好多的猫罐头，但还是这边睡着最舒服。

“那你的理想是？”

咪呜，咪呜。

东家食，西家宿？

咕噜拿爪子轻轻拍了拍李玄，像是安慰他，又像是催促他睡。在这么静谧的夜晚，正该好好睡个懒觉才是。

李玄却睡不着。背叛的罪是很大的，能这么简单就让你混过去吗？

“想不想吃猫罐头？”

咕噜“噌”的一声爬了起来，眼睛瞪得又大又圆，三只怪头围着李玄一阵挨蹭，咪呜咪呜一阵奶声奶气地撒娇。

“哦，咕噜，我们来做道算术题吧。我本来早晨要给你一只罐头，晚上再给你一只罐头，你算算总共要给你几只罐头？怎么，不会算术？好吧，我们来学算术的基本功——数手指。”

李玄伸出一只手指。

“这是一。”

李玄又伸出一只手指。

“这是另一个一。”

“一加一等于几？”

李玄数了数先伸出来的手指，又数了数后伸出来的手指。

“二。”

他看着咕噜：“好了，你来算一遍。”

咕噜伸出前爪。它极力想伸出一根趾头，但它那胖乎乎的爪子实在很难分开，努力了半天，仍然是一整只爪子。

“好吧，这就算是一。再伸一只出来。”

咕噜拼命地努力啊。罐头就在眼前，它要吃！要吃！可是人是不能逆天的，怪物也一样，它又努力了半天，还是无法将趾头分开。

仍然是一只胖乎乎的爪子。

“好吧，现在你的算术结果出来了，一加一等于一，我给你一只罐头。”

李玄拿起一只罐头，放在咕噜面前。他躺下，心情立即变得愉快了起来。

咕噜低头看着那只罐头，看一阵子，又转头去看自己的爪子，一面下意识地想将两根趾头分开。努力了一阵子，又盯着罐头看。它觉得有些不对，但是想破脑袋都想不出来究竟不对在哪里。

无忧无虑的咕噜猫，第一次失眠了。

第十一章 王孙归路一何遥

第一声鸡叫响起的时候，李玄准时出现在图书馆里。

封常青满脸黑眼圈，精神亢奋地盯着一摞书狂笑：“我找出来了！我终于找出来了。”

李玄一把抓过他手中的那张纸。

“昧爽，魔。无人知其容貌，因他只会出现在梦中，绝无人见过他的实体。但每个在梦中见过他的人，醒来后会马上忘记他的面容。他是天魔之中最神秘、最妖异者。魔法极为强大，善于编织诡秘奇谲的梦境，让人深陷其中，不能醒来，成为他任意玩弄的猎物。

据揣测，其长相应极为美艳，有着单凭容貌就能蛊惑众生的力量。修长，高挑。永远着一身黑衣，衣极长，黑色的流苏垂下来，长约十尺。当他悬浮在空中时，静止的流苏就像是触目惊心的一笔惊叹，丝毫不动。

但最惹眼的，是他背后的一双黑翼。每次他出现时，黑翼都在疯狂舞动着，像是一团混浊的风。那并不是羽毛组成的翼，而更像是妖异的血脉，自他体内探出，舞成一团诡异的血影。当他杀人时，天空之月便变为血红。他凭着一双黑翼翔舞空中，血月就如他的影子一般，妖艳绝伦。

昧爽性残忍，杀人全凭个人喜恶，不需理由。却喜欢在杀人前尽情地戏弄对方，尤其喜欢让对方清晰而又缓慢地感受自己的死亡。为了让对方充分感受到死亡的恐怖，他甚至可以编织一个长达一年的梦。

贞观四年，于淮南道舒城杀五百七十二人；贞观六年，于河东道沁州杀一千三百二十六人；贞观七年，于南诏宁北城杀三千四百一十四人。”

李玄“哇”了一声：“真是个恶魔！杀这么多人！”

封常青笑嘻嘻地道：“老大，你继续看下去，有好消息。”

“厌弃肉身，至爱魂魄之美。曾言人在临死前的一刹那，魂魄离开肉体，有星河辉耀之美。为此创造出一招魔法，号‘星梦斩’，以梦境锁住魂魄，于魂魄脱体的刹那，将其化为七枚皎月之珠，可供永远赏玩。被取走魂魄之人，七七四十九日后，便会毙命。若其间彩珠破碎、遗失，也便不可救活。”

李玄皱眉：“这算什么好消息？”

封常青指着最后一行字，念道：“贞观十三年，为摩云书院大弟子君千殇斩，死。”

李玄一怔：“死了？”

封常青笑道：“不错，死了。当时群侠围剿梦魔，却被梦魔反制，将他们全部困于梦中，连杀三十二人。天惨地变，日月无光。终于惊动了当世第一高手君千殇，将其一剑斩于轮回——死啦！老大，你不用再担心啦！”

李玄怒道：“胡说！我明明亲眼见到他了。他绝不可能死！”

封常青斩钉截铁道：“确实死了！你可以怀疑我这个人，但不能怀疑我的学术成就！”

李玄一拳将他的学术成就打成黑眼圈，带着疑问踏入了睡庐。

“梦魔昧爽的确死了。”紫极老人沉吟着，慢慢道。

李玄：“那我梦中杀人的是谁？”

紫极老人：“这就是我忌惮梦魔昧爽之处——没有人能真正杀死他。他是梦，是一场噩梦，只要这世上还有人，就一定会有噩梦；只要有噩梦，昧爽就不会死。他的魂魄会在梦中渐渐凝聚，再度复活。”

李玄叫道：“复活？还有这种怪事？”

紫极老人点头：“不错。他复活时，要杀够七人，用这七人的魂魄重塑自己的梦灵。七人魂消魄散，失心而死之日，就是他复活之时。”

李玄想了想，站起来拍了拍紫极老人的肩膀：“老头，要除掉这样的魔头，你任重道远啊。”

紫极老人：“不是我，是你。”

李玄叫了起来：“为什么是我？”

紫极老人：“你知不知道你为什么能在梦中见到他杀人？”

“为什么？”

“你又知不知道为什么崔翩然见到你会那么害怕？”

“为什么？”

紫极老人：“因为你被他选中了。”

“选中做什么？”

紫极老人：“替身。昧爽想要复活，只有灵魂是不够的，还需要一具肉身。七七四十九日后，他复活，你死。他将在你的身体上重生。”

李玄叫了起来：“为什么选我？”

紫极老人淡淡道：“等你捉到梦魔昧爽的时候，亲自问他这个问题吧。”

李玄呆住了。

自己竟是昧爽选择的替身？为什么这些神神鬼鬼的都喜欢找自己？我只不过想做个平凡的人而已！

紫极老人：“你必须要在梦魔杀够七个人之前，找到他，阻止他。否则你就只能等死。”

李玄无语。

紫极老人：“你不要指望会有人帮你，告诉你，没有人敢对抗梦魔昧爽。就算能对抗现在也不会对抗，因为摩云书院现在要全力对付一个人。”

李玄知道，不就是石星御吗？同时对付龙皇与梦魔，实在是件很吃力的事情。但摩云书院不是名门正派吗？名门正派岂能坐视梦魔在眼前杀人？

紫极老人："当然不能了！所以我决定派本门大弟子出马！"

李玄大喜："君千殇要出手吗？"

紫极老人斥道："什么君千殇！是你！"

李玄瞬间石化。他都忘了自己也是摩云书院的大弟子啊。这算什么事啊！你这个臭老头难道不知道我是个绣花大枕头，啥都不会吗？这简直是拿我当炮灰啊！

李玄哀怨无比地想着，真想掐住紫极老人的脖子将他掐死。

紫极老人："同时，你必须保护好崔翩然的魂魄之珠，若是它们受到任何损伤，崔翩然必死无疑。"

李玄哀怨啊，这也算到他的头上了？

紫极老人："最后，我告诉你一个好消息。"

他淡淡道："梦魔既然还未真的复活，他就只能躲在梦里。他能在摩云书院杀人，也就是说，他必定躲在书院中某人的梦里。那一晚，你们三人的梦被织在了一起，所以，你才能看到梦魔杀崔翩然。想要找到他，你必须要找到被他借梦藏身的那个人。"

"好好找去吧，别丢了我的脸！"

紫光大盛，轰然将李玄击了出去。

李玄连滚带爬地跌下去，一面还在哀怨地想：我怎么这么惨！我怎么这么惨！

臭老头说得容易，到别人梦中去找梦魔，哪有那么轻松的事？

李玄坐在红月崖上沉吟。

他的脑袋几乎都想破了，也没想出究竟如何去别人梦中找梦魔。

梦是心头所想，做梦的时候必然是睡着了，梦中一切都在别人心中，他怎么找去？除非是他能看到别人的内心。

咦？好像想起了什么似的。

李玄眼睛一亮，好像……有个办法可以！

他"噌"地蹿了起来，向后山奔去。

他连滚带爬地冲上了万花坪，远远地还没有见到容小意就高叫道：“快给我几颗刹那芳华，我有妙用！”

容小意仍然安静得就像是一朵深涧里的幽兰，斜倚在花丛中，淡淡的容颜在藤蔓间漏下的日光映照下，就像一卷读了千年的书。

她柔声道：“公子要刹那芳华做什么？”

李玄得意地道：“我要去别人的梦中找一个人，刹那芳华可令人浑身透明，所有想法都显露出来。必然也能让梦境显现出来。你赶紧拿十几二十颗来，我让他们都吃下去，就能看到他们的梦了！”

容小意还未回答，白鹦鹉小玉一翅膀扇在李玄头上，尖声道：“十几颗？你想让主人累死啊！没有！一颗也没有！”

李玄：“你可知道我找的是谁？梦魔！”

容小意一惊：“梦魔？梦魔昧爽？”

李玄：“原来你也知道。梦魔昧爽要复活啦，在摩云书院中滥杀无辜，要凑齐七个人的魂魄。你不帮我不要紧，要是梦魔杀到你头上，可就后悔莫及了。”

容小意沉吟：“若是梦魔，公子的忙是非帮不可的了。请公子安坐，稍等片刻。”

说着，她轻轻拂袖。一阵微风在万花坪上刮起，容小意就宛如一朵飘零的花瓣，在风中静静起舞。日光散乱成万千光点，围绕着她，将她映亮。她的舞姿也是那么柔静，仿佛一声咳嗽都可让她破碎。

光点聚合着，慢慢凝成一枚刹那芳华。小玉飞过来啄起花实，放到李玄手上。

李玄叫道：“快些！还需要十几颗才行。”

小玉怒道：“你知不知道这些花实都是用主人的灵气所凝？单单这一颗就消耗了主人大量的灵气，你还要十几颗？没有！没有！讨厌的人类，快些滚！”

说着，它双翅一阵乱扑闪，赶着李玄向山下走去。

容小意斜倚在花丛中，轻声道：“小玉，不可对公子无礼。我……我歇一会儿，就可以再凝聚灵气了。”

小玉叫嚷：“主人！你不能为这蠢货消耗你辛苦修炼的灵气啊！

你不知道这蠢货，就算拿到刹那芳华这样的宝贝，也只会浪费，干不成事的。不要给他！”

李玄火大了：“你这只臭鸟说什么呢？我怎会是蠢货？”

小玉冷笑道：“你不蠢？你敢保证有了刹那芳华就能捉住梦魔？”

李玄一怔，他的确无法保证。

小玉：“既然不能保证，凭什么再给你那么多？走！快下去！”

李玄哈哈一笑，道：“你不相信我是不是？我就证明给你看。”

他拿着那枚刹那芳华，向山下走去。

有一颗是一颗，总比没有强。

封常青盯着他。

“老大，你想让我吃了它？”

李玄点点头。

封常青：“吃了它，就能看到我的梦？就能知道梦魔究竟在不在我的梦中？”

李玄点点头。封常青也不是那么笨嘛！

封常青：“吃了它，会不会像你以前那样，什么念头都被别人看得一清二楚？”

当然会。对这一点，李玄记忆深刻。

封常青呆呆看着刹那芳华，突然拔腿，一溜烟地跑了。这太出乎李玄的意料了，等他想要追赶的时候，封常青已经跑得连影子都看不到了。

李玄这个气啊。幸好，没有封常青也没关系，反正刹那芳华只有一枚，谁吃不是吃。

崔蔼然还在守着崔翩然。

“你让我吃这东西？”

李玄点点头，吃了这东西，如果梦魔杀你，就一定能逮住他。

崔蔼然：“你想窥探青春少女心灵的秘密？去死吧！”

她用力将门关上，顺便甩了李玄一个耳光。

李玄郁闷啊。

为什么没有人肯吃呢？

多好的东西啊！吃了它，就不怕梦魔了。

这简直就是抵抗梦魔的护身符啊，为什么没有人看到它的功效？个人隐私算什么？比起性命来，隐私只不过是小事情而已！

但别人显然不这么想，宁可受梦魔一刀，也不肯吃了这枚能让心中想法暴露在大家面前的刹那芳华。

不得已，李玄只好费尽口舌，说服紫极老人召开书院大会，将所有师生都聚集在太辰院，他举着那枚刹那芳华，苦口婆心地向大家说明吃了的好处。

紫极老人显然很同意他的意见，尽管他一直阻拦着李玄，不肯让他说出事情的真相。只说有个可怕的人物藏在大家的梦中杀人。

龙穆越众而出，指着李玄："最应该吃的人是你。"

李玄冷笑："你知道什么！纨绔子弟！"

龙穆："梦魔只会藏在一个人的梦中，每次也只会杀一个人。摩云书院中共有二十四人，所以，别人吃的话，找出梦魔的可能性只会是十二分之一；而你吃了的话，可能性却是百分之百。"

李玄："为什么？"

龙穆："因为你能看到梦魔杀人。所以，你吃了刹那芳华之后，就能将你的梦显示出来。我们只要看你的梦，就能找出梦魔藏在哪里了！"

全部师生的眼睛都是一亮！

王子的脑袋就是灵光，这番推理一点错都没有！最应该吃这颗刹那芳华的，正是李玄自己！

胡突干、卢家四兄弟、郑百年摩拳擦掌地向李玄围了过来，目露凶光。显然，就算逼，也要逼他吃下去！

为了崔翩然的性命！

为了书院的名声！

为了大唐的安定！

他们将为正义而战！

李玄惨叫道："你们不要过来！"

郑百年等人露出了不怀好意的冷笑。

李玄突然用力将刹那芳华扔到了地上，狠狠一脚踩得稀碎。他狂笑："没有了，看你们逼我吃什么！"

龙穆悠然道："刹那芳华虽然珍贵，却不是只有容小意有，待我驾着浮空岛去搜寻一下，说不定能找到十几颗。"

他微笑着看着李玄，长长的金发垂下来，淡淡地诠释出一丝恶作剧的智慧。

李玄大惊。若是龙穆动用浮空岛的力量，说不定真的能找出几颗刹那芳华来！那时，他想不吃都不可能了！想到吃下去刹那芳华的后果，李玄几欲晕了过去。

不行！现在的他的内心，绝不能让任何人看到！

李玄恶狠狠地盯着龙穆，威胁道："这么积极做什么？你信不信我将你的浮空岛炸掉？"

龙穆似是没想到他竟会这样说，顿了一顿。然后，他像是发现了什么有趣的事情一般，笑了起来："想炸掉浮空岛吗？真是一个好主意。但是，你知道吗？浮空岛上的佛像究竟是什么？"

他的微笑无论怎么看都充满了嘲讽与恶作剧，但偏偏被阳光镀上了一层美丽的金色。他见李玄不回答，叹息道："那是大日至尊者的金身。尊者佛法已修到极致，脱却躯壳，自由幻化，为圣为神，留下这具金身，化为浮空岛，传给了我这个弟子。寻常火药、兵器、道术、法宝，休说不能伤它，就连靠近它都不可能。当日尼泊尔国师八宝猁与大日至尊者比试，出尽所有法宝，历经七七四十九天，仍不能将一滴水逼近金身，大败而去。不知你用什么炸掉它呢？"

这么厉害？李玄瞠目结舌，说不出话来。龙穆一举手，浮空岛倏然飞到了他头顶，那尊古佛眉心毫光大放，顿时梵唱之声响彻天地。

毫光与梵唱搅在一起，仿佛天雨之花，将岛身密密麻麻罩住。

别说炸，连靠近都是不可能的！

李玄立即泄了气，呆呆地说不出话来。

龙穆悠然道："不过，你的勇气实在可嘉，而且，炸掉大日至尊者的金身，也实在是件很有趣的事情。你这么想做，我就教你个办法吧。要想炸掉金身，唯一的办法就是用它自己的力量。看到我前两天引发的火山了吗？这就是唯一的办法。将浮空岛挪到一座山上，然后再用它引发最猛烈的火山爆发。轰隆一声，天崩地裂，说不定连大日至尊者的金身，也挡不住这地火之威呢。那么，你就如愿以偿了。"

"你若是担心控制不了金身，我帮你。这条围巾是尊者缴获尼泊尔国师的法宝，也是控制金身的钥匙。只要围着它，便能控制浮空岛上的一切。我，交给你。"

李玄眼睛一亮！有这样的好事？他伸手去接。不管怎样，拿到了再说！

龙穆嘴角的讥刺更浓："但你就必须要面对火山爆发的后果。能够摧毁金身的火山爆发，至少要绵延十里，如果一旦失控，将引起数百人的死亡，数千人失去家园，上千里的土地成为死域，被岩浆充满，终年不息。"

"你敢冒险一试吗？"

李玄的手骤然停在空中！

龙穆的笑容是那么通透无瑕，仿佛美玉映照在阳光下。但这些全都是刀锋，刺向李玄。

"那时，别人我不知道，玄冥常傅一定会找上你，拿一大套理论来恶心你，说不定还会用校规教训你。但不要想跟他斗，因为他已经被我预订了。"

他转头，微笑着看着玄冥。

"听说摩云书院的学生要毕业，就要打败一位常傅。玄冥老师，我就选你怎样？你想选择什么样的失败方式？这尊金身会满足你的。"

他冷笑着看着玄冥常傅。

依仗大日至的宠爱吗？那又怎样？照样打得你满地找牙。没有力量的人连说教的资格都不具有啊。

玄冥常傅沉下了脸，不去理会龙穆赤裸裸的挑衅。

龙穆回过头来，盯住李玄。

“如果不敢，就不要当什么大师兄了。胆小鬼。”

李玄的手骤然握紧，却无法松开。

这是一个圈套，是因他那一句话而发展出来的圈套。龙穆实在太聪明了，抓住一句话就立即扩展成一个严密的计划，在众人面前挤对他，让他进退两难。

不就是引发个火山，炸个浮空岛吗？有什么了不起的？

但李玄知道，这的确很了不起，如果真的失控了，造下无边杀孽，这该怎么办？

他伸出的手在颤抖。

突然，一个声音传了过来：“谁说我的郎君是胆小鬼？”

苏犹怜像是一片雪，从阳光下飘了过来。明亮的阳光让她的雪衣透出七彩的光泽，盈盈流转着，一如她温柔的笑容。

“别人我不知道，我的郎君却是个真正的英雄好汉，天下没有什么事能够难倒他。”

龙穆的笑容转为僵硬。

他眼睁睁地看着苏犹怜紧紧贴着李玄，一双柔荑缠住李玄的左臂。他与她交融在一起，是那么自然，中间连一根针都插不下去。

而他，异国的王子，拥有一切的天之宠儿，却曾在众目睽睽之下发誓，要将她夺过来。

这无疑是对他最大的羞辱。

龙穆的脸色沉了下来。

李玄却精神大振，一把将围巾抢了过来，狂笑道：“等着吧，你的浮空岛必毁无疑！”

龙穆的目光却不再看他，而直直盯着苏犹怜：“要怎样，你才会爱上我？”

外国人果然说话凌厉直接，爱啦情啦的，是能在大庭广众下就说的吗？

苏犹怜抱住李玄的手更紧了些，盈盈一笑："我们中原女子，从一而终。我既然选择了郎君，只要他不死，就不可能再爱任何人了。小王子，你的爱情属于公主。"

她看着龙穆眉心的恼怒与慌乱。这是一剂绝美的毒药，她乐于去挑逗这剂毒药的调配。

因为她知道，这句话必定会将李玄更近地推向死亡悬崖。

恶毒吗？不，这是谋略。

要杀了他，她才会有自由。

她才不会在这么猛烈的阳光下融化，生生世世，都不会被恶人凌虐。

龙穆静静地看着她。他的目光中有桀骜不驯与倔强："你就是我的公主。"

他转身，飘入了浮空岛。

李玄围着八宝猢围巾，脸上堆满了苦笑。苏犹怜虽然帮他在气势上打败了龙穆，却也让他接过来了一个烫手的山芋。

极为、极为烫手。

玄冥常傅临去之时，对着李玄阴冷一笑，做了个割喉的动作。他在提醒，如果李玄胆敢做任何过分的事情，他一定毫不留情地出杀手。

这警告对李玄来讲是多余的。他还没蠢到在无把握的情况下，就任性引发火山的地步。他始终是个善良的人。

校会不欢而散。

第十二章　凤城何处有花枝

李玄愁眉苦脸地躺在床上，想着这事该怎么办。

头痛啊头痛。惹上龙穆这个棘手的敌人，实在不是什么好事。

该如何处理这条八宝猁围巾，又如何找出梦魔呢?

两件事都足够杀死李玄全部的智慧。

突然，他的门被“哐”的一声踹开了。崔蔼然风风火火地闯了进来，厉声道：“你害死了我三妹，你要偿命！你要偿命！”

李玄见她两眼血红，面容憔悴，腮边还挂着两道泪痕，不由得大吃一惊，从床上跳了下来：“崔小妹怎么了？”

崔蔼然大哭：“都是你害的！都是你害的！”

李玄连声问：“她怎么了？不是说七七四十九天之后才会……”

崔蔼然厉声道：“虽然没死，但也差不多了！”

听到崔翩然没死，李玄长出了一口气，嘟囔道：“吓死我了。”

崔蔼然拉着他，向女生宿舍狂奔。“砰”的一声踹开房门，就见崔嫣然守在崔翩然床前失声痛哭。李玄凑上前去一看，一颗心笔直沉了下去。

崔翩然躺在床上，一动不动。她的眼睛不再分眼白眼黑，而变成了一片白色。玉一般的白色。她的肤色也变得透明，映着太阳，发出淡淡的微光。李玄甚至能够感受到，她正在缓慢地变化，变化成一块冰冷的玉雕。

他急忙伸手一探，崔翩然还有呼吸，只是极为微弱，而且在一点一点减少。看来不必七七四十九天，她就会完全化为玉。

这难道就是失去魂魄后的可怕变化吗？

看到这诡异的情景，李玄不由得倒吸一口冷气。

崔蔼然哭道："都是你害的！这可怎么办？"

李玄叫道："你问我怎么办？我能有什么办法？你们崔家不是号称名门望族吗？难道一点办法都没有？"

崔蔼然眼睛亮了一下："我四叔崔颢正在长安，他精通医术，或许会有办法。我修书一封，发给四叔，你赶紧找辆马车，我们去长安找四叔去！"

李玄怪叫："为什么要我去？"

崔蔼然怒道："你去不去？你要是不去，我这条命现在就拼给你！"

杀气从她娇小的身躯里散发出来，凛然逼视着李玄。面对着这位誓死要守护自己妹妹的大姊，李玄发现自己竟然无法战胜。他只好投降："好吧，我去。"

他去山下找阿长借了一辆大车，不过没有马。他只好自己拉着这辆大车，来到书院里。正好看到崔蔼然写好了书信，用信鸽发出。两人将崔翩然抬上大车，崔蔼然嘱咐崔嫣然在书院耐心等候，然后坐上大车，挥起鞭子，赶着李玄上路。

李玄万般无奈，只好低头拉车。

他不单成了苦力，而且成了马。没办法，谁叫他跟梦魔有着扯不清的关系呢？梦魔的债，只能由他来偿。

两人一拉一赶，大车载着崔翩然，走在终南山下的大路上，向长安走去。

怎么这么热呢？李玄无论如何也想不通，明明秋凉的天气，怎么走了一阵子后就热成这样？他头发晕，脚发飘，汗出如浆。他大叫："我肯定是中暑了，我要休息一下！"

崔蔼然狠狠一鞭子抽在他脊梁上，根本不理睬他的抱怨。李玄"咴咴"一声叫，甩开"两只蹄子"一阵奔跑。

前面一阵烟尘暴起，七八个人骑着高头大马向这边奔了过来。

崔蔼然忽然喜道：“四叔！”

她站起身来，拼命挥手。那一行人也看到了她，纷纷刹住骏马。当中一人跳下马来，叫道：“是长女蔼然吗？”

崔蔼然喜道：“是我！”

旁边的几匹马突然围了上来，唰唰几声响，马上骑士抽出雪亮的宝刀来，指向崔蔼然。崔蔼然怒道：“我乃清河崔氏长女，你们……你们想干什么？”

崔颢催马走上前来，叹道：“长女，你千万不要抵抗，他们是太子的人。”

崔蔼然怒道：“太子怎么了？咱们清河崔氏乃当世第一豪门，他敢怎样？”

崔颢凑上来，低声对崔蔼然说了几句话。

崔蔼然的脸色立即变了，颤声道：“他……他都知道了？”

崔颢长叹：“你在书院惹下如此大祸，株连家门。太子为怕此事泄露，决定对清河崔氏斩尽杀绝。你父母及爷爷已被带到法场，今日下午就要问斩。你快随我们去，还可以见最后一面。”

崔蔼然一听，大哭了起来。那几名骑士将大车押住，擒住崔蔼然，戴上镣铐。李玄正要开溜，哪知一把屠刀已架在了他脖子上。李玄大呼小叫的，辩称自己跟崔家一点关系都没有，但骑士们哪里肯信？宁可错杀一千，不可放过一个，将李玄也戴上镣铐锁住了。

几人被押着，向长安走去。崔蔼然一路上只是哭，李玄问她究竟是为什么，崔蔼然不由得大怒起来，厉声道：“还不是你，非要我们看那本……”

崔颢急忙咳嗽一声，崔蔼然急忙住口，不再说话。一行人默默不语，走了两个多时辰，进入了长安城中。那长安城真是好气派、好繁华，李玄眼睛都用不过来了。他有心多看看，但被骑士们一阵拳打脚踢，押到了法场上。

崔蔼然一声撕心裂肺的哭叫，李玄抬头，只见法场上黑压压地跪着几百人，全都身穿黑色囚衣，脸色枯槁。当先一人面容清癯，见崔蔼然到来，长叹一声：“孩子……”

崔蔼然甩开骑士，奔到那人面前，哭道：“父亲大人，是女儿害了你们……”

那人摇头：“不关你的事。大唐文武鼎盛，咱们崔家早就成了绊脚石。就算没有这件事，也免不了上断头台。所幸我最后还能再见你一面。”

父女正在叙旧，只听一人厉声喝道：“犯人已经全部带到，开始行刑！”

随着呼喊，一名精壮剽悍的刽子手怒喝着站了出来，手起刀落，一刀将崔颢的人头斩落在地！那人头骨碌骨碌地滚到崔蔼然身前，崔蔼然尖叫一声，几乎昏了过去。耳听一连串“行刑”之声不断响起，十几名刽子手提着鬼头刀不住斩落，每一声就有十几只头颅飞起，黏稠的鲜血溅得满空都是。

崔蔼然看着自己的亲人在眼前被不断残杀，跪倒在地上，使劲抱住自己的头，似乎只有这样，才能减轻自己的痛苦。

人生，似是一场凌迟。

猛然，她听到父亲孱弱的声音：“蔼然……”

她忍不住抬起头来，双眼中充满了绝望。她的父亲正望着她，极力想凝聚出一个微笑。但他的表情在这一刹那凝结，一柄鬼头刀轰然斩下，父亲的头颅伴随着怒溅的鲜血，倏然脱离了身体，向空中飞去。

这一幕几乎击溃了崔蔼然的神志，她惨烈地号哭着，几乎已无法控制自己的恐惧。

突然，就听一个声音温和无比地对她道：“愿意接受我的礼物吗？”

这声音中有极强的镇定力量，让崔蔼然的心绪稍微安宁了一些。她抬起头来，泪眼蒙眬中，就见一双黑色的羽翼飞舞在空中，将一切都笼罩在黏稠的黑暗中。

法场上的鲜血挂在空中，将一切都染成妖艳的猩红。

不知何时，那轮白日已经沉沦，换成清冷的月。那轮月也被鲜血浸满，变得鲜红、妖异。黑色的羽翼混杂在月之暗红中，仿佛交织在一起的破碎锦绸。

一双干净、修长的手，在黑翼的掩映下，捧着一颗头颅，奉到了崔蔼然面前。那颗头颅微闭着双眸，神态安详，宛如只是睡着了一般。

那却是她父亲的头颅。

崔蔼然忍不住又哭了起来。她伸手，将头颅接过来，轻轻拥在怀里。刻骨的悔恨涌上心头。

她不该去知道那个秘密的，是她，是她亲手毁了她这个引以为豪的家族。

猛然，那颗头颅睁开眼睛，厉声道："女儿啊！快些死吧！我们全家人都在等着你呢！"

崔蔼然直勾勾地盯着那双眼睛，目光呆滞地站起来，喃喃道："不错……我死了，就可以团圆了……"

她站直了身子，向那双黑翼拜了下去。

黑翼淡淡一笑，伸出一根手指，慢慢向她的眉心点了去。

就在这时，他突然转首，对着李玄一笑。

李玄骤然一惊，他猛然觉察到，这不是真实的，这是梦！

是梦魔昧爽亲手编织的一场梦！

他急忙向崔蔼然奔过去，他不能让梦魔杀了她，绝不能！

就在他接触到崔蔼然的一瞬间，"砰"的一声轻响，崔蔼然化成一团彩雾，在他面前爆开。

李玄惨叫一声，霍然醒来！

红日满窗，他赫然是在自己的宿舍里睡了一小会儿午觉。

他跳了起来，七枚珠子骨碌碌滚落。李玄脸色变了。

无疑，那是崔蔼然的魂之珠。就在他午睡的片刻，崔蔼然已经遭了梦魔的毒手！

李玄匆忙地奔向女生宿舍。在踏进去的一瞬间，他的心顿时冰凉。

崔蔼然坐在床边上，正关切地望着崔翩然。崔翩然躺在床上，眉峰微蹙，似乎正感受着隐痛。她们的神情是那么鲜活，正如每一对互相关心着的姊妹。只是，她们永远都不能动了。

她们的一生都定格在这一瞬间，化为两尊冰冷的玉雕。

她们的魂魄，落在李玄的手中，化为珠子。

李玄软软地跪倒在地。

第一次，他觉得如此无助。

紫极老人是对的，梦魔的力量或许没有龙皇强大，但他阴毒残忍，防不胜防。其可怕之处，远远超过了龙皇。

李玄身子忽然一震。

他猛然想起，他在梦中见到过梦魔的样子！

只是，他的梦受制于梦魔，在醒来的一刹那，他就会忘得干干净净。他再也无法记起梦魔的任何特征，除了那双遮蔽一切的黑翼，与那轮妖艳的红月。

但在梦中，他的确见过梦魔！

要怎样才能将梦中的信息传给梦外？

他不能醒来，一旦醒来，他肯定会忘得干干净净的。究竟要怎样才行？

李玄苦苦思索着。

只要知道梦魔长什么模样，便能很容易就找到他。

可惜，他只能在梦中见到梦魔，而一醒来，就会忘得干干净净。而有没有什么办法，能让正在做梦的人将梦境透露给别人。

李玄不敢再躺在床上了，开始坐在地上苦苦思索。

咕噜走了进来。

它神情专注地走着，没有看李玄。李玄虽然在苦苦思索，但见了它这个样子，也不由得问：“咕噜，你的算术学得怎样了？”

哗啦一声，咕噜将李玄存放猫罐头的柜子拉开，猫罐头散了一地。咕噜一屁股坐在猫罐头堆里，开始算算术。

咪呜，咪呜。

我昨天没有吃猫罐头，今天没有吃猫罐头，我有两只猫罐头。

咪呜，咪呜。

我要吃一只猫罐头。

咕噜撕开一只罐头，舌头一卷，就将吞拿鱼和白饭鱼吃了个干干净净。它又打开一只，舌头一卷，吞拿鱼和虾也干干净净的了。

咪呜，咪呜。

我吃了几只？

咕噜伸出爪子。一加一等于几？它艰难地分着趾头，虽然它是只神通广大的大妖怪，但它也无法违背自然规律——它只能悲哀地发现，它仍然无法分开趾头，只能得出“一”的结论。

好在咕噜不是一只固执的妖怪，它很快就承认了这个结果。

咪呜，咪呜。

原来我只吃了一只啊，还不到两只。

咕噜又撕开一只罐头，舌头一卷，就将吞拿鱼和白饭鱼吃了个干干净净。

咪呜，咪呜。

现在吃了几只？

它又用胖乎乎的爪子算了一遍，当然还是“一”。

于是大妖怪咕噜就心安理得地将所有的猫罐头统统吃完了，打了个饱嗝，蜷到李玄身边，呼呼大睡。它一面睡，一面举起一只爪子，不忘告诉李玄，它只吃了“一”只。

还……还可以这样？

李玄无语，只能怪自己作茧自缚。

咕噜心满意足地睡着，从喉咙里咕噜咕噜地发出一连串嘟囔声。

李玄脑海里猛地闪过一道亮光！

他仰天一阵狂笑，蹿了出去。

不多一会儿，他提着一个人走了进来。

一看那猥琐样，就知道是封常青。封常青以为李玄要清算旧账，吓得脸色惨白，凄声叫道：“老大，我不吃刹那芳华，完全是对你的忠心啊！”

李玄冷冷道：“凭什么这么说？”

封常青：“老大你想，我对老大忠心耿耿，无论吃饭睡觉都将老大放在心头第一位。这要是让别的同学看到了，还不得认为我跟老大有断袖分桃的嫌疑？我的名誉不要紧，美丽的苏师姐怎么办？老大想想，我这不是为了老大着想吗？”

李玄怒道：“胡说！”

封常青：“如果老大不相信，我可以证明给老大看！老大，你拿刹那芳华出来，无论多少颗，我都毫不皱眉地吃下去！”

李玄：“你是知道没有刹那芳华了才这样说的吧？”

厚脸皮如封常青，也不禁一阵脸红。李玄将他拖进屋里：“放心，你是我的好兄弟，我绝不跟你清算旧账。我约你来，只不过想让你好好读书而已。边令诚这个浑蛋已经好久不见了，你若是学业无成，我这个老大就当得太失败了。”

封常青感激涕零：“老大，你对我真是太好了。”

李玄：“好是吧？坐到那把椅子上。”

封常青：“老大，你对我太好了！哇啊，什么东西刺得我屁股这么痛？”

李玄：“别那么大惊小怪！锥子而已。觉得痛就不要坐那么实。屁股抬起来，再抬！”

封常青：“老大，你扯我的头发做什么？”

李玄：“拴到梁上去啊！我说过，让你来读书啊。这就叫头悬梁、锥刺股。古代勤学的典范，你有幸亲身体验，是不是很感激老大的一片好心啊？”

“……”

李玄不顾封常青的惨叫，将他绑在椅子上。那把椅子上钉满了雪亮的锥子，封常青只要稍不留神，屁股就会被扎出无数血洞来。而他的头发被李玄编成辫子，悬到了梁上，只要他的头稍微晃动一下，就会经受拔苗助长之痛。李玄将一本书盖在他脸上，道：“开始读书吧！”

封常青开始惨叫。

叫得李玄心烦意乱，扯下臭袜子将他的嘴巴堵上。

然后，他望着窗外，等着太阳坠落。

这是一个晴朗的夜晚。微凉的风轻轻吹拂着终南山的暮色，晚霞悬浮在天际，金红色的霞光缓缓褪去，露出苍青色的天来。天是湛蓝的，随着暮色的降临，渐变为灰色，那轮满月却早就跃上天阶，在晚霞的余光里被映成淡淡的红色。

空山寂寂，正适合一场妖艳的红月猎魂。

李玄躺在床上，哼着小曲。他随时准备睡一大觉，好好做一场梦。

第十三章　锦瑟惊弦破梦频

夜色渐渐沉了下来，摩云书院中亮起了一盏盏灯。终南山的夜幽静、绵长，在淡淡绿意中沉浮。

李玄却睡不着。

他越想入梦，就越睡不着。因为书院中响起了一阵琅琅的读书声。

“大学之道，在明明德……”

“昔我往矣，杨柳依依；今我来思，雨雪霏霏……”

“赵客缦胡缨，吴钩霜雪明……”

李玄被吵得心烦意乱，在床上滚啊滚的，就是睡不着。卢家四兄弟的声音越听越讨厌，而且越来越大，看似要一直读到天亮。终于，李玄忍不住了，冲到卢家兄弟的宿舍前，想要去踹他们家门。

突然，就听卢长涣道：“我们在这里读死书，啥时候才能读出点头绪来啊？”

卢长龄：“你读啊读，就会有头绪的。”

卢长涣：“我看未必。天下人才济济，你我兄弟未必是其中翘楚。而每年进士就那几个名额，哪里轮得到你我？家父还一心想我中个头名呢！可惜我觉得我连最后一名都未必中得了。”

卢长涣说着，不住唉声叹气。

卢长庄突然道：“你想不想中头名？”

卢长涣：“当然想了！我做梦都想！”

卢长庄压低了声音：“听说皇上最宠爱的七公主出宫游玩，銮驾停在终南山不远的御宿山上。七公主最喜欢文人，每晚都要大宴宾客，召集年轻才俊献诗献赋。如果得其欢心，立即就赏做头名状元。七公主的权势极大，她钦点了状元，连皇上都不会反驳。这岂不是一条终南捷径？难得她来到附近，你我不如趁着夜色前去拜访，如果公主一见欢心，岂不白得一个状元？就算不能如愿，也不过是浪费点时间而已。”

卢长涣、卢长龄、卢长适一听，全都大喜，纷纷道：“这办法很好，我们这就去吧！”

李玄本想踹门的，听到他们的谈论，也觉得挺好玩的，推门道：“见面有份，不带我去，我明天一定要向老师告状。”

卢家四兄弟倒没将他视作对手，忙道：“同去、同去！”

五个人偷偷溜出终南山，往西面走去。走了半个时辰，只见一座秀丽山川，映入眼帘。山上一座精致的道观，挂满了大红灯笼，映得天上的月亮都红了。五人刚一靠近，一群剽悍的将士围了上来，吹胡子瞪眼：“此处乃七公主銮驾停处，何人敢来窥探？再不走开，小心钢刀伺候！”

卢长庄越众而出：“有请将军禀报公主，就说后进末学，卢长涣、长庄、长龄、长适携诗前来拜谒公主，求赐一见。”

那将军知道公主最爱诗人，听到一个“诗”字，不敢怠慢，匆匆奔了进去。片刻之后，他又匆匆奔了回来，满面笑容，道：“公主有请！”

五人随着将军走了进去。那道观从外面看去，也就寻常，哪知走进去之后，却是镶金铺玉，极其奢华。李玄的眼睛都快被晃花了。一行人走到了一座大殿中，只见殿正中黄龙椅上坐着一位公主，凤仪威严，含笑看着众人。

李玄不敢多看，依稀觉得有点像龙薇儿。

公主笑道：“素闻几位先生大名，今日一见，果然如星辰璀璨，幸何如之。”

卢家四兄弟听到如此夸赞，不由得有些得意忘形，纷纷逊谢几句。

公主：“今年春闱取士，父皇命本宫评点天下英才，择优录取，本宫想，这状元之位、天下文魁，就出在四位之中吧。”

卢长涣等人一听，不由得大喜过望，急忙跪倒称谢。

公主亲手挽起，忽然皱眉：“只是状元只有一位，贤昆仲却有四位，不知如何取舍？”

卢长庄笑道：“我们弟兄有个法子，互判高低，不知是否有碍公主清听？”

公主：“但讲无妨。”

卢长庄：“我们兄弟曾于酒家之中，命歌妓随意献唱，唱到谁的诗，谁便饮酒一杯。等酒尽夜阑之时，数谁饮酒最多，谁便优胜。”

公主大喜：“此法最是风雅。恰好本宫新练了一帮伶人，又有几位新客，不如就让她们上来，大家听曲饮酒，定本朝文魁，也可为后世留一段风流佳话。”

说着，大开宴席，款待卢家四兄弟。李玄也被请到了末座，另外还有几位陪客。酒过三巡，十几位伶人鱼贯而入，击起红牙檀板，琵琶斜抱，丝竹悠然，唱起了时令新曲。

“秋来窗竹和人瘦，雨过相思逐夜长。惟有金风怜寂寞，为吹月桂落梅妆。”

卢长龄满饮一杯，笑道：“诸位兄弟，愚兄先拔头筹。”

卢长涣等笑道：“莫急莫急，咱们的就在后头。”

耳听台上又换了一位伶人，轻歌曼舞，唱道：“清风细雨湿梅花，骤马先过碧玉家。正值楚王宫里至，门前初下七香车。”

这却不是卢家兄弟的诗句，于是四人都停杯不饮。陪座上的一少年飞觞笑道：“好诗、好诗！”跟着满饮一杯。

众人也不怎么注意他，就听台上伶人再换，曼声唱道：“飞花无幸上西楼，收拾东湖一片秋。人去人来鹤驾里，香兰只合系归舟。”

卢长庄：“这却是在下的诗了。”说着，也是满饮一杯，意气风发。

公主笑意晏晏，也跟着陪了一杯。台上伶人走马灯一般换着，卢长龄饮了三杯，卢长庄四杯，卢长适两杯。四人不饮的时候，陪座少年便飞觞痛饮一杯，赞一句“好诗！”倒是饮了十来杯。只有卢长涣一直未能饮酒。

公主停杯笑道：“闻说卢家长兄诗才最好，怎么诗名却不传于教坊呢？”

卢长涣笑道：“他们写的都是庸诗，所以庸人喜欢咏唱。我诗才超卓，岂能同他们相似？”

说着，满饮了一杯，乘着酒兴指着伶人中最灵秀美慧的一位：“等她上台之后，若不唱吾诗，拿我头颅来装酒！”

公主大笑，一会儿，果然那伶人上台，打扮成西域胡人的样子，做天魔之舞。舞姿曼妙柔和，绝类天人。红牙板一击，万籁俱寂，只听她唱道：“欲就东风舞彩裳，东风笑我太疏狂。才将国色争春色，便谪昭阳到洛阳。有梦暗牵还作翼，多情无赏自为妆。暗香疏影各风骨，骚客何劳笑短长。”

卢长涣大笑。长庄、长龄、长适齐齐叹息，果然，这是卢长涣最出名的咏牡丹之作。耳听那伶人不住唱下去，却是前代名篇。

卢长涣对公主道：“如何？吾才出侪辈多矣！”

公主点头道：“虽然量少，但贵在质胜。本朝文魁，舍汝其谁？”唤道，“取本宫紫袍来！”

旁边伺候的宫女急忙献上一袭紫色锦袍。公主拾起，亲手要为卢长涣披上。卢长涣容光焕发，得意得几乎晕了过去。十年寒窗之苦，不就是为的这一刻的荣耀吗？

突听一人清声道：“公主为何厚此薄彼？饮一杯酒的赏了紫袍，饮了十几杯酒的却什么都不赏？”

众人看时，就见那位逢唱必饮酒的少年站了起来，风神俊朗，意气超卓。

李玄向来不夸人的，被他的容光一照，也不由得有些自惭形秽。

公主笑道：“这饮酒是有个规矩的，必须是自己的诗篇才能饮酒。她们唱前人诗篇，你也要饮，岂能算数？”

少年一声长笑："公主过于高抬在下，明明是在下之拙作，怎么说是前辈名篇呢？"

说着，离席出座，献上一篇诗集。只见封面上画着一位老僧闲坐，画风古雅，意态闲适。虽只寥寥几笔，却如风月飘然，盎然满卷。公主大惊，翻开诗篇，但见篇篇珠玑，清香满颊。不由得亲自送到少年手上，长揖道："先生雅作，向来拜读，固以为是前朝名贤所作，不意竟在座榻之侧！"

少年笑道："公主还是不信。"

他随手抱起身旁歌妓怀中的琵琶，两指微微一拨。众人恍如一阵清风拂面，都觉心旷神怡。少年随手乱拂，音声四溅，星辰妙舞，天女散花。如繁花竞谢，染满衣襟。忽然抖落，顿成万古风华，独俏立而怆然。

少年微微躬身："这一曲，是为《郁伦袍》。"

公主尚未从妙音中醒来，叹道："天音曼妙，实无人能及！今日才知真文采！真诗仙！"

说着，从卢长涣身上将紫袍扯下，恭恭敬敬地披在少年身上。亲手挽着少年坐到上座去。

卢长涣等四人面面相觑，都觉极为难过。但少年才华实在太高，他们望尘莫及，也便不怎么恨他。

少年悠然道："不知公主该怎么处置这四个人？"

公主恼道："这四个人沽名钓誉，欺骗本宫，罚他们永远不准应举，永不能授功名。从今日起，他们若敢写一个字，就剁掉一根手指！若敢吟一首诗，发配边疆十年！"

卢家四兄弟大惊。他们嗜书如命，要他们不写字、不吟诗，那简直是要了他们的命！何况他们被父兄寄予了极大的期望，指望着能考中进士，光耀门楣，却被公主亲口判为永不授功名，那简直比杀了他们还难受！

四人一齐惨叫了起来。

少年笑道："在下正少四个诗奴，公主何不妨将他们四人赏给在下？”

公主破颜一笑：“这四人虽然品格不高，但还算略通诗书，给先生做了奴才，倒也相得益彰。来人！”

几位彪形大汉抢了上来，将卢家四兄弟狠狠按在地上。又拖过一只巨大的火炉，刹那间将铁钳烧得通红，只见钳上印着一个大大的“奴”字，向卢家四兄弟脸上夹去。

卢家四兄弟肝胆俱裂，他们自命为风流才子，若是脸上被烙上“奴”字，终生为奴，这番奇耻大辱焉能忍受？忍不住齐声惨叫起来。

那少年大笑声中，亲手接过火钳，向卢家四兄弟狠狠烙下。

那一刻，四周风物突然颠倒。

帷幔、美酒、銮驾、歌伶瞬间消失，只剩下夜空中一轮绯红的明月。那少年霍然回首，目光冷森森地盯着李玄。

他手中捧着的，是铁，是火，是厉啸的魔，映衬着他满头长发飞舞，紫袍破碎，化为两只羽翼凭天而立。

卢家四兄弟绝望的凄叫声，成为他最好的点缀。他如悬空立于地狱中，身周遍开红莲。

“是你？”李玄一声惊呼，随即霍然醒来。

满头大汗淋漓，身子也忍不住瑟瑟发抖。卢家四兄弟的凄叫声还环绕在他耳际。他能感受到那是多么绝望。一切希望都被抹杀，就算取得再多的荣耀，做再多的努力，都无法遮盖印在脸上的那个铁字。

“奴”。

永远的耻辱与羞辱，是卢家兄弟想都没想过的恐惧，却在这须臾的噩梦中化为现实。他们被紧紧缠住，用他们心灵深处最不能接受的痛。

李玄忍不住想起了崔蔼然。他们的梦绝不相同，但结果是一样的，他们看到了自己最害怕的恐惧，并被这恐惧在梦中杀死。

他们成为梦魔的彩虹之珠。

李玄缓缓擦掉额头上的汗，虽然这个梦跟他没有关系，他只是个旁观者，但那份恐惧是如此真实，让他感同身受。他绝不怀疑，如果有一天梦魔将矛头对准他，他也一样会惨叫着在梦中死去。

他用力摇着头，希望能将心中阴霾驱赶走。他抬头，忽然看到封常青满脸怪异地看着他。

李玄忍不住问："你看什么看？"

这句普通的问话却让封常青吓了一跳，惨叫："老大，你不要杀我啊！我实在不是故意发现你的秘密的！"

李玄皱眉："我有什么秘密？"

封常青："其实老大你不用自卑，这也没什么不好，从古代开始，很多人都有这个癖好……只是老大千万要放过我！我们只是普通的友谊啊！"

李玄怒道："你究竟在说些什么？"

封常青："我什么都没说！我什么都不知道！我什么都没听见！我没听见老大在梦里深情地叫'龙穆'……"

他忽然发现自己说漏了嘴，急忙住口，脸色已经煞白。李玄的反应并没有超出他的预料，他一个箭步蹿上来，揪住他的衣领，叫道："你说我梦中叫了谁？"

封常青头摇得像拨浪鼓一样："没有没有……你谁都没叫……"

李玄使劲将他一推，封常青立即头悬梁、锥刺股，不由得"嗷"的一声惨叫，死命地挣扎起来。他被李玄使劲摁着，哪里挣扎得脱，只好大叫道："是龙穆！老大在梦中叫的是龙穆！"

李玄："还有没有别人？"

封常青："没有了！没有了！"

李玄将他放脱，仰首沉思，突然大笑道："我早就该想到是他才是！我怎么这么蠢！"

他盯住封常青。他那专注而似笑非笑的神情让封常青不由得想到他呼唤"龙穆"时的情形，这让封常青瑟瑟发抖。

李玄狞笑起来，封常青抖得更厉害。

李玄："我们是不是朋友？"

当胆小鬼遭遇头悬梁、锥刺股的时候，他还能说"不是"吗？封常青像鸡啄米一样点着头。

李玄：“作为朋友，我送你一件礼物。”

他取下那条八宝猁围巾，郑重其事地围在封常青脖子上：“你听说过一句古话吗？”

封常青：“什么古话？”

李玄：“为朋友两肋插刀！现在，你去插吧！”

第十四章　紫云新苑移花处

苏犹怜在看书。

最近她似乎勤奋了许多，她终于发现，这个世界上有太多她不懂的东西。她翻阅着图书馆里的金简玉书，秀眉微微蹙了起来。纵然她聪明如雪，也很难理解这些世间最难懂的文字。

但她必须要弄懂一件事，必须。

图书馆里很安静，摩云书院的弟子们最不喜欢的就是这里。苏犹怜读着读着，秀靥上露出了一抹甜笑。

“梦，原来这就是梦啊……”

“砰”的一声响，图书馆的门被重重推开，龙穆像是一阵风，刮到了苏犹怜身边，一把抓住了她的手。

“跟我来！”

苏犹怜轻轻皱了皱眉，将书合上。

这位异国王子从来不顾及别人的感受，想要做什么就做什么。好在苏犹怜并不习惯拒绝别人，尤其是当她看到龙穆的眸子时。

这双眸子变了，不再傲岸、冰冷，宛如天上的星辰一样远远地照耀着世人。它们变得通透而柔和，不像是王子，而像是一位真正的同学。

苏犹怜忍不住上下打量了龙穆一眼，她说不出龙穆有什么改变，却感受到了不同。

现在的龙穆，少了那份咄咄逼人的傲气，也不再美丽得就像是一道光芒。

他的金发依旧那么灿烂，却有些乱，几丝乱发被汗水粘在他的额头。

他竟然也会流汗，流出的汗也会粘住头发，就跟所有的人一样。

他不再永远笼罩在神性的光芒中，也不是那个穿着孔雀仙翎，站在浮空仙岛上，淡然俯视世间的神明。

他也是个普通人。

一个背着书包，随时都在担心下一场考试的学生，虽然成绩优异，却也讨厌考试，在老师看不到的时候也会开开小差。

苏犹怜原谅了他。

她的心稍微有点烦，因为她发觉，要原谅龙穆，是件多么简单的事情。

他肆无忌惮地破坏着别人固守的印象，丝毫不给别人拒绝的机会，但原谅他又好像很简单、很自然。他能够随时走入任何人的心中，就连故意拒绝的苏犹怜也不例外。

苏犹怜的心有些烦。

她不喜欢改变，也不喜欢节外生枝。

更重要的是，她知道，她注定两手空空。

她望着眼前这位温柔而优雅的王子，她知道，他永远都不会属于她。正如她腻声叫着李玄“郎君”，陪他出生入死，偶尔心动时，她也清楚地知道，他永远都不会属于她。

只有杀死了这位“郎君”，才会由神仙一般的雪隐上人，改逆上天的旨意，赐给她一份爱情。

她是最卑微的雪妖啊，本不配享有的。

她要寻找的人会是什么样?

会是这么完美，还是个丑陋的、愚蠢的、普通的男人，没有任何优点，邋邋遢遢、庸庸俗俗，但是会爱她，会将她捧在手心中，粗鲁而低俗地呵护着?

那或许是她配享有的爱情。

也就够了。

龙穆牵着她的手，不管不顾，一直走到绛云顶。

他踏着白云，踏着青石，踏着一山潮湿的露水和刚露面的阳光，带着像云一般缥缈美丽的苏犹怜，来到了绛云顶上。

然后，他带着一丝期待与忐忑：“送给你。”

绛云顶在火山爆发后几乎完全变成了废墟，经过玄冥等六常傅的努力，也不过仅仅将这座焦土之山勉强维持住了模样。它是整个终南山中最丑陋的一座山峰，丑得令人歇斯底里。

苏犹怜随着龙穆的手指看去。焦色废墟中，似乎有什么东西。

那是一片田地，之所以称作田地，是因为上面锄了一条条浅浅的沟，沟里面栽着一棵棵绿色的小苗。

沟并不齐整，弯弯曲曲的，那些小苗刚栽好不久，还不能承受阳光的照射，蔫蔫地弯着腰。旁边放着一双木桶，沟里面有清澈的水在流动。

那的确并不仅仅是焦红色，因为沟里面，是新鲜的泥土，绛云顶上，已经找不到这样的泥土了。泉水，也只能从山脚下挑来。

小苗稚嫩，它们要非常非常努力，才能够仰望阳光。

龙穆的眼睛中闪烁着光彩。

“送给你。这是我的礼物。”

苏犹怜淡淡笑了笑。

焦土中生花，果然比满地花开要更加动人，也更加艰难。这样的礼物，的确要耗费很多人力、物力才能做到。比起玉石珍珠，名马貂裘，这样的礼物的确更能打动人的心。

但这又能如何？

这就不是王子了吗？

她眼前闪过那一千个随从。他们不在，是因为他们已经很累了吧。

苏犹怜的话有些许嘲讽：“为什么不让它们开花呢？佛法应该很容易就做到吧。”

“给我看一片花海，漫山遍野，才是你应该有的做派呢。”

龙穆笑了笑，他在田间蹊径上坐下来，双手抱着膝，仰头看着天空。他左手的衣袖卷起，裸露出微带红痕的肌肤来。

“看着它们一点点破土、长大、开花、结果，不是很好吗？看着它们从小苗变成大树，从一株变成两株，不也是一种幸福吗？”

这一刻，他的笑容中只有淡淡的满足，别无所求。

似乎他叫苏犹怜过来，并不是要打动她，而只是想要她也分享这份满足。

随着小小的花苗生长，这份满足与喜悦也会滋生，不由得要盼着它快快长大。

苏犹怜淡淡道：“你该知道我不喜欢脏乱的东西，下次让你的手下把花蹊弄整齐一些。”

龙穆猝然回头。

他的眼神中写着一丝惊讶、愤怒与羞辱，就像是一枚钉子，将苏犹怜钉在了天空中。

她的心忽然有些惶惑。

仿佛一脚踏碎了孩子辛苦搭好的积木。

仿佛多年不见的好朋友在兴奋地看着她的时候，她却无论如何都想不起名字来。

龙穆的眼神渐渐黯然，一丝浅浅的笑浮现在他的脸上。

“你，是这样想的吗？”

他弯下腰，静静地抚摩着泥土。

一株孱弱的花苗在他手下缓缓吐出一枚露珠，龙穆用指尖将它挑起。

“那就让我独自来等待它们的生长吧。”

“无论是整齐，还是凌乱，都是它们自己的成长。”

“由我一个人等候。”

苏犹怜忽然感到一丝不妥。龙穆的反应，远远超出了她的想象，竟让她有种犯罪的感觉。她望着他的脸的时候，感到一阵心慌，似乎正在打碎什么珍贵的东西。

她忽然奔过去，抓起龙穆的手。

这一刻，她霍然明白，为什么龙穆牵她的手的时候，她的心有些乱。

这只手，不再是整洁的，白玉一般，只跳跃在竖琴琴弦上的精灵。它本一尘不染，此时却布满了大大小小的伤痕。石子划出的伤口，泥土沾上的污垢，挤压留下的瘀痕，让它一如风雨后的秋兰，不忍多看一眼。

这双手，不属于王子龙穆，甚至不该属于摩云书院的任何一个人。

苏犹怜的目光自手掌上抬起，凝视着龙穆。

龙穆有些尴尬，似乎努力想藏起来的东西被苏犹怜找了出来。他想抽回手，但苏犹怜握得紧紧的，让他无法挣脱。

“这些，都是你亲自做的吗？”

那一条条弯弯的花蹊，那摞在花蹊边、整齐的田坎。焦红的碎石被仔细地清理走了，再铺上一层从山下挖来的新鲜泥土，种上花苗，浇上清澈的山泉。

这些事情并不轻松，需要很辛苦、很辛苦才能完成。

绛云顶并不矮，这片田地也并不小。

无论从哪方面来看，龙穆都是养尊处优惯了的人，他的人生中，只会有竖琴、书卷、名剑、美人，他不该让自己的手沾上半点泥土。

而这些事情，本该由他的仆人们做。他只需站在浮空岛上，看着他们完成，再用法力催开孱弱的小苗，然后白衣如雪，带着她来看遍地鲜花。

他不该亲手握着泥土，一筐筐将它们挑上来，垒成花蹊，种上种子，等着它们成长，等着它们变成给她的礼物。

那不再是王子的魔术。

苏犹怜忍不住移开目光，不敢再看龙穆。

木桶旁边，有一本被翻破了的书，隐约可见书面上写着四个字《莳花要术》。

苏犹怜无法想象，龙穆一面翻着书，一面费力地照着书上的文字，一板一眼地垒砌着这块花圃。

就像她无法想象，王子会从宫殿中走出来，牵着她的手，跑到绛云顶上来。

龙穆微笑：“你不愿我做王子，那我就做花匠。”

他双手轻轻用力，反握住苏犹怜的手。

“你说得对，爱情是不分王子公主的。我们的爱若是珍贵，就全部拿出来，用所有的力气，所有的精神，去为爱情种一株花。那株花，不是用银子换来的，也不是从野地里采来的，是用我一整年的光阴等候，直到花开，直到花落，才配送到你面前，换取爱情。”

那一刻，他无比真诚。

他始终有一份真诚，让别人死心塌地地相信他。

当他的眉梢微微挑起的时候，他有一丝邪恶，它因认真而平静的时候，他是那么真诚，有着无人能怀疑的力量。

苏犹怜的心跳中轻轻漏入了一缕阳光。

就算她是亘古不化的冰川，也无法抵挡这缕阳光。

她的爱情，也许就在这缕阳光下。

她感到一丝羞红，急迫地想挣脱龙穆。

就像蝴蝶感受到风雨，振翅逃开。

龙穆的手，却像是春蚕吐不尽的丝，缠住了她所有的挣脱。

突然，苏犹怜笑了。

她的笑很甜，甜得像是一千只蝴蝶，遮住了她羞红的心。她的眼眸蒙眬，就像是朦胧的月，看不清她慌乱的意。

“你赢了。”

“你的赌局结束了，我的小王子。这世间没有一个女人，能够抵挡你的攻势。”

这只是一个赌局，一场游戏，分出胜负就没关系了。

心就不会再跳了，也不用等这些花长上一年。

可以结束了吧。

苏犹怜轻轻地，轻轻地笑着。

她好想停止，但若不笑，她连手该往哪里放都不知道。

“这是赌局。”

龙穆轻轻皱起了眉头：“却不是我跟他，而是我跟你。”

“愿不愿跟我赌下去，赌一生、赌一辈子？”

有些赌局，一旦开始，就无法终结。

摇骰，下注，离手，开盅。大小，输赢。很简单，但一赌就是一辈子。

一辈子的幸福，一辈子的容颜。

一辈子坐在花蹊上，听那生长的满足。

你这一辈子，快乐吗，幸福吗，满足吗？

有没有一刻，一个像龙穆这样的男孩子，静静地望着你，说：来，我们赌一辈子。

于是你潸然泪下，一辈子都记得那骰盅里摇动的花。

摇出来的不是大小，而是幸福，或者悲伤。

或是永远永远，在每一次痛后都会想起的记忆。

用一世等一朵花开，是否太漫长？

苏犹怜的心动了。她感到一阵强烈的妒忌。

这，为什么不是她的爱情？

她寻找的爱情，躲在哪里？为什么她不能简单地接受眼前的爱情，接受这个完美而深情的王子？

她不能。

因为她知道，未来必将有一位美丽的公主，在一样的阳光下，用一样迷人的微笑，从龙穆手中接走这一切。那是注定的，命运冷冷地注视着她，注视着一只卑微的雪妖，命令她绝不能染指这完美的一切。

她不配。

她深深地妒忌。

苏犹怜轻轻地吸了口气，享受着自己这一刻的心动。

而后，她的嘴角浮起了一丝冷笑。

“我的王子，你究竟想证明什么？”

她轻轻推开龙穆，尖锐得就像是一根刺。

“刻意地抛掉王冠，用平民的方式来打动我，究竟是为了什么呢？是因为你知道我喜欢这种方式，还是在王子的心中，这顶王冠早就成了沉重的负担呢？”

龙穆脸色骤变，有些仓皇地看着她。

苏犹怜知道自己的话，直指他内心深处的黑暗。她有些迫不及待地想要将他的黑暗暴露出来，曝晒在阳光下，让他痛楚、羞辱。

她要眼睁睁地看着他伤心，这样，她的心就不会痛。

“丢掉王冠的王子，又算什么呢？”

龙穆一声怒吼：“住口！”

“是否只是个被宠坏的孩子，一无所有的孩子？”

他猛然出手，扼住了苏犹怜的咽喉。

“住口！住口！”他低声咆哮着，王子的优雅荡然无存。

苏犹怜的嘴角浮动着一丝微笑，看着他。

对，就这样。不要优雅，不要高贵，不要完美，这样，你的爱情才不会让人妒忌。

她有些恶毒地笑着，感受到这位王子伤心的怒气。她完全把握住了他最在意的心事，用一句话就打破了他苦心构筑起来的防线。

她眼中的揶揄刺伤了龙穆，他情不自禁地想要加把力，将这位柔弱的雪妖揉碎。突然，一个轻声呼唤钻入了他的耳朵：“昧爽。”

龙穆一惊，倏然回头，就见李玄似笑非笑地看着他！

龙穆面容一肃：“你来做什么？”

李玄倒背着手，满面笑容地施施然走了过来。他像是完全没有看到龙穆正暴怒地卡着苏犹怜的脖子：“应该我来问你，为什么我叫‘昧爽’，你会这么吃惊？”

龙穆冷哼一声，并不作答。

李玄也不再问，他看着苏犹怜。

苏犹怜脸色苍白。

李玄："你好。"

苏犹怜想说话，龙穆纤细的手指却卡住了她的呼吸。

李玄："你想不想听个故事？我专门去找玄冥常傅听来的故事。很好听的。"

他找了块石头，坐了下来，惬意地叹了口气："在天的尽头、海的尽头，有一个国度，那里菩提树盛开，阳光满地。神佛犹然活在世人中间，用无尽的慈悲给他们普降甘霖、花雨。每个人都快乐、幸福，他们不用担心生时受苦，也不用担心死后恶报。他们用黄金铺地，敬奉着他们的佛。这个国度，我们称之为西天，它还有个名字叫天竺。但很少有人知道，真正的天竺，其实并不这么美好。它早就分裂为五大块，彼此之间连年征战，民不聊生。一百多年前，中天竺出了一位优秀的君主，名曰戒日王，以绝大的勇力与智慧，统一了五天竺，给予人民几十年的太平盛世。但好景不长，戒日王死后，天竺在权臣操纵下，重新分裂，又陷入了战乱之中。直到现在，战火蔓延，连魔宫中的红莲都被烧成了焦土。天竺国繁华富盛的景色尽数被烧成传说，再也不复存在。也许，只有转轮圣王重生，才能解救深陷苦难中的天竺国。

"就在这时，戒日王的孙子出世，他面容皎洁如月，智慧如水，善行如空，年仅七岁就将宫中最聪慧的高僧辩得哑口无言，被大日至尊者收为唯一的弟子。普天之下，都以为天竺国又找到了新的主人，它必将在这位君主的带领下，重新统一，并称雄世界。

"这位王子也不负众望，日复一日，他越来越美丽、聪明、勇敢。但天竺国积弱已久，纵然真有转轮圣王转世，也未必能再统一得了。这位王子虽然百般努力，他的国家却依旧分裂孱弱，甚至无法负担一场稍大一点的战争。于是，流言悄悄地传出了。"

"这位王子，真的能救天竺吗？

"他真的配做戒日王的孙子吗？

"除了王子的身份、大日至尊者的宠爱，他还有什么？

"丢掉王冠的王子，又能做些什么呢？"

"住口！"

一声厉啸脱口而出，只见龙穆甩开苏犹怜，身子化成一道翠绿色的雷霆，向李玄怒飙而去！

随着他一动，他身上的流锦鼓动，倏然化成一只巨大的孔雀，翠白色的羽毛凌空舞动，发出一声高厉的鸣叫，一团碧气从它喙中炸开，向李玄当头罩下！

李玄虽料到龙穆会恼羞成怒，但没想到他来得如此之快。慌忙催动五云战靴，胖乎乎的四只翅膀一阵努力扇动，堪堪避开那道碧气。

只听轰隆一声爆响，碧气击中他方才坐着的大石，顿时碎石横飞，砸得李玄惨叫之声不绝。那块大石已凭空消失，只留下一个两丈多深的大坑。

李玄吓得脸色都变了。眼前猛然碧光闪烁，他慌忙抬头，就见满空都是碧羽飞舞，他赫然已被那只巨大的孔雀覆盖！

李玄大惊，刚要逃跑，就见一只巨大的爪子伸下，碧气千寻，盘空而下，李玄一阵惨叫，被束得紧紧地吊了起来。

龙穆面容冷峻，缓缓向他走了过来。

如果说方才的龙穆还是怒，那么现在就是恨，怒恨交加。

如果说他对苏犹怜还有一丝怜惜，那他对李玄就绝无半点容情的念头，他一定会毫不犹豫地痛下杀手！

他一步步逼近，那只巨大的孔雀盘旋在他身后，就像是他的影子，影子深处，是一双杀死人的眸子！

李玄忽然大叫了起来："想不想知道我为什么叫你昧爽？"

龙穆："不想。"

李玄："你怎么会不想？"

龙穆："我只想杀死你！"

李玄一窒。

龙穆："大言不惭的愚者，你凭什么审判我？审判者应该是我才对！”

他双手用力一擈，李玄一声惨叫，身上的碧气猛然束紧，将他勒得几乎喘不过气来。李玄却突然哈哈大笑起来。

龙穆忍不住问道：“你笑什么？”

李玄：“我笑你，居然这么幼稚，想要杀我灭口。你不知道我在来之前早就让封常青通知紫极老人，所有人都知道我来找过你。而我掌握了你就是梦魔昧爽的证据。所以，只要你对我一起杀心，那就证明，你的确是昧爽。”

他得意地笑说：“现在你想不想知道我的证据是什么？”

龙穆：“不想！”

李玄几乎跳了起来：“为什么？”

龙穆脸上浮起一丝冷酷的笑，这让他宛如一轮映衬上云光的明月：“他们知道又怎样？难道我就不能杀你？”

他左手随意摆动，碧气飘浮，宛如利刃般掠过李玄的脸。李玄就觉一阵阵冷飕飕的风吹过，细小的血珠不住落下。这碧气在龙穆的指挥下，竟然凝成极细的刀，浅浅地切进他的皮肤下。他竟然连痛都不觉得！

他吃惊地大叫了起来：“你真的翻脸？我们可是同学啊！”

龙穆冷笑：“同学？你不是说我是昧爽吗？昧爽想杀你，你又怎能躲过？”

李玄只得惨叫改口道：“不……你不是他！你不是他！你只不过是跟他长了一模一样的脸而已！”

龙穆脸色猛然一变，倏然欺身蹿到李玄身边，一把将他提了起来：“你……你说什么？”

李玄：“他……他跟你长得一模一样。”

龙穆的身子猛然颤抖了一下，脸色倏转苍白。不过这也只是一瞬间的事，他随即猛地将李玄提了起来，重重摔在地上：“你凭什么知道他跟我长得一模一样？没有人能在醒来时还记得昧爽的模样！”

第十五章　归去定知还向月

李玄被摔得头昏脑涨的，使劲喘了几口气，才挣扎着道：“我不是醒来记得的，我是在梦中记得的。”

龙穆皱了皱眉，不明白李玄的意思。

李玄：“没有人醒来后还能记得昧爽的模样，梦中虽然知道，却无法告诉别人，所以，永远不会有人知道昧爽什么模样，是不是？”

龙穆点了点头。不错，正是这样。

李玄：“我却想出了一个方法，能够在梦中告诉别人！”

龙穆冷笑：“除非你有昧爽的力量。”

李玄摇头：“不，你不知道，我有个坏习惯，我一紧张的时候，这个坏习惯就会出现。但恰恰是这个坏习惯，让我揭开了昧爽的真面目。”

龙穆沉吟，究竟是什么习惯，竟能破解梦魔昧爽的神通？

李玄：“梦话。”

他笑了：“这就是梦魔神通的唯一破绽。梦中的人醒来虽然什么都不记得了，却可以借梦话告诉别人在梦中看到的东西。我看到的就是，梦魔的面容跟你一模一样。我将封常青头悬梁、锥刺股绑在寝室里，就是确保他一定能听到我的梦话。”

他面容猛然一冷：“我在梦中见到昧爽时，叫出了一个人的名字，那就你——龙穆！”

龙穆脸色顿时一变，这自然未能逃过李玄的观察：“我本就奇怪，梦魔早不出现，晚不出现，为什么你一入摩云书院，就出现了呢？没有人知道梦魔栖身在哪里，也没有人见到梦魔是怎样织梦的，只因你并不住在宿舍里，而住在浮空岛中，根本没有人能知道你的行踪！”

他紧紧盯着龙穆的脸，步步紧逼：“真正的王子，怎会滥杀无辜？怎会惹是生非？亲爱的王子，其实你根本不是万民依仗的圣王，你和梦魔一样，都只是从不将别人的性命放在眼里的魔鬼啊！”

龙穆身子一颤，眼眸猛然抬起，厉盯着李玄。

“下贱的愚者，你终于惹怒了我！你的话跟你一样，都罪该万死！”

李玄惨叫一声，急忙躲闪。

但龙穆背后的孔雀乃天地初辟时就诞生的上古异禽，修炼了何止千年万年。大日至尊者当日以无上神通，用苦禅静坐之法将它困住，整整耗费了十年，方才收服。为此甚至错过了太初四宝的出世之日。是以紫极老人有玄陛天书，雪隐上人有千佛珠，大日至尊者却身无一宝。后来四极逍遥剑被石星御得去，九灵御魔镜落入定远侯之手，都是一时俊杰，无人能夺。而大日至尊者十年苦禅静坐，竟自虚中悟出真如，脱却金身，自由遨游。紫极老人与雪隐上人虽然有太初四宝之助，但大日至尊者御孔雀而敌，竟也不相上下。这位孔雀明王的修为，可见一斑。

龙穆身上穿的那件孔雀翎，便是千万年来明王身上脱落的尾羽织就。大日至尊者闭关之后，嘱咐孔雀明王守护龙穆，是以明王将身、心、魂都寄托在孔雀翎上，与龙穆形影不离。它早就借着大日至尊者的佛法与龙穆心灵相通，无上威力演为碧气，随着龙穆一动念便冲天而起，向李玄当头罩下。

这哪是小混混李玄所能抵挡的？忙不迭地一阵乱窜，满空碧气暴雨般落下，将他打得一阵惨叫。

龙穆眼中怒气激烈，没有一丝怜悯，看来是铁了心要将李玄毙于掌下。

猛然，天色骤然黑暗。

一团巨大的火光却倏然在天际出现。瞬间，大地、天空一阵剧烈轰鸣！

龙穆隐隐觉得一阵不妙，忍不住抬头观看。

他脸色立即惨变！

那座浮空岛正立于他的头顶，但岛上却是一片火海！

终南山后山上破开了一个大洞，汹涌的地火从洞中猛烈涌出，在佛座金身的毫光指引下，向浮空岛怒飞而去。在金身法力空御下，整座浮空岛上全被炽烈的岩浆充满，一人正头围八宝猁围巾，指挥着金身吸摄更多的地火。

李玄狂笑了起来："你以为我真的打不过你？我只不过是在拖延时间而已！在我跟你废话的时候，封常青早就围着你给我的围巾，悄悄摸上了浮空岛！你说得不错，要炸掉这座浮空岛，的确需要很大很大的火山爆发，会引起天地浩劫，造成无边杀孽。但若是这座火山就在浮空岛上，而浮空岛又在离地几千里的天上呢？"

他猛地一吹口哨！

封常青一举八宝猁围巾，浮空岛上的金身猛然一阵凄厉的梵唱，化作一道流星，向上怒飞而去。

龙穆忍不住一声清啸："回来！"

浮空岛眨眼间飞得不见了踪影，猛然一声天崩地裂的巨响从头顶传来，整个天空化成了一片火海！

万千碎片裹着火石碎屑纷纷落下，龙穆猛地喷出一口鲜血，身子摇摇欲坠。

李玄大笑道："我早就知道浮空岛跟你元神相合，炸掉浮空岛，你的元神必然受到极大的损伤！怎么，你还敢跟我斗吗？"

龙穆弯下腰，用力抚着额头，身子急剧地痉挛着。他用力发出一声清啸。

李玄摇头："不用再招呼你的手下了，我想玄冥常傅正在跟他们做游戏。我不知道他们在做什么游戏，但想必不会来救你了。"

龙穆霍然抬头。他的脸颊上闪动着一丝触目惊心的残红，厉盯着李玄！

他一字一字道："我，要，杀，了，你！"

李玄："可惜。"他指了指地上。

地上，是废墟，残片。龙穆精心垒就的菜畦，种好的花苗，全都在方才的打斗中变得一片狼藉。仅剩余的那些，也被浮空岛上落下的劫灰掩埋，不会再有未来。

李玄："你亲手毁了你最珍贵的礼物。昧爽，你究竟要作多少恶？"

龙穆的眼睛在看到那些花苗时，有一瞬间，他泛起了一阵痛楚的哽咽。他像是要弯下腰去，怜惜地触摸这些花苗，但他随即猛然抬头，狠狠地看着李玄："我，要，杀，了，你！"

李玄摇头："抱歉，你杀不了。"

他轻轻拍了拍手。

石紫凝、龙薇儿、郑百年、胡突干从山后转了出来，站在他身后，他们一起面对着龙穆。

龙穆脸色苍白。

李玄："我在来找你之前，先找了他们。我并不是让他们帮我，而是让他们看着，看看我的推理究竟是不是正确。"

"我的结论是，我在梦中看到的昧爽，就是你。"

龙穆傲然不语。

龙薇儿忍不住道："龙穆哥哥，你就说嘛，梦魔昧爽是个大坏蛋，我相信你不是的！"

胡突干："你怎么这么肯定？"

龙薇儿："因为龙穆哥哥这么好看，肯定不是个坏人！"

胡突干："……那我呢？"

龙薇儿："你肯定是个坏人！"

胡突干："……"

李玄见龙穆面色苍白不答，忍不住问道："你若是有什么辩解，不妨说出来。否则，摩云书院是不会放过你的。"

龙穆倏然发怒，厉声道："我不必！"

他双手展开，背后孔雀明王长声鸣叫，双翅飞舞，将他护在中间。他仿佛以明王那双巨大的翠翼飞舞一般，冷笑道：“你们若认定我是梦魔，那又怎样？不是要我将你们全都杀死吗？那就来吧！”

碧气猛然暴旋，形成一条巨大的龙卷，疯狂地向李玄等人冲了过来！

石紫凝跟郑百年同时一声清叱，双剑出鞘！

他们两人的修为乃是这一届中最高的，双剑齐运，顿时激起几十片剑羽，破空飞舞，向碧色龙卷迎去。但那只孔雀明王乃是上古异类，连大日至尊者都几乎不能收服，何况他们几位是初出茅庐的生徒？

剑羽才与龙卷一接，立即被噬住，顿时失去了光芒。石紫凝与郑百年脸色同时一变，齐齐后退，他们手中的长剑已黯然无光！

李玄大吃一惊，他没想到，这两人之联手，竟会这么不堪一击！他早知道携大日至之宠爱的龙穆绝不好斗，但没料到竟会如此厉害！

看来，就算他找来了这么多援兵，仍然挡不住龙穆一招！

幸好李玄早就想好了对策，他拔腿就向山顶跑去。

反正他有五云战靴，逃跑的本领一流。只要跑到紫极老人屋里，难道这老头真的会见死不救不成？只要他肯出手，龙穆再多宝贝也无用！

满空孔雀长啼之声不断，李玄撒腿就跑！

突然，就听龙穆一声凄厉长啸：“不！”

李玄百忙之际回首，就见满空碧气凌乱，龙穆双手捂着眉心，痛苦至极地俯下身。

他的双眉之间，赫然清晰地印着一轮朱红的弯月。

李玄脑海中猛地灵光一闪，大叫道：“大家小心了！梦魔昧爽就要现身了！”

众人一惊，忍不住跳开一步，惊骇地望着龙穆。

孔雀明王一声惊啼，碧气千寻，围绕着龙穆散开。但它却无法让龙穆平静下来。一阵淡淡的黑气渐渐汇聚，将龙穆包围住。

宛如乌云，包围了一轮明月。

龙穆仿佛感受到彻骨的寒冷，身躯轻轻颤抖着，双手用力攥住自己的额头。

那股黑气越聚越浓，孔雀明王的碧气化成七宝金幢，将龙穆紧紧围绕住，却无法隔开这股黑气。黑气，仿佛是从龙穆的体内生出的，随着他每呼吸一次，就浓一分。

孔雀明王凄声啼叫。它虽然有无上神通，却无法将黑暗从龙穆的心中抓出。

这妖异的景象，让围观的学生们都暗暗心惊。

龙穆仰天发出一声长啸，猛然向后奔去。

李玄叫道："不能让他跑了！大家快追！"

孔雀明王怒啼一声，七宝金幢猛然炸开！

它身后的七只尾羽倏然竖起，尾羽上形似眼眸的花纹猛然睁开，分成欢、喜、忧、愁、悲、伤、苦七种表情，瞪着李玄。李玄心灵一阵剧烈的震动，漫山遍野的碧气仿佛潮水一般汇聚起来。李玄大叫一声，却发觉自己根本无法听到自己的声音！

所有的一切，仿佛全都被这七只眼眸吸引，向眸光交会之处汇集。连那万条碧气一齐，组成了一个浓缩的、炽烈的点。李玄情知不妙，顾不得招呼别人，连滚带爬地向后逃去。

这个点轰然炸了开来。

终南山顶上亘古悬浮的紫气猛然一阵大亮，随着钧天仙乐嘹亮声中，崩塌而下，将那团爆炸的碧光紧紧裹住。倏然之间，整座终南山都被一声巨响贯穿！

李玄离得最近，忍不住一口鲜血喷出，昏了过去。

等他再度醒来之时，他发觉自己正躺在睡庐的仙游榻上。

紫极老人摇着头、叹着气望着他："你为什么老是喜欢惹麻烦？自从你到书院来，你知道你惹了多少麻烦？"

李玄这个气啊，"噌"的一声跳了起来，指着紫极老人的鼻子就开始咆哮："死老头，你还敢怪我！我这不是在替你出力吗？我哪里惹上梦魔了？还不是都怪你！"

他把玄陛天书往地上一摔，天书爷爷一阵惨叫，李玄愤愤道："不干了！做了这个大师兄，宝贝没有一件，黑锅倒是背了不少！这次说什么也不干了！”

好像是紫极老人求着他干似的。

紫极老人道：“这次你的确错了，龙穆不可能是梦魔。”

李玄：“为什么？”

紫极老人：“因为你还没死。”

李玄：“臭老头，你说什么？”

紫极老人：“你想想看，既然你被梦魔选为替身，那么，你若没死，梦魔就没有复活。梦魔既然还没有复活，他就只能存在于别人梦中。既然只能存在于梦中，他又怎么可能是龙穆这个人呢？”

李玄怔住了，忍不住搔搔头：“你说的也是。可是，我明明在梦中看到，梦魔长得跟龙穆一模一样，否则，我不会叫他的名字的！”

紫极老人：“那就只有一种可能：梦魔早就知道了你这个计谋，因此，他故意变化成龙穆的模样，将你引入歧途。”

李玄：“他这样做又有什么目的呢？无非就是让我跟龙穆打一架而已。”

紫极老人：“不。还有一个很重要的目的。”

李玄：“臭老头快说！”

紫极老人：“他早就料到，你若跟龙穆一战，必定会闹出极大的声势来，甚至连我跟六常傅都会出动也说不定。龙穆容易冲动，而你又不肯认输，你们两人打起来，真可能将整个摩云书院都掀过来！这样，大家就会全被吸引过来。”

李玄：“那又怎样？”

紫极老人：“你算算，他已经杀了几个人了？”

李玄：“崔翩然、崔蔼然、卢家四兄弟——不好，他已经杀了六个了，只差最后一个！”

紫极老人慢慢点头：“他的目的就是这样，当大家全都被你们两人一战吸引住的时候，他就可以毫无干扰地杀死最后一人，在梦中复活！”

李玄大惊：“臭老头，现在该怎么办？”

紫极老人："最好的办法就是想出他要杀谁。"

李玄："我怎么知道！"

紫极老人："方才你们大战时，谁不在现场？"

李玄苦苦思索，猛然失声道："崔嫣然！"

紫极老人慢慢点头。李玄心急火燎地向外跑去。紫极老人淡淡道："不过你去了也未必有什么用，因为梦魔的力量是将潜藏人心底的恐惧化为噩梦。而只有一种人不惧怕噩梦。"

李玄："什么人？"

紫极老人："死人。"

李玄顾不得跟紫极老人斗嘴，一阵风般冲下了后山，"砰"的一脚踢开崔家姊妹的宿舍，大叫道："梦魔，你不要嚣张，我来啦！"

一声尖叫，几乎叫得李玄昏了过去。接着，一个铜脸盆直接敲在他的头上，将他几乎敲得昏了过去。

李玄大叫道："我什么都没看见！"

被狠狠一脚踢了出去。

他一头栽倒在地上，良久没有恢复过来。

宿舍里面一阵慌乱，崔嫣然好不容易穿上了衣服，提着宝剑飞身出来，厉声道："淫贼，你夜闯民居，意欲何为？"

李玄吓了一跳："你可千万不要这么说！咦？你怎么会没事呢？你明明一定会有事的！"

崔嫣然恶狠狠地道："你这淫贼，当然盼着我有事了！"说着，提着宝剑狠狠扎了过来。

李玄大叫："你听我说！"

崔嫣然："不听！"

李玄："事情是这样的！"

崔嫣然："不听！"

李玄："我是来救你的！"

崔嫣然："不听！"

李玄："……"

李玄只能落荒而逃。

崔嫣然一直追出了十里地。

好不容易，李玄终于摆脱了她的追赶。偶然抬头望时，只见夜色已经极为深沉。漆黑的天空中没有半点星星，那轮满月却无比醒目地挂在天空中。

月亮呈妖异的血红色。

月亮极大、极圆、极红，但所有的光仿佛都被吸进了它的身体里，没有一丝泄漏出来。虽然有这么大的月亮悬空，夜色却依旧漆黑，犹如腐败躯体中渗出的血。

整个世界仿佛只剩下两种颜色——漆黑，深红。

李玄的目光情不自禁地被这轮红月吸引，再也挪不开。他心中升起了一阵不祥的预感，仿佛有件极为悲惨的事情要发生。

他用力甩了甩头，强迫自己不要再看这轮红月。

他实在想不通，他与紫极老人的推理哪里出了问题。

梦魔一定在筹划什么阴谋。这件阴谋一定与他的复活有关，也就是说，他一定是想引开大家的注意力，好轻易地取得第七个人的魂魄。

但李玄却猜不出来这第七个人究竟是谁。

这让他烦躁起来，有种眼睁睁地看着自己身边的人死去却无能为力的感觉。

不是崔嫣然，那究竟是谁？究竟是谁？究竟是谁？

猛地，他的心急剧地一颤。

他想起来了，当时不在场的还有一个人。

苏犹怜。

难道，第七个人，竟是她？

李玄仰头，天空中的红月深如血。

他心中的不安压得他喘不过气来。

他猛然转身，向苏犹怜的寝室疯狂地奔了过去。

他绝不能让梦魔取得她的魂！

但他迷失了方向。他被崔嫣然追杀了十余里，跑到了不知什么地方。天色漆黑，几乎辨识不清道路，也不知道该向何处走。他忙乱地四下奔跑着，心里的慌乱越来越重。

终于，他看到了终南山的影子。山顶上依稀透出一点光华，指引着他的方向。

他大喜，用尽所有力气往山顶上奔去。

终南山上，只有摩云书院中才有光。

随着他奔近，那点光越来越亮，宛如最纯净的云波，缭绕在天之尽头。

李玄冲进了山门，风一般掠过长长的阶梯，他的脚步却猝然顿住。

他赫然发现那光芒，并不是灯火，而是来自一个人。

苏犹怜。

她背对着他站立着，然而，她的身形却是那么肃穆、安宁，天上天下的风都沉静着，仿佛不敢惊动她。她双手抬起，一袭羽衣缓缓降临在她身上，将她轻轻裹住。于是风便从她的身下轻微地飘去，她的身体就像羽毛一样轻盈，慢慢飞了起来。

她身前，停着一辆巨大的马车。珠与玉装饰着车身，十六匹健壮的骏马拉着马车。那些马全都是雪白色的，脖子上生着鳞片，背上有两只白色的翅膀缓缓垂下来。它们喷着响亮的响鼻，静静等着苏犹怜向马车飞过来。

当她进入马车后，那团光芒强盛到了极点，形成一簇雪白的柔光，将马、车、人全都包裹了起来。

天地是如此静穆，就像是婴儿将要降生前的一瞬。十六匹马全都嘶叫了起来，它们一齐扑闪着白色的翅膀，强壮的后蹄使劲蹬地，飞了起来。

马车画出一条优美的弧线，飞向天空。

飞向那轮血红的圆月。

李玄仿佛从迷梦中惊醒一般，大叫："不！"

他奋力催动五云战靴，向马车追去。他拼命呼喊着苏犹怜的名字，希望她能够回答他。但苏犹怜的面容是那么安详，她安坐在马车的正中央，羽衣宛如飞翔的璎珞，将她缚住。她像是刺在荆棘中的翠鸟，无声地唱着血染的歌。

空中那轮圆月，越来越大，像是一只巨大的口，慢慢张开，等待着吞噬她。

然后，恶魔便会降临。

第十六章　重衾幽梦他年断

李玄心中慌乱至极，猛地催动五云战靴，身子化成一道流星，直蹿入马车中。

他心中涌起了一阵恍惚，周围的景物突然改变。

他蹿入的，并不是马车，赫然竟是一个巨大的空间。

祥云缭绕，梵唱之声隐约响起，他抬头，一尊古佛静默地端坐着，花之芳香、水之清澈不住地自古佛摊开的掌心中流泻而下，形成檀香飞瀑，冲激成流泉、深潭。广大的水平面如一面明镜展开，他正站在一瓣盛开的莲花上面。

——这不是龙穆的浮空岛吗？

李玄呆了一呆。

——这座浮空岛不是已被他用八宝猢围巾炸毁了吗？

李玄的思绪有些茫然，循着水面上的莲花，向前走去。

古佛眉心间的毫光，随着他的行走，而渐渐变得暗淡。终于，一切全都化为漆黑，灰飞烟灭。

一点赤红摇曳在遥远的前方，李玄情不自禁地加快了脚步。

终于，他看清楚了。

那是一瓣朱红色的月痕，被一只苍白色的手掩住。鲜红的血不住从月痕中涌出，流过那张俊美无比的脸。

龙穆。

他倚坐在古佛像下，鲜红的血从额头涌出，流过他的脸，在他衣襟上汇集。那袭光明的孔雀翎变得污秽不堪，他的人也如这件衣服一样，变得落拓、悲伤。

他不再是那个皎洁宛如明月的异国王子，他的优雅、高贵在漆黑的夜色中沉沦，化为对自身深深的厌弃。

“我是王子，但我的家族已经沦落。戒日王的功勋并不能持续百年，到了我这一代，我的家族早就没落成了很小的一支，戒日王留给我们的不是荣耀，而是必须要被歼灭的仇恨。我从小的记忆，就是跟随我的哥哥——这个家族的族主，四处逃亡。

“我恨我的哥哥。因为，他对我那么严厉。他几乎每件事都跟我对着干，不许我出去，不许我游玩。我喜欢什么，他就要打碎什么。所以，我的童年是在灰暗中度过的，我没有任何朋友，所有的记忆都是练剑、练剑、练剑。我本以为他只是为了保护我、训练我，但他将我唯一的朋友在我眼前杀死之后，我就明白，他并不是为了对我好才这样做。他是为了折磨我。

“他不能做整个国家的帝王，所以他只能做我的帝王。他要在我面前演尽一切帝王的尊严。他想要的是一个能让他享受帝王感觉的玩偶，那就是我。他一遍一遍告诉我，人心有多么险恶，他让我不要接触任何人，他用他自己将我和整个世界隔绝开来，无非是想让这个玩偶永远受他控制。

“但这个玩偶长到七岁的时候，他的梦想被打碎了。因为这个玩偶突然宣布，他要做大日至尊者的徒弟。我到现在还记得他脸上的惊恐，因为，要做大日至的弟子，只有一个条件——打败须弥山上的守护兽：碧眼狻猊。自从大日至尊者入住须弥山后，成千上万的人想做他的弟子，但全都死在了碧眼狻猊的爪下。一个七岁的孩子怎么可能打得过这么残忍的怪兽呢？但我宁愿死都不愿意再做他的玩偶，所以，我铁了心，要去挑战。

“也许是我的坚持让他太过震惊，他没有驳斥，安排我去参见大日至。这个玩偶是幸运的，他登上须弥山的时候，碧眼狻猊正生着一场奇怪的大病，被我用一柄匕首打败了。大日至尊者收我为弟子，将所有的宝贝都给了我，并教给我一身惊天动地的本领。

“七年之后，我成为大日至的得意弟子，带着惊世骇俗的法力走下须弥山，我发现，哥哥已经成为一位暴君。他用铁血手腕建立了一支强大的队伍，四处征战，横扫五大天竺，将整个世界拖入了战乱中。他对所有的敌人都狠辣无比，斩草除根。我在须弥山上学艺的七年，就是他在世间杀人放火的七年。这七年，无数的血腥染满了这片古老的土地。在兄弟相聚的盛大欢迎仪式上，我质问哥哥，这一切是否都是真的？哥哥粗暴地打断了我的话，命令我加入暴君的行列。我的眼睛掠过周围，看到在广场上的繁华与欢乐背后，是人民的战栗、恐惧、憎恶的眼神。于是我打断了哥哥的话，拔出剑来，要为万民诛杀暴君。哥哥震怒，然后平静地接受了我的挑战。

“七年，哥哥的修为也突飞猛进，但又如何与大日至的得意弟子相比？我只用了三招，就在全国人民面前，将哥哥击败。我将剑刺入了哥哥的胸膛。但在那时，哥哥脸上露出了笑容，用力地拥抱着我的剑。

“我的心中忽然充满了迷惘。我盯着哥哥的尸体，忽然疯狂了起来。我将双手刺入了哥哥的体内，将心挖了出来。我用大日至教给我的法术，从哥哥的心与血中提取着记忆，霍然明白了一切。

“原来，哥哥是真心爱着我的，他不愿我与这个世界接触，是因为这个世界真的很险恶。我唯一的朋友，其实是敌人派来的刺客。哥哥想用自己的肩膀支撑起这个家族，让我能在自己的肩膀底下翱翔，可惜，我从来都不愿相信他。

“打败碧眼狻猊的，不是我，是我的哥哥，就在我宣布要挑战须弥山的时候，哥哥刚刚从须弥山上走下来。真正获得大日至认可的，是他，但为了我，哥哥宁愿放弃这个机会，成全自己任性的弟弟。

“所有的战争，都是杀戮。暴君或者仁君，只是人民的定义。哥哥在送我上须弥山的时候，决定送我一件珍贵至极的礼物，那就是，自己成为暴君，等待一位仁君降临。

“于是，大义灭亲的我被人民拥戴为仁君、勇者。我率领着哥哥留下来的精锐之师，很快统一了五天竺中最强大的中天竺，所有人都称我‘不愧为戒日王的子孙’。我住在金色的宫殿中，享受万民的敬拜。大日至的恩宠环绕着我，没有人怀疑，终有一天，我将统一五天竺。但夜深人静的时候，我总会扪心自问：如果没有哥哥，如果没有大日至，我能做成什么？”

龙穆静静地抬头，赤色月痕中的血更浓，几乎将他的脸遮住。他的眼睛是苍白色的，充满着绝望。

他用这样的眼睛静静盯着李玄：

“除了大日至的溺爱，我还有什么？”

“除了哥哥的溺爱，我还有什么？”

李玄震惊、茫然，无法说出一个字。

他隐约能够猜到龙穆心中必定藏有苦闷，但他没想到这苦闷竟是如此之深，深到已将他的心禁锁住，无法打开。

他们虽然是敌人，但李玄却无法再恨龙穆。他忽然觉得，龙穆所有的任性、暴戾，都值得原谅。如果有酒，他很想走过去，跟龙穆一起痛饮一杯，告诉他生活很美好，不该只看着悲伤的一面。

光芒，在这一刻倏然降临。

光芒来源于一辆由十六匹天马拉着的玉之马车。天锦织就的门帘被轻轻挑起，披着羽衣的仙子从马车上袅娜走下。

那是苏犹怜。

李玄惊喜交加，但他忽然发现自己一个字都说不出来。他不能说、不能动，甚至连眼前的一切都变得恍惚起来。

苏犹怜没有看他，她的目光，全都聚集在龙穆身上。那目光，是如此的温柔、悲悯，当她看着他时，就像看着暴风雨中的一只蝴蝶，她要用最温柔的关怀，容纳他所有的伤痛。

她带着光芒，张开双手，轻轻拥住龙穆。

“不要再伤心了，忘掉那已过去的一切吧。”

“因为……”

“我将永远和你在一起。”

她轻轻握住龙穆的手，目光中蕴含着温柔的笑意。

“在我的故乡，少女的手若是被握住，那就表示她接受了对方的求婚。然后，她的新郎要通过七重考验，才能跪在她面前，将神圣的花冠送给她。此后永生永世，他们都将互相陪伴，再也不会分离。

“这七重考验，越是艰险，便说明少年爱少女的心越是坚定。他将为她降龙伏凤，上天入地。

“我将永远跟你在一起，陪伴你度过每一重考验，直到你得到我。

“你再也不用担心困扰你的一切，因为，你有了我。”

龙穆呆滞的目光慢慢移向苏犹怜，他的目光触到她之后，他苍白的嘴唇动了一下。

“有……你……”

苏犹怜温柔地捧起了他的手。那苍白的手就像是一朵莲，开在雪中。

“是的，有我。不管世人怎么看你，你都是我的英雄。你要记得，就算你一无是处、卑贱懦弱，但仍有一个人在等着你。

“那就是我。”

她捧着龙穆的双手，轻轻放在她胸前。她的温度随着那淡淡的心跳，透进龙穆的手掌中。龙穆的身子突然战栗起来。

——除了大日至的溺爱，我还有什么？

——除了哥哥的溺爱，我还有什么？

——还有我，在等你。

她的心跳漏入他的心跳，在他僵硬的身体中灌注了极大的力量，他忽然变得不再迷惑。

至少有一个人，在等着他，等他给予幸福。

他不再一无是处，至少他拥有一份爱情。

一份雪妖的爱情。

那是他的救赎。

沐浴在雪光里，就仿佛是沐浴在阳光里，就不会再有黑暗。

他的手挣脱了她的手，用力，将她紧紧拥入怀中。他要得到她，他一定要得到她。得到她，他就再不会恐惧。

苏犹怜的脸却在这一刻变得黯然。

“不，我不能等你。”

她的眸子里流露出忧伤。

“我不能等你，因为……”

她伸出一根纤纤手指，指向前方。

“因为我有一部分在他那里。”

她的手指向李玄，眼眸中的忧伤是那么哀婉。

随着她的手指出，李玄的身体就像是冰做的一样渐渐透明。他的身体化成了一棵树，树上的叶子是他一段又一段的往事。那是他所有的记忆，沐浴在朱红的月光下，繁盛一如最壮丽的景色。但每一片叶子上，都锁着一个小小的苏犹怜。

自他加入摩云书院后的每一件事，都有苏犹怜的影子。无论快乐、悲伤、忧愁、欢喜，还是魔、龙皇、古墓、灵台，都少不了苏犹怜的影子。这些叶子壮美而繁多，而且会越来越多，组成了李玄多姿多彩的人生——有着苏犹怜陪伴。

她的爱情，离开了李玄，已不会完整。因为他与她的过去，曾那么紧密地绑在一起，被这道雪光照出来后，两人都是一惊。

想不到他们的纠缠竟已如此深。

远远超过了两个人的想象。

李玄忍不住望了苏犹怜一眼，却发现苏犹怜也正盈盈地望着他。两人的目光汇在一起，心底不禁都隐隐有些难过。

这本是她的计划，挑起一场注定了的决斗，她自己就是诱饵，诱引龙穆杀死李玄。从此，她就可以完成雪隐给她的任务，回到大雪山中，收获自己的爱情。

但不知为什么，那一刻，她心底竟有淡淡的惆怅。

这是纠结在一起的记忆啊，值得两人都去珍惜，不只是他，也不只是她。

龙穆凝视着这棵大树，亦凝视着李玄与苏犹怜。他的眸子中有一丝委屈，因为他发觉这纠结是如此复杂，似乎已没有第三个人插足的余地。

在他与她之间，他是第三个人。

沮丧让他有些泄气，但随即令他浮起了一丝邪恶的微笑："佛法，何所不能？只要你愿意，我便为你逆天换命！佛法中有种须弥芥子神通，可将你与他之过去具现为一花一世界，我再用大挪移手法，将此世界中的他尽数换成我。从此，你所经历的一切情、缘、喜、苦，都源于我，与他半点都不相干。他不仅会忘掉你，还会忘掉和你相关的一切，忘掉摩云书院，忘掉这一年来所有的光阴。用此神通，我将会损伤我师为我修持的三十万光明成就，但我无怨无悔。"

"只要你愿意。"

他重重地重复着，在朱红月痕映照下，目光冷冷地盯着李玄。

翠白掩映的衣袖，轻轻抬起。杀伐之音铿然弹响！

李玄的身子轻轻颤抖了一下。

这一切终将再也没有他，他忍不住向那棵树看去。那是他的人生，是他现在的生活。这棵树失去那些美丽的叶子后，只会剩下一件东西。

黑暗。

他的颤抖化为恐惧。

那黑暗并不陌生，曾经紧紧环绕在他周围。自从他懂事开始，就紧紧围绕着他，直到有一道光将他带走。

但黑暗所留下的记忆，却无法消除，紧紧盘踞在他的心底，只能用冷笑话深深埋积起来，连碰都不要碰。

谁能了解这个吊儿郎当的少年，曾经遭受了什么？谁能想象他无赖顽皮的笑容下面，是怎样的过去？

如果有人了解，也仅仅是万分之一，就会明白，他还能这么乐观、豁达，是多么的不容易。

——失去摩云书院的所有记忆，再回到那黑暗之中吗？

再次一无所有，在冰冷的荒漠中无助地仰望光芒？

不再有希望，不再有幻想，——不再有灵魂？

“不！”

他厉声嘶呼着，感受到无法抗拒的绝望感从四面八方咆哮而来。他绝不能让那曾经的黑暗降临，就算只有千分之一的可能，他也绝不敢冒险！

他紧紧咬着牙，怒视着龙穆。

龙穆渐渐逼近，李玄却不退缩。

他不习惯跟别人硬拼，他不喜欢苦练武功魔法什么的。大多时候，他相信自己能够靠智慧化险为夷，如果智慧跟运气都不能帮他，那他就选择听天由命。

但这次，他不再退缩。

第一次，他要凭自己的力量，守护本该属于自己的东西！

苏犹怜轻轻叹息着。

“你打不过他的，唯一的办法……”

她的目光平静，却让李玄感受到了一丝痛楚——她再也不会像原来那样，亲昵地看着他，半真半假地叫他郎君了吗？

“就是用你的血，开启天书的黑暗禁忌。”

狂风猛然吹起，龙穆的身形冲天而起，伴随着孔雀明王悠长的啼声，他身上那件孔雀翎猛然张开。

无数只孔雀翎羽从龙穆的体内生出，刹那间展开一双极大的碧绿羽翼。那是纯粹由光组成的光之翼，照亮了浓密的黑暗。

龙穆身形怒旋，与孔雀明王交缠在一起，猛然一声爆响，万千只光羽轰然溅下！

李玄一声惨叫，慌忙逃跑，但他哪里能逃得过龙穆跟孔雀明王联手一击？爆响声中，几十只光羽射中他的身体，虽然有浩瀚战甲挡住，但那些光羽一接触到李玄的身体，立即炸开。炸得李玄惨叫连连。尤为可怕的是，漫天光羽似乎有灵性一般，追着他跑。他跑到哪里，光羽就追到哪里！

李玄着了急，一阵乱呼乱喊。他太想将定远侯叫出来了，但没有九灵御魔镜的帮助，定远侯岂能出来？

幸好五云战靴还比较可靠，李玄几乎用尽了吃奶的力气，步步躲过光羽追杀。但他不敢停下来，只要一停，这么多的光羽肯定将他射成刺猬！

李玄一把将天书爷爷掏了出来。

天书的黑暗禁忌？

那是什么？

他犹豫地看了天书爷爷一眼，天书爷爷脸色陡变，厉声道："千万不能听她的，你一定会后悔的！"

李玄刚一迟疑间，碧气光羽猛然越过他，噼里啪啦一阵爆响，万千光羽在他身周围成一个大圈，猛然炸开！

李玄一声惨叫，炽烈的气浪将他卷起，重重摔在地上。无数的小星星围着他打转，他感到自己到了另一个世界。

龙穆踏着鲜血缓步走过来。

"愚者，你不配拥有这一切，交出来吧。"

他伸出手，手中有光。

碧光。

李玄吃力地抬起头，龙穆逆着月光站立着，朱红的月光照着他，将他的影子拉得很长。影子渐渐靠近，要将李玄吞噬。

李玄猛然感到一阵刻骨的寒冷。

苏犹怜温柔地笑着，像一片雪一样，飘浮在他与他的旁边。李玄的心中，几乎被恐惧塞满。

因为这一切，即将永远、永远地离开他。

泥泞的黑暗，即将随着龙穆的影子而来，将他吞噬。

他所有骄傲的与快乐的，都将被夺走，化为这个异国王子的一部分。而他，将回归到那冰冷的黑暗中。

李玄忍不住簌簌发抖，他的双眼中充满了绝望。

那是他一直连提都不敢提起的痛苦，那是他强迫自己遗忘的记忆。他不能再回归到那里，绝不能！

他毅然摇头，厉声道："不！"

沾满鲜血的左手，按在了玄陛天书的封面上。

第十七章　天荒地变心虽折

天书爷爷的脸色陡变，却随之化成一声叹息。

他那花白的胡须，猛然暴散开来！

每一根胡须，都变得又粗又壮，贪婪地吸食着李玄掌心的鲜血，随之，狠狠地扎进了李玄的掌心。

锥心刺骨的痛苦让李玄惨叫起来，这些胡须扎进他的血管，有力地搏动着，顺着血管向心房钻去。李玄痛得在地上不住打滚，他的另一只手用力地撕扯着天书，却无法将它扯开分毫。

他体内的鲜血，透过胡须，被吸入了天书中。天书鼓胀着，像一只巨大的心房一般，跳动了起来。

猛然一声爆响，心房炸开！

浓雾就像血一样从心房的碎片中喷出，呛得李玄不住咳嗽。剧烈的疼痛让他的感觉麻痹了起来，隐约地，仿佛有个人渐渐在雾中凝形出现。

那是个瘦小的、干枯的老太婆，佝偻着身子，满脸皱纹。她头上的头发没剩下几根，全都花白了，却用鲜艳的红绳扎着，还结了个大大的蝴蝶结。她背着个巨大的口袋，圆滚滚、沉甸甸的，几乎要将她压垮，但她仍死死抓住袋口，绝不让口袋离开自己半寸。

她一现身，立即发出一阵酸牙的尖笑。她背着那只大口袋，行动仍然很灵活，蹿到了李玄面前：“拿来。”

李玄全身的血几乎被吸干，有气无力地道：“拿？拿什么……”

老太婆咯咯笑道：“你叫我天劫婆婆出来，不是想要老婆子打败这小子吗？可以，只要你能付得起报酬。”

李玄：“什么报酬？”

天劫婆婆：“老婆子活在人心中，最喜欢的就是人心中的各种欲望。世俗的价值观对老婆子没有半点用处，老婆子关心的，是你有多珍惜它。你所付出的报酬是你越舍不得的，老婆子的出手就越厉害。”

她又咯咯笑了起来：“用你最珍惜的东西换你最想得到的东西，这个交易是不是很有趣？”

她一笑，她背上的那只巨大的布袋就颤动起来。袋子里满满的，也不知装了什么。

李玄不是很明白她说的是什么，只知道一件事：这个老太婆很厉害，而且愿意帮助他。但他有什么呢？

天劫婆婆：“很难做出决定，是不是？让老婆子来帮你吧。”

她伸出一根干瘦干瘦的手指，轻轻点在李玄的胸口。一团光立即出现，结成一枚小小的珠子。

李玄脸色微变。

那是灵魂之珠，他再熟悉不过了。难道天劫婆婆要的是他的灵魂吗？

看着这枚珠子，李玄忽然若有所思。

那是一枚金色的珠子，上面镂刻着极细的花纹，隐约可见是宝石、珍珠、金锭、银锭。天劫婆婆笑道：“放心好了，我要的不是你的灵魂，而是你的命运。你命中注定有亿万家财，富可敌国。而你又生性吝啬，极为贪财。所以，这第一件交易的代价，就是财富。你可愿意？”

李玄瞥了一眼。

钱啊！

他万般不舍。

钱是多好的东西啊！

有了钱，他就可以还清龙薇儿的债务，不用再被她使唤来使唤去了。

有了钱，他想干什么就干什么，还用死皮赖脸地待在这个臭地方！

钱啊！

李玄忍不住跳了起来，紧紧抓住那枚珠子。

他能感受到，这颗珠子像一座金山那样沉重，足够他一辈子吃喝玩乐。

龙穆的身影又逼近了一步。

那场梦魇结成的黑暗，几乎将他吞没。

李玄骤然一咬牙，将金珠递了出去。天劫婆婆伸手接过，放到了背后巨大的口袋中，跟着发出一声尖笑："开工啦！"

她手上霍然出现了一柄巨大的镰刀，一刀挥了出去！

月色，猛然炸开。

天地间所有的一切，被这一刀切成碎片，混杂地搅拌在一起，在镰刀带起的尖锐风声中研磨成粉屑，形成一个剧烈旋转的圆。

那是一轮七彩的圆月。天地、岁月、星辰、梦幻，全都被这一刀斩碎，化进了月中。月辉清冷，宛如情人临去时决绝的那一回眸。天劫婆婆的镰刀向天指着，圆月猛然发出一声啸叫，向龙穆轰然滚了过去！

圆月之所及处，一切全都被撕碎，卷入圆月中，化成圆月的一部分。圆月越来越大，等到了龙穆面前时，已变得比终南山还要高大，天塌地陷般轰了下来。

龙穆面容一肃，七彩圆月吹起的劲风，将他鬓边的长发截碎，他能感觉到，这一刀所带的是焚尽天下的气势。他冷冷一笑，身后的孔雀明王猛然飞了起来。

碧气森森中，孔雀明王发出一声清啼，每一啼，就有一只巨大的眼眸出现，冷森森地在夜空中睁开。眼眸注视着李玄，眸中尽是看破人间疾苦的忧伤。

突然，眼眸化成轻尘，散落。

龙穆双手扬起，将轻尘托在掌心，他悠然长叹道："天地万物，何不归于尘土？"

龙穆眸含忧伤，静立风中。圆月飙轮轰卷，怒旋在他身前，却在触到他的一瞬间，化成静静的尘。

天劫婆婆咯咯笑道："好一招天下飘尘的佛法，挡得了这个吗？"

她猛然一挥手，一刀向龙穆斩了过去。

龙穆手中的轻尘，突然断为两截。

他的衣带断为两截。

他忧伤的叹息断为两截。

他喷出的鲜血断为两截。

龙穆眼眸中骤然闪出一丝恐惧，他身子裹在孔雀明王的碧光中，飞速向后退！

他的退势断为两截，骤然摔倒在地上。

天劫婆婆叹着气，摇了摇头。

李玄："为什么停下来？"

天劫婆婆："你虽然吝啬贪财，但从未将钱财放在第一位。所以，你最珍惜的不是金钱，当然也就不能用金钱达成目的。"

龙穆霍然站起。

血，顺着他俊美的脸颊流下，他额头上的朱月弯痕变得那么明显，深深印在他的灵魂上。他咬着牙，紧紧盯着李玄。

"我终于明白了。"

他静静地站立着，碧气盘旋，像是无形的翅膀，托着他冉冉升起。

"你与我之间，必将有一个人一无所有。"

他双手合十，虔诚敬拜。

"所以，我必须杀死你。"

"因为，我亦不想再回那个黑暗的角落。"

他双手张开，呈飞翔的姿势，向天空升去。

似乎是在响应他一般，一团金光从天上缓缓降落。

李玄忍不住失声惊呼起来！

那团金光中裹着的，是一座巨大的山脉，一尊古佛，慈眉善目地端坐在山之中央。诸天星辰，仿佛是飞舞的曼陀罗花，在他身周降临。

这，赫然便是那座浮空岛！

李玄："浮空岛明明已经被炸掉了！"

天劫婆婆微笑道："这座岛乃是大日至尊者的金身所化，哪那么容易被炸掉？我闻大日至金身不坏不灭，就算被研成粉末，只要日光照到，便能重生。你这孩子真是少见多怪。"

李玄心中一震，原来如此，难怪他这么轻易地将围巾交给我，原来浮空岛是可以重生的，这不是耍无赖吗？正要抱怨两句，眼见龙穆身形宛如孔雀，飞到了浮空岛的中央。那尊古佛伸展掌心，将他接住。龙穆与古佛的眉心间同时放出一道毫光，照在一处。

梵唱声铺天盖地而来。

他就像是一片落叶，被紧紧镇压住。只等龙穆手一抬，就会将他击成齑粉。

他看着龙穆，这个异国的王子，这个有着万千恩宠与呵护的天之骄子。他能理解龙穆，却绝不肯退缩。摩云书院或者大师兄，并没有什么值得珍惜的，他从未想过从中获得荣耀或者别的什么。他珍惜的，是那份温暖，是他霍然品尝到的、作为人的尊严。

这是他的家，在这里，他是个人，用自己的方式，获得别人的尊重。每个人都将他当成"人"来看待，而不是器物、工具。

家的记忆，是不能舍弃的，否则，他又会沦落到那绝望的黑暗中。一定。

这想法宛如毒蛇般侵吞着他的心，李玄转向天劫婆婆："我还有什么可以交易的吗？"

天劫婆婆脸上的每一丝皱纹都笑了起来："当然有了。"

她向着李玄轻轻一招手，一枚绿色的珠子悄然凝形。

那是一个很不好笑的冷笑话，李玄看到之后，却不由得身子一震。

天劫婆婆："你现在的生活。失去你拥有的一切，回到你不想回到的过去，我就会帮你将大日至的金身切为两半。"

李玄脸色骤变。

放弃现在的生活。

回归梦魇。

回到那个连冷笑话都不能止住痛苦的过去。

那么，他还有什么？

他大笑：“老太婆真是老糊涂了，要是我肯放弃，我又何必跟他打？”

天劫婆婆眯缝着眼，像是要看进他的心灵深处：“那只是因为，你还有更珍惜的东西要守护……只不过你还没意识到而已。”

李玄身子又是一震。

还有更珍惜的吗？

就算回到梦魇中都不肯放手的东西吗？

那是什么？他有这么珍贵的东西吗？

他情不自禁地露出了一丝苦笑。

这样的东西，属于他吗？

龙穆双手合十，虔诚而宁静。

所有的暴躁都从他脸上消失，这一刻，他祥和、安宁，心、身、意、形、体，他都与那尊古佛合二为一。

他清楚地知道自己为什么而战斗。那道雪一样的光站在自己身边，等着他用血去守护。从此，他的生命不必再蜷缩在黑暗的角落，仰望着那两尊高山一般的背影。

至少在一个人的天空里，他可以顶天立地。

为此，他不惜一战。

毫光猛然崩开，在夜色中，绽出一轮炽烈的太阳。那是大日至千年修炼的佛法，凝结在金身中的至高修为，被龙穆完全引动。

这一击，如宇宙重生，威力至高至大。

炽烈的日光，映得李玄几乎无法睁开眼。那一刻，他几乎想逃走，但他的脚步连一丝都无法移开。

“你与我之间，必将有一个人一无所有。”

龙穆的话，在他耳边萦回。不知为什么，他清晰地感知到，这句话是一个预言，只要他逃开半步，他的生命将一无所有。

“你还有更珍惜的东西要守护……”

天劫婆婆的话，忽然钻上了他的心头，他的心骤然紧缩。在这生死契阔的一瞬间，他忽然明白，是的，他还有更珍惜的东西要守护。

就算是回归梦魇，他也不能退后，因为他还有更珍惜的东西要守护。

——但，那是什么？

李玄的心思有些恍惚，他很想想起来，但无论如何都无法想清楚。

那是什么？那是什么？那是什么？

光芒迫来，李玄来不及细想，下意识地伸手将绿珠递给了天劫婆婆！

天劫婆婆一声尖笑。

黑暗，猛然在他眼前展开。

李玄被日光刺得紧闭的眼睛无法张开，但他仍然感受到那剧烈的震荡。天与地，在这一瞬间对撞，但没有新的生命诞生，只有毁灭、腐败、灾劫、破坏。

良久。他慢慢睁开眼睛。

这个世界，几乎已变成陌生的了。连火山刚爆发后的绛云顶，都没有这么破烂。

龙穆跪在地上，孔雀明王满身羽毛几乎被烧焦，同龙穆身上的孔雀翎一样，残破而丑陋。血，点点从额头上的红月中渗出，滴在焦黑的泥土上。

龙穆吃力地扬起头：“为什么？为什么我无法战胜你？”

他的眸子中有绝望，也有痛楚。

就算污秽满身，他的俊美仍如明月般光辉，却被血红之晕染满。这让他看上去如宝石一般妖艳。

宝石，需要光芒才能闪耀。如果他的生命只能浸沐在黑暗中，那么，就算他是再珍贵的宝石，也没有半点用处，跟普通的石头没有任何分别。

所以，他必须拥有光——雪的光芒。

那是他的救赎，他不能不牺牲了生命、放弃一切也要完成的救赎。

否则，他将永远蜷曲在自责的角落里，任由那两个高大的背影投下无边的黑暗。

他挣扎着站了起来："那么用我的生命做一场赌注吧……"

"当我死去后，记得爱我……"

最后的碧光，在他身上轰然升起。他的生命，在做最后的燃烧，就像是一曲为送别而弹奏的夜曲。

即使燃烧净尽，也要发出最后一束光。

即使不能守护那片天空，也要将它照亮——照亮那一个人的天空。

然后死去。就会有光明，不再有黑暗。

龙穆的脸上挂着淡淡的微笑，这一刻，他不再迷惑，不再恐惧。

因为，他知道了自己生命的意义。

只为爱一个人，只为守护一个人。

他也霍然明白，为何他的哥哥，能含着笑死去。

他像是一只即将苍老的孔雀，展开羽翼，投入火中。

带着最后的美丽死去。

狂风大作，夜色被搅乱。龙穆用生命激发出的力量，虽然比不上大日至金身那么浩大，但更加惨烈，更加狂热，带着必死的悍然。

所以更纯粹、更锋锐，更不可抵挡。

李玄面如死灰。

只因，他是那么理解他。

当龙穆向他袭来时，他却如醍醐灌顶一般，对龙穆的想法了如指掌。

就像冥冥之中，龙穆是用他的心在思考。

他深深了解，龙穆的欢喜与绝望。

只因自己若是他，也必将一样选择。

所以，他甚至不知如何去抵挡。

似乎结局只有一个：死。

天劫婆婆微笑着看着他，似乎在等他求救。见他迟迟不说话，终于忍不住道："孩子，你难道不求我老婆子吗？"

李玄苦笑："我只怕付不起报酬。"

天劫婆婆："不，你有的。"

她轻轻伸手，一抹粉红色的轻烟从李玄体内腾起，慢慢凝结。

李玄猛然发出一声凄楚的嘶啸："不！停手！"

他痛苦地滚倒在地，无法承受。

天劫婆婆顿住手掌，看着他。李玄额头上布满了冷汗，大口大口地喘着气，几乎虚脱。

他的脸上布满了泪痕。

那股粉色的轻烟，是从他灵魂最深处蔓延而出的，连他自己都不知道，自己灵魂深处竟然隐藏着这么深的牵挂。这牵挂是如此深，一碰就会痛彻心扉。

他忍不住泪流满面。

他终于明白天劫婆婆说的是什么了。这是他最珍惜的东西，但他却不能让任何人碰触。就算放弃所有财富，牺牲了性命，回到那绝望的黑暗中，他都不能放弃。

如果放弃了，他的生命还有什么？

天劫婆婆："可是，你若不给我，你就会死呢。"

李玄抬头，龙穆牙齿咬住发梢，飞舞在空中，他的双眸中有一丝决绝，真气澎湃，已将他上下左右全都封锁住。

他已无处可逃。

天劫婆婆柔声道："快些给我，我替你杀了他。"

绝没有人怀疑，龙穆这一击，将会杀了李玄。而他法宝用尽，实在没有反击的能力。还能有什么东西，比得上自己的生命宝贵？

但李玄却平静地道：“不。”

天劫婆婆惊讶地张大了眼睛，她从未见过这么倔强的少年。

龙穆的真气旋涡，将李玄吞没。

就像是大海吞掉一朵浪花。

第十八章　若比伤春意未多

碧气怒轰，慢慢消散。龙穆满头淡金长发冲天逆举，浑身浴血，宛如刚血战取胜的帝王，带着毁灭这个世界的盛怒，慢慢降临。

李玄趴在地上，气若游丝。

浩瀚战甲虽然是罕见的宝贝，但也无法在如此强猛的轰击下保护他。他身上无一处不伤，严重的伤势让他无法维持哪怕一丝尊严。

龙穆双手伸在胸前，骤然一握。

一阵檀香飘过，浮空岛上的古佛静静合十，毫光透下，照进他的掌心中，形成一个纯粹由光凝成的球。随着龙穆的缓缓降临，那个球越来越大，渐渐显露出天地、山川、城郭、树木等景象。似乎有一阵轻微的风在里面搅动着，将这一切都掩映得不那么清楚，隐隐约约，里面好像有许多许多的人在行走着，仿佛在梦中的一个世界。

天劫婆婆也不仅面色微变："须弥芥子世界？想不到你小小年纪，竟然能施展如此深湛的佛法。老婆子小看你了。"

龙穆冷冷道："你若不退开，一会儿佛法施展，你也未必能脱得了身。"

天劫婆婆轻轻一笑，弯下腰来对李玄道："听见了吗？你若还不求我老婆子，他将这个须弥毫光球放出来，方圆十里之内全都会被吸入须弥芥子世界中去，永远不能逃离。那时你的体内会生出劫火，将肉身烧得粉碎，永世不得超生。

"小伙子？只要你将那东西给我，我就替你粉碎这枚毫光球，如何？”

李玄吃力地抬起头，他能看到，自己的影子正映在那团毫光上。毫光中似乎有种极强的吸力，正在呼唤着他，让他不由自主地向里走去。他的意识渐渐变得模糊起来，这让他莫名地感到一阵阵恐惧。他不惜任何代价都要脱离这团毫光！

但，要放弃它吗？

李玄心中涌起一团悲怆。

不能啊。失去了它，我还有什么呢？

他费尽最后一丝力气，扬起头，凄声道：“不！”

天劫婆婆脸上露出讶然：“它真的那么重要吗？比你的命还要重要？”

李玄挪动着手指，按在胸膛上。这个简单的动作，在此时重伤之下做来，是那么艰难。但这个动作，却让他似乎获得了莫大的安慰。他似乎能感觉到，被天劫婆婆魔法唤起的那枚灵魂之珠，就埋在胸膛之下，一点一点地跳动。

他的嘴角露出了一丝笑容。

毫光球映在他的脸上，他竟然没有丝毫的害怕。

因为，他没有失去它。

当他怀着它一起死去时，他不再觉得恐惧。

毫光强盛，将他全部罩住。梵唱声震耳欲聋，光芒向四周散去，具化成山岳、河流、星辰、光影的形状，与这个世界一一相合。

李玄的心跳越来越微弱，他知道，自己的灵魂即将被毫光球吸走，被永远禁锢在那遥远的须弥芥子世界中。

突然，一道雪光闪过。

苏犹怜静静地站在李玄面前，将他与毫光球隔开。

龙穆大吃一惊，功力急收，轰然狂响声中，须弥芥子的佛法硬生生顿住。就算他已得大日至真传，也不由全身如焚，几乎重伤。

他忍住一口热血，勉强道：“你……你做什么？”

苏犹怜脸上有一丝茫然，似乎也不知道自己在做什么，良久，才道：“我……我想看看他不想放弃的究竟是什么。”

她柔柔一笑：“你不想知道吗？”

惫懒如李玄，奸猾又无赖，却宁愿死也不愿意放弃的东西，会是什么？

苏犹怜手上腾起一团雪光，向李玄的胸前照去。

李玄再也无力抵挡，任由她手中的光透体而入，钓起了一团粉红色的灵魂之珠。

苏犹怜脸色猝然一变。她握着那枚珠子，就像是握着一团火、一团雷，忍不住踉跄后退！

那枚珠子中别无他物，只有一个淡淡的影子。

一个淡淡的雪一般的影子。

一只小小的雪妖，在空寂的荒漠中仰望。

那是她。

李玄宁死也不愿放弃的，竟然是她。

抛尽荣华富贵，放弃光明回归黑暗，都可以，只有她，却连当作筹码都不可以。

他竟是如此看重自己吗？

泪水，迅速蒙眬了苏犹怜的双眼，她捧着那枚小小的珠子，竟像是捧着一座山、一条河、一个世界。

李玄像是感受到她的心，吃力地抬起头来。

他的脸上，努力凝起了一个笑容。

他轻轻握着她的手。

那枚珠子，在两人手中缓缓消散，就像是曾经擦肩而过的惆怅。

两只手握在一起，苏犹怜剧烈地颤抖起来。

她是那么、那么后悔。

她为什么没有早看到这枚珠子？她为什么筹划了那么多、那么多，只为杀死他？

杀了他，向雪隐交换一份爱情，这是多么愚蠢的交易啊，那个爱她的人，其实就在她身边。

杨仙的话忽然在她耳边响起。

“总有一天，你会爱上他的……”

她忍不住哭了起来。原来最傻、最傻的那个人，就是她。她永远不知道自己得到了什么，所以总在得到的那瞬间失去。

李玄的笑，仍是那么无赖，却又那么温暖。

“你是那么，那么想杀死我吗？”

“我死后，你会快乐吗？”

他的手中忽然多了一柄刀，他握着苏犹怜的手，一起攥着那柄刀，向自己的胸口猛然刺下。

苏犹怜惊骇变色，却无法阻止这一切。

她眼睁睁地看着刀刺进他的胸膛，这一刻，长得就像是一千年，却忽然破碎。

李玄最后的笑容，撕扯成一缕凄艳的血。

惊慌、恐惧、绝望充满了她的内心，她不顾一切地想要夺回那柄刀，但就在此时，天边那轮红月倏然碎了开来。

猛烈的爆炸声贯穿世间一切，毫光之球、天劫婆婆、终南山、血月，一起轰然爆炸，在轮回的痛楚中化为劫灰。苏犹怜的身子被远远抛起，溅血飞落。

她施展出全部的修为，想要抓住李玄，但她只是一只小小的雪妖，无法抵抗这场天地焚灭的大爆炸，只能眼睁睁地看着李玄被爆炸吞没，而就像流星一样飞殒。

“不！”

她凄厉而绝望地嘶喊着。

却已无法改变什么。

整个世界都化为混沌的一片，暴雷一般裹住李玄。他的意识与肉体几乎完全被摧毁，但双手仍然伸出去，想要抓住什么。

死亡般的黑暗，将他吞没。

是轮回的深渊吗？

突然，一声厉啸在他耳边响起，啸声中充满了绝望、愤怒。剧烈的旋转与爆炸猛然停下来，只留下伤痛的支离破碎。一缕花香沁入了他的鼻息，这花香是如此熟悉。

李玄慢慢睁开眼睛。

他忍不住一恍惚。

一轮孤月高高悬在天际，清冷的光透下来，照在虚暗的花树上。花影斑驳地洒在地上，青山默默，正拥着这片古老的大地沉睡。这一切，静谧、幽远，怀着夜色的谦和与月光的妩媚，宛如世外桃源。

这，正是终南山的夜景，李玄曾无数次欣赏过，深印在他心底，却没有一丝改变。

他忍不住恍惚了一下。

那强猛的爆炸，魔法与佛法碰撞产生的破坏力，浮空岛陨落时所造成的破坏呢？难道仅仅只是一场梦吗？

只是一场梦……

他忍不住呼了口气，释然起来。

但他随之感到一阵疼痛剧烈地袭来。他忍不住低头，却见身上布满了大大小小的伤，鲜血不住地流下来，在地上蜿蜒成一条小溪。

他的精力已极度衰竭，甚至连站都无法站立。若不是他的体质奇特，早在自行修复着他的创伤，为他保住最后一丝元气，他早就横死在地了。

他不禁茫然，这究竟是怎么回事？

是梦？为什么他身上的伤一丝不少？

不是梦？为什么终南山却没受到一丝损害？

“罪者！你将受到末世的惩罚！”

李玄勉强用力抬起头，天际的红月倏然消失。黑暗，再度君临天下。

那是一双巨大的羽翼，漆黑、深沉，萦绕着无数死者的怨灵，几乎将整个天空全都遮蔽住。无数细小的鬼火不住地从羽翼上洒下，伴随着隐隐约约的哀号声，响彻寂静的夜空。

一个妖异的影子悬浮在羽翼中间，腐败的黑袍紧紧裹着他的身躯，像一笔凄厉的惊叹号，直直坠下来。他全身都被黑暗染满，只有眉心处隐藏着一弯朱红的残月，如血般滴滴落下残光，流满他的全身。

他那细长的眸子，怨毒地盯着李玄。

李玄吃了一惊："梦魔？"

那人影冷冷一笑，作为回答。他厉声道："你这卑贱的罪者！你怎能破解我的魔法？"

李玄淡淡一笑。

不错，那是场梦，但是在梦魔的操纵下，梦中发生的一切，都有可能是真实的。他身上的伤如此，苏犹怜呢？

她会怎样？

李玄心中忽然涌起了一阵惆怅。

他宁愿死都不愿意放弃的，竟然是她。这是连他自己都没想到的事情。

已经那么深了吗？

深到没有人知道，却不能忘记？不能舍弃？

他摇了摇头，强迫自己不要再去想这件事。当前最重要的事，仍然是如何对付梦魔。他淡淡道："其实在见到那轮红月的时候，我就意识到，可能是在梦中。你能不能告诉我，你是不是有强迫症？为什么你每次都要在梦中将月亮变成红色？你难道不觉得这会成为一个破绽？"

梦魔冷冷道："如果你的意识能保持足够的清醒，见到红月，便会醒来，那么，就算我施展魔法，也未必能杀得了你。如果你看到红月仍不能醒来，抱歉，你必将死。"

李玄点头："我懂了。红月是你设置的一个屏障，你用它来检测别人是不是已经中招。你这个办法不错，我当时见了红月，虽然心中一惊，但由于忙着去找苏犹怜，因此也没多想。你编织的梦实在太过真实，一旦陷入，便越来越关心，越关心便越乱，越乱便越陷，再也无法自拔。你肯定以为我已经被你的梦境完全捕获，但你没想到，你留下了另外一个致命的缺陷。"

梦魔忍不住问道："是什么？"

李玄："灵魂之珠！你不该让天劫婆婆从我心中取出灵魂之珠的！我看到过崔氏姊妹、卢家兄弟的灵魂之珠，对它的印象实在太深，一见到它，我霍然明白，这肯定是在梦中！"

梦魔脸色变了变。

李玄悠然道："想到了这一点之后，我就想明白了很多事。但只知道这是梦是不够的，要想破掉你的魔法，必须要想明白一件事——你究竟隐藏在哪里。

"作为梦的编织者，而且你只获得了六个人的灵魂，还不能完全复活，所以，你必定是躲在某个人的梦中。而且，这个人，必定是在我梦境中的某个人！"

梦魔沉默，脸色已变得极为阴冷。

李玄："龙穆不可能，因为在这场梦中，龙穆一点便宜都没赚到。作为高贵而华丽的梦魔，是不可能让自己心底的秘密，暴露在这么多人面前的。所以，他排除在外。苏犹怜也不可能，因为……"

他住口不说，但那理由，却是每个人都明白的。他与她凝眸相视的时候，那缱绻的柔情，又岂是别人所能模仿的？

李玄叹了口气，悠悠道："本来最可疑的是天劫婆婆，但我随即也否决了，原因很简单，因为天书爷爷从来不做梦。那么，所有的人都没有了嫌疑，是否就说明，梦魔并不在我们中间呢？"

他嘴角浮起一丝笑，看着梦魔："不，还有一个人，那就是我。我不得不承认，你的梦编织得实在太好，我也想不到，梦魔附身的，竟是我自己。可惜的是，你前几次杀人，都让我梦到了。我就不禁想，梦魔是不是借我的梦潜入别人的梦中？他是不是附在我身上？"

梦魔沙哑着声音道："所以你就刺死了自己？"

李玄笑道："不错。因为你附在我身上，所以我在梦中刺死的，不是我，而是你。"

梦魔全身一震，眼眸中流露出一丝敬畏。他喃喃道："这难道是天意吗？"

李玄奋声大笑道：“当然是天意啦！梦魔，你败了！”

梦魔凝视着他，面容冰冷，慢慢道：“你知道吗？你并不是我的附身之处。我出世之初，力量极为孱弱，并不能随意潜入别人梦境。为我提供附身之处的人，必须主动贡献出梦境，容我藏身。这是一份心甘情愿的契约，由梦境提供者亲手缔结。”

李玄一怔，这一点，紫极老人曾对他说起过，他在情急之间，居然忘记了。他喃喃道：“我不是？那我为什么能破解你的魔法？”

梦魔微微冷笑：“那只是因为，破解我之织梦魔法的唯一方法，就是为了别人诚心诚意地献出自己的生命。我本以为世人都是自私的，虽然编造出无数的美丽故事，却都不过是谎言，没有人能在生死关头舍弃自己，拯救他人。但没想到，却被你误打误撞破了。这若是天意，为何苍天要假借你这个无赖之手？”

李玄呆了呆，搔了搔头道：“原来是这样？不是因为我杀了梦中的你？”

梦魔冷冷道：“没有人能杀我……”他仰首望着天空中绯红的月轮，阴晴不定的脸上渐渐涌起一股怒气，这家伙居然误打误撞就破了他的魔法！如果这就是天意，这天意实在太可恶！

梦魔嘴角缓缓挑起一丝冷笑：“你方才的推理中，有一句话是错的，一个致命的错误。”

他慢慢道：“你说我只得到了六个人的灵魂，还不能完全复活……”

李玄的脸上骤然布满了惊恐，他这时才意识到，梦魔活生生地飘浮在他面前，不是在梦中！

这究竟是怎么回事？他的脑袋宛如一团乱麻，怎么理都理不清楚！

梦魔狂笑了起来。

“愚蠢的罪者！你以为你真的能阻挡我的复活吗？”

李玄脑中灵光一闪，指着梦魔大叫起来：“原来你早就杀满了七个人！”

第十九章　夜吟应觉月光寒

梦魔眼中浮动着得意的微笑，李玄霍然明白起来！

梦魔让他在梦中看到杀人的情景，并不是因为他被选为梦魔的替身，而是梦魔让所有人都认为他是替身。但这只不过是梦魔的计策，这个计策的唯一目的，就是让所有人都认为，梦魔只杀了李玄所梦到的那些人。

实际上，当然不是。梦魔一定早杀了一个人，只不过没让李玄梦见而已。

所以，当李玄跟紫极老人商量着要赶在最后一个人被杀之前抓住梦魔时，实际上梦魔早就收集够灵魂，复活了。

李玄感到一阵恼怒，却又不得不佩服梦魔的计谋之巧。终南山不乏人中龙凤，却没有一个人识破梦魔的计策！

梦魔冷冷地看着他，淡淡道："我说过，当我刚从封印中脱出时，不过是一缕幽魂，什么力量都没有。别说不能杀人，就连自保也远远不够。若没有别人帮助，只怕早就烟消云散。你想不想知道，究竟是谁帮了我？"

李玄当然想知道！但看着梦魔那充满讥刺的双眸，他心中忽然涌起了一阵不祥的预感！

在朱红弯月映照下，梦魔嘴角牵起了一个妖异的微笑，缓缓吐出了一个名字："苏犹怜。"

李玄踉跄后退，脸色变得极度苍白。

他虽然早就从梦魔的神情中猜到了这个结论，但当梦魔真的说出来时，他仍然无法承受这种震惊。一阵软弱感袭来，他跌坐在地上，久久说不出话来。

“她将我隐入她的梦中，助我杀人，恢复我的魔力。她只求我一件事，因为她知道，只有我，才能在不惊动紫极老人的情况下，完成她的心愿。那就是——

“杀死你。”

李玄一阵茫然。

他虽然在梦中意识到苏犹怜想杀自己，但那不过是梦而已。他虽然在幻境中见到苏犹怜想杀自己，但那不过是幻境而已。

而现在，却是现实。

冰冷的现实。

梦魔饶有兴趣地看着几乎已绝望的他，柔声道：“我是不是该完成这份契约，替她杀了你？”

李玄无言，良久，他艰涩地问道：“你将她怎样了？”

梦魔：“没有怎样。你知道，我虽然是魔，但对承诺看得极重，我答应过她的事情，就一定会做到。没做到之前，我是不会伤害她的。”

李玄稍稍放了点心，梦魔悠然道：“但她会不会伤害自己，我就不知道了，也无法干预。”

李玄身子一震。

苏犹怜在看到他的灵魂之珠时所受到的震撼，他尽皆看在眼里。他只希望，苏犹怜不会将他最后的回刀自杀，看作为了成全她的心愿。

他多么想对她解释，那是梦魔编织的梦境，在这梦境中，一切情感都会被夸大，一切行为都会失去理智的约束。人心中隐埋最深的一点微弱涟漪，也会变成蚀骨的裂痕……

——可如果，这些是真的呢？

——结果会是怎样？李玄连想都不敢想！

梦魔却为他做出了诠释："你说，她是该高兴得自杀呢，还是悔恨得自杀？"

李玄面如死灰！

梦魔的翅膀微微扇动，在空中划出一道道梦幻般漆黑的光环。他等待着李玄的回答，欣赏着那几乎绝望的恐惧。

这是多么鲜美的滋味，往往让他流连忘返。

李玄慢慢站直身子。

如果一件事想不明白，他的选择就是不要多想。

"以你魔的性格，你肯留下来，绝不可能是为了遵守承诺，也不是为了对我废话。梦魔先生，你的目的究竟是什么？"

梦魔飞舞的双翼顿了顿，他有些惊讶地看着李玄。

"你的观察力竟会这么敏锐，连我都不由得有些佩服你。"

"不错，我留下来的真正目的不是这些，而是他。"

他的双翼慢慢举起，粗长的羽翼漫天飞舞，化成一条条漆黑的长索，凌乱地捆着一个人。

一个遍身浴血，已昏迷的人。

他显然经过了一场极为艰苦的战斗，身上翠白色的衣衫已全部破烂，大大小小的伤痕布满了他本该完美的身体，淡金色的长发也失去了闪亮的色泽，颓败地堆积在地上。他的脸隐没在阴郁的夜色中，只有眉心那弯朱红色的弦月，仍透着幽幽的亮光。

鲜血，不住地从弦月正中心淌下，流满他全身。

梦魔伸出双手，轻轻抚摩着他。

就像是抚摩着一件极为稀有的艺术珍品。

李玄忍不住惊讶道："龙穆？"

他极为震惊，他实在没有料到，梦魔冒着被紫极老人发现的危险而留下的原因，居然是龙穆！

梦魔淡淡一笑，李玄的心弦忍不住又是一震。

幽淡的月光下，他看到的，是两张一模一样的脸。

梦魔与龙穆，赫然生得完全一样！

特别是当龙穆眉心也生出那弯红月之后，他跟梦魔几乎毫无差别。纵然以李玄这么敏锐的眼光，也无法分出任何差别！

就连眼角的纹路，都像刀刻一样精确，绝无半分差别。

唯一不同的，就是两人的头发，一是金发，淡金色；一是黑发，漆黑。另外，梦魔背后的羽翼成了独特的象征。

李玄心中灵光一闪，大叫道："我明白了，他是你选定的替身！"

梦魔："不错，他不但是我的替身，还是我的转世。但他还没出生时，灵魂深处就被我种下了封印。这个封印极为隐秘，就连大日至尊者都无法知晓，只能推测到他将来有一场很大的劫难。只要这个封印还存在，他就是我的，迟早有一天我会找上他，夺走他的身体——让我复活。"

他细长的手指轻轻拂过龙穆的脸颊，在他的肌肤上游走着："这个封印，会在他的心灵中低语，告诉他他真实的身份。但他永远都不会听清楚这低语是什么，所以他会彷徨、害怕，却永远都无法知道害怕的是什么。总有一天，他会见到我，那时，他就再也不会害怕了。"

"我也不会害怕了……这就是你的宿命啊，也是你为什么来到这个世界上的原因。"

李玄听得心里一阵发冷。

他忽然明白，龙穆为什么会那么桀骜不驯。身为天竺国的王子，三大地仙中大日至尊者的徒弟，又为何会因为哥哥与大日至而留下那么深的创伤。

其实他在乎的不是别人怎么看他，也不是哥哥与大日至投下的阴影。他一直害怕的，正是心中这个永远都听不清楚的低语。

因为他明白，他只是一个替身，总有一天会失去拥有的一切，变成一无所有。无论他怎么努力都没用。这一切都像注定了的命运，让他无法抵抗。

所以他才会狂躁、偏激、敏感。

他忽然深深地同情这个异国的王子。那实在太可怜了，比他自己还要可怜。

梦魇轻轻抚着龙穆，他细长的眸子穿过层层夜色，盯着李玄：“我还要感谢你，若不是你出色的表现，击碎了孔雀翎，我还无法突破大日至的屏障，占有他的身体呢。”

李玄苦涩一笑：“这才是你安排这最后梦战的本来目的吧？”

梦魇：“答对了！”

他的双手慢慢抬起：“为了奖赏你，我决定让你亲眼看到我是怎样和他合为一体的。那时我将真正地复活，不但恢复我本来所有的魔力，还将继承大日至尊者所有的遗物。那时我将会多么可怕？连我自己都不知道！”

他得意一笑，双手猛然举起！

他眉心间的红月，倏然大放光明。与此同时，龙穆眉心的月痕，也灼烈地亮了起来。两股红光如血，越闪越亮，渐渐汇聚到了一起。梦魇黑色的羽翼，疯狂地扇舞起来。

就像是在黑色的天幕上，展开一场盛大的法会。

羽翼上投下的暗影，疯狂而凌乱，像是无数绳索一般，将李玄紧紧缚住。就算他没有受伤，也绝动不了分毫。

他只能眼睁睁地看着红光渐渐炽烈，跟舞动的黑色羽翼搅在一起，绽放成一朵巨大的黑红两色的妖异之莲。

梦魇的身体渐渐化成苍白的影子，与龙穆连成一体。龙穆的眉头紧紧蹙着，就算是在昏迷中，似乎也感受到了绝望的恐惧，身子轻轻颤抖着，似乎还困在梦魇编织的噩梦中。

李玄突然问道：“梦魇先生，如果你死了的话，能救回那些人吗？”

梦魇：“当然可以。只要我死了，所有的人都会得救。包括他。”

李玄笑了笑：“斩！”

梦魇突然心动了动！他意识到有些不好，但已无法躲闪！因为他的身体已化成影子，几乎进入龙穆的身体。这是他将要真正复活的前一瞬，也是他最脆弱的一瞬！

一柄巨大的镰刀横过天空，却没有光芒。镰刀仿佛只是淡淡地一闪，便归于虚无。但梦魇却发出一声凄厉的惨叫！

他化成的影子，被从中斩成两半。

连同他的羽翼，也被镰刀切开，裹着龙穆的那一半从空中坠落，纷纷洒了一地。

梦魔的嘶啸声充满了愤怒与绝望，却不敢冲上前来。

一个干枯的老太婆背着一只巨大的口袋，佝偻着身子，站在李玄面前。她手上握着一柄跟她的身形很不相配的巨大镰刀。

梦魔的动作骤然停住，怨毒地盯着老太婆。

天劫婆婆叹着气，道："昧爽，你不要怨我，我很不想跟你为敌的，但他开出的条件实在太具有诱惑力，我无法不答应。其实最应该怪的还是你，为什么你要将老婆子唤醒呢？"

梦魔忽然浑身都在颤抖，他的狂怒几乎无法自制，但他知道，重伤的自己，绝对不是天劫婆婆的对手。他突然笑了。

他优雅地鞠了一躬："那就再会吧。"

"记住，我一定会回来，取回属于我的东西。"

他的影子忽然又变得很淡，天空中的月亮倏然大放光明，将他吞没。

李玄大叫："杀了他！"

天劫婆婆却一动都不动。李玄大叫大嚷着，天劫婆婆道："年轻人不要这么冲动，梦魔若是那么容易被杀死，君千殇早就杀了他了。你要想杀他，去清凉月宫找他好了。"

李玄："清凉月宫？在什么地方？"

天劫婆婆："你休想打马虎眼。你让老婆子出手的东西很有意思，老婆子记下了。三年之后，老婆子会来取的。你若是想赖账，老婆子就取走你最后一颗灵魂之珠。"

"好自为之吧。"

说完，天劫婆婆倏然就不见了。难为她背着那么大一个口袋，跑得却这么快。

李玄搔了搔头，一时不知道该做什么。

梦魔虽然暂时消失了，但终究没有被消灭。只要龙穆还在摩云书院，它便随时可能回来，取走他复活的替身。

而天劫婆婆的话也让李玄不太理解。

去清凉月宫找梦魔？

梦魔是必须要找到的，但清凉月宫又是什么地方？李玄冥思苦想，他紧锁的眉头慢慢展开了。

天上的月好圆，冷冷的月光凄艳无比。还有三天，就是中秋。

在此之前，暂且就先平静些吧。

苏犹怜紧紧抱住自己的双肩，坐在冰冷的地上。

她无法控制自己，不住颤抖着。她双眼空空洞洞的，充满了深深的绝望。

还有悔恨。

她眼睁睁地看着李玄死在自己面前。

“我死后，你会快乐吗？”

她本会快乐的，因为她将会获得属于自己的爱情。那曾经是她一千年的奢求啊。但现在，为什么她会泪流满面？

为什么她感觉到她失去了最珍贵的东西？

她能不能像李玄那样，宁愿牺牲生命，也要保护一件东西？

而那件东西，就是她。

她用力握住自己的手腕，直至肌肤上被掐出斑斑血痕。

忽然，她跳了起来。

她要去找李玄，她要找到他，告诉他，她再也不想要什么爱情，她只要待在他身边，哪怕只有一刻，哪怕只有一瞬，哪怕他只爱她那么一瞬间，哪怕她立即会粉身碎骨，她都无怨无悔。

她疯狂地奔了出去。

一声苍老的叹息悠悠响起，苏犹怜的身体忽然变得恍惚起来。她像是进入了另一个世界，身体在空中静止，一动不动。

一个人影静静地出现在她面前，他的胡子很长，身形矮小，穿着简单，看上去一点都不起眼，就像是个山行疲乏了的老者。

但他却是雪隐上人。

他的目光，淡淡地看着苏犹怜。

目光中似乎有雪，在隐秘地落着。那又似乎是绵延无尽的曼荼罗道场，带着慈悲，带着怜悯。

苏犹怜的身子缓缓落下，也像是一片雪，落向这片冰凉的世界。她的心，也已变得冰凉。

她知道，雪隐出现的唯一目的，就是收获。收获他赋予她的使命。

但她又怎能完成她的使命？

当她见到李玄宁愿舍弃生命、回到黑暗也不放弃她之后，她又如何去杀死他？

如何在他说出“我死后，你会快乐吗”后，去杀死他？

苏犹怜泪水纷纷而落，每一滴都化成一片雪，在寒夜中飘散开。

雪隐上人就像是一座山，矗立在她面前。一座巍峨而肃穆的大雪山。她本不敢对这座山有丝毫的忤逆，但现在，她顾不得了，她跪倒在雪隐面前，嘶声道：“师父！我不能杀他！

“我宁愿不要寻找什么爱情了，我宁愿永世都在雪原上孤单，我什么都不要了，只求你，不要杀他！

“龙皇已经出世，天下劫数，已无法避免；李玄这么普通，他能影响什么？求求你，师父，放过他吧！”

她声嘶力竭地嘶喊着，几乎是在用自己的血恳求。

有一句话，她没有说出来。

如果赐予我爱情，为什么不是他？

雪隐静静地看着她，就像是看着扑向火的飞蛾。

明知道那道亮光会毁灭自己，将自己化为灰烬，却还是毫不犹豫地扑过去。只为那一瞬间的温暖吗，还是因为冰冷了太久？

他没有回答，只是抬起了手。宽大的袍袖挥舞的时候，一片雪光照了下来。

纷纷飞扬着的，是劫灰，还是尸骨焚灭后的灰烬？

满目疮痍，人间只剩下一种颜色，就是死灰色，冰冷的死灰色。

山川、树木、城郭、楼台，全都成为废墟，上面横七竖八地堆积着人或者兽、妖或者仙的尸体。

天上，有一团湛烈的蓝光，照耀着整个大地。似乎是天张开了眼，凝视着世间的悲凉。又似乎是这世间最终极的力量，要毁灭这个世界。

劫灰之中，湛烈的蓝光下面，聚集着这个世界上最后幸存的人。他们围绕在一个人影周围，尽他们全部的力量，相信着他，支持着他。

这个人，身周四龙围绕，魔焰滔天，他身上翻涌着无上霸气，手中四极逍遥剑高举，直指苍天。

就算是神明的力量，也不能让他有丝毫的退缩！

劫灰纷舞，缭绕在他身周，就像是燃烧不尽的雪。

渐渐地，这个人的脸慢慢推近，映入苏犹怜的眼幕中，苏犹怜忍不住一声尖叫！

雪光骤然炸裂。

苏犹怜踉跄后退，她紧紧靠在一棵枯树上，感觉到全身的力量都耗尽了，哪怕多跨出去一步，都会让她死去。

她惊恐地看着雪隐，像是在乞求。

乞求雪隐说，这是骗她的。

但雪隐的目光中只有怜悯：“看到了吗？这是我与大日至损耗三百年功力，共同推演出来的佛谕。”

雪隐看着天，在叹息，又像是在乞求。他也希望在天之尽头，静静看着他的佛，能够告诉他，这只是谎言。但佛看着他的时候，目光中只有怜悯。

——诸天劫灰之中，御龙执剑而立的，不是龙皇石星御，而是李玄。

这个无赖、要以冷笑话度世的李玄；这个无所求，亦无所怨的李玄。

“他将杀死他见过的每一个人……”

雪隐似乎也不能相信如此残酷的佛谕。

“……而在接下来的几年，他将行遍天下。”

苏犹怜一声哀呼。

“这个世界真正的劫，不是石星御，而是李玄！”

苏犹怜几乎是本能般地摇头：“不！不可能的！”她的声音那么嘶哑，破碎在风中。

雪隐的声音淡淡的，似乎不带有任何人世间的情感：“李玄必须要死。”

“不！他不能死呀！”

九灵御魔镜的光芒变得刺痛起来，苏犹怜感受到心在战栗。冰冷从四面八方汇聚而来，化成细细的针，要刺透她的身体。她只有靠这份刺痛，才能够维持住一点温暖。一如多年前，她静静立在雪原上，赤足，遥望，远离灯火的繁华。

她不能杀死李玄！她也不能容忍任何人杀死李玄！

她已负他太多了，多到连一颗心都还不够。她一定要保护他，不让他受到任何一点伤害！

或许她已经没有爱他的资格了，她是一个背负着爱之罪孽的女妖。但就算如此，她也要用诅咒让他快快乐乐地活下去。

哪怕只能藏在角落里，偷偷看着他，看着他的幸福。

“求求你，答应我，让我带走他，我们一起到我出生的地方，到那片雪原上，到天地的尽头！那里谁都没有，他就害不了任何人了，好不好？”

她哀怜地看着雪隐。

她相信梦境中看到的一切都是真的，李玄是那么爱她，她那么爱李玄。他们两人会在雪原上过一辈子，没有任何人来打搅。

雪隐静静地看着她。长长的寿眉化为神佛的慈悲，将他的目光遮蔽住。

这样，他眼中的怀疑就不会被自己的徒儿看到。

“好吧。”

“只要你能带走他。”

苏犹怜转身，疯狂地奔了出去。

她必须要这样使尽全身力气，才能让自己暂时不要思考。

但雪隐最后一句话，却仍然无法遏制地在她脑海中震响着。

“只要你能带走他。”

李玄是爱我的，李玄是爱我的呀！

“只要你能带走他。”

我是爱李玄的！为了他，我也宁愿舍弃一切！

“只要你能带走他。”

要经过七重考验，相爱的人才会在一起，他们的爱至死不渝。

“只要你能带走他。”

苏犹怜疯狂地奔跑。她身上的衣服，不知什么时候，已变成了雪妖的雪衣。

第二十章　远隔天涯共此心

她终于见到了李玄。

封常青跪倒在地上，惨叫："大师兄！我再也不敢了！"

李玄指着他："叫你去查清凉月宫的资料，竟然敢偷懒？你以为你联合几只小宠物就能反叛我？你太天真了！它们还不是一个个被我擒获？别说你们，就连龙烟常傅这样的灭绝师太，我也照样能对付！哈哈哈哈！"

突然，一团黑气骤然出现，一口咬在李玄的肩头。

龙烟静静地在空气中出现，冷冷地看着李玄："你说谁是灭绝师太？"

李玄立即呆住。他张口结舌说不出话来，龙烟身上一团团黑气涌现，全都化成一只只魔火灵骨，骷髅头恶狠狠地盯着李玄。李玄大惊，骷髅头蜂拥而上，一起向他啃了过去。

乱七八糟一顿啃后，李玄也跟封常青一样，跪倒在地，惨叫："龙烟常傅！我再也不敢了！"

闹哄哄的世界，闹哄哄的李玄。

苏犹怜慢慢退后，一步步，直到退到一个没有人发现的小角落里。她坐在地上，努力让自己蜷缩在角落里，似乎这样，就可以从所有人的视线里躲开，让自己不再被这个世界注视。

她的身体变得苍白，连瞳孔都失去了颜色，变得一片空洞。她用力抱着自己，却无法从雪织成的衣衫上感受到半点温暖。

她忽然明白，雪原上，两个人，那是她的世界。而红尘十丈，喧闹纷扰的，却是李玄的世界。她虽然身在十丈红尘中，却那么怀念雪原，只有回到雪原上，她的心才会真正的安静。所以，当她没有任何办法时，她就会想到雪原。

但那不是李玄的世界。将李玄放到那样的世界中，会杀了他的。

他天生就该属于这个七彩缤纷的世界，有功业，有繁华，有冷笑话。

他天生就该喧闹，他的一生注定了不平凡，他一出生，就站在这个世界的中心，他让这个世界喧闹，这个世界也因他而喧闹。

他，无法变成一只雪妖。

“只要你能带走他。”

这一刻，她明白，没有什么能够带走李玄。即使以爱之名义，也无法将他困在冰冷寂寞的雪原上。那样的他，永远都不会快乐。

那样的安排，也只不过是她自私的一厢情愿。

只有她的陪伴，是不够的。

她双目空洞，从无人看到的角落里，呆呆地望着闹哄哄的李玄。

就像是千年前，她赤足踏在雪上，看着人世间温暖的烛火。

绝望，蔓延，浸没她的心。

她望着她的爱情，那是永远触摸不到的一抹琉璃光。

没有雪隐上人的赐予，她注定无法获得爱情吗？

终于，这个世界不再喧闹。

无论多热闹，都会有沉寂的一刻，特别是当夜色来临的时候。

李玄一声声叫着苏犹怜的名字，渐渐远去了。

梦魔带来的灾劫，暂时告一段落，这座千年书院，又回归了以往的生活。

苏犹怜仍蜷在自己的角落里，双目空洞，全身苍白，不敢回答。她的身躯变得那么薄、那么脆，只要发出一点声音，就会碎成粉末。

她将从这个世界消失，永远永远不会再来。

她忽然好怀念那段可以肆意叫着“郎君”的日子。虽然那时的爱情，是那么虚假。

那一声声呼唤，是雪，静静落在终南山的土地上。苏犹怜甚至能听到雪花落地时轻轻的声音。

一声，两声，三声。

一生，两生，三生。

她该怎么办？

她心中涌起一阵战栗的不祥，她忽然想起了那场佛谕。

他将成为魔王，杀尽天底下所有的人。

苏犹怜心口一痛，她想起了在天之链堑中，她化身为雪城，与心魔对抗，只为救出李玄的那一刻。

她愿意为他粉身碎骨，但她只是个小小的雪妖，又能做什么？

一个细细的声音带着抽搐在她的心底轻轻响起。

“你能的，你能救他。”

这个声音宛如针一般扎在苏犹怜的心上，苏犹怜一惊，忍不住抬头。

一个淡淡的，几乎虚无的影子出现在她的面前。

那影子几乎淡到看不出来，苍白到几乎透明，似乎突如其来的一阵夜风，就会让它凭空消失。

随着他出现的，是一只巨大的石座，苍白的影子就蜷缩在石座的中间，细长的眼睛微微合起，似笑非笑地看着苏犹怜。

那一瞬间，苏犹怜似乎觉得连心底最深的秘密都被看透。

那眸子中隐隐转动的，是两只交叠双生的瞳仁，一只为阴，一只为阳，穿透天地间所有的秘密，盯在人的心头。

“心魔？”

心魔轻轻动了动手指，算是回答。

他的身体本已孱弱无比，在有无之间，更何况数月前终南山上一场大战，他剖心离体，元气大伤，如今，几乎连凝形现体都极为困难。

苏犹怜并不恨他，她关心的，是心魔方才说的那句话。她急促地问道："你说，我能救他？"

心魔的眸子黯了黯，他是由人心深处的魔头凝结而成，自然对人之心意感应极为敏锐。苏犹怜惶急的希冀，就像是一片潮水涌了过来，几乎将他孱弱的身躯吞没。

这是为了他人甘愿身死的决然，很多年，他都没有见到过如此强烈的心意了。

心魔淡淡笑了："是的，你可以救他。普天之下，也只有你，能够救他。"

苏犹怜双颊泛起一丝希冀的嫣红："你是说，他可以不必成为苍生的劫，不必成为魔王？"

心魔静静道："是的。"

苏犹怜眼前现出了一片光明。真的吗？李玄真的可以吗？他不必成为魔王，不必在劫灰的雪中逆天灭世吗？她可以救他！

心魔艰难地抬起手。一根苍白而细长的手指指出，指向苏犹怜的心口。

一声轻响，苏犹怜的心头迸出一道雪光，刹那间吞吐成两丈方圆的一片清辉，闪耀在两人身前。

清辉中具现的，正是雪隐以无上佛法具现出来的佛谕。

佛谕渐渐拉近，李玄狂舞魔剑，正奋力抗天。脸上扭曲的肌肉，仿佛承受着巨大的痛苦。

这是藏在苏犹怜心中的恐惧，被心魔引了出来。苏犹怜脸色立即苍白。

幻象，几乎耗尽了心魔所有的精力，他蜷缩在石座上，轻轻抽搐着，呼吸几乎停顿。但他不敢停息，艰难地伸出一根手指，穿过清辉，点在李玄身上。

“看清了吗？是什么给了他力量？”

苏犹怜凝神细看。四龙盘绕，四极逍遥剑，魔威滔天……

她忍不住失声道：“是龙皇？你是说，是龙皇的力量？”

心魔已无法再控制力量，清辉“啪”的一声碎开，化成万点流萤，飘浮流泻在两人身边，就仿佛是天宇中的星辰，闪烁变幻。

但苏犹怜却无心观赏，她呆呆地，喃喃道：“是龙皇……是石星御……”

心魔蜷在石座上，方才的动作让他更加苍白、更加透明。他喘息着，几乎说出每一个字都要咳出一口血来：“不错。劫应龙皇，却由李玄引发，最终亦归李玄……龙皇不在，则劫亦灭……所以，你要救李玄，就须……就须……”

他的面容忽然现出裂纹，方才引出苏犹怜心中惊惧，牵动了他全身经脉，伤势完全被引发，此时费尽了全部力气，却无法说出那个答案。

夜风清冷，苏犹怜悄然静立，苍白的唇缓缓嚅动，替他说出了那个答案。

“就须杀掉石星御。”

心魔瘫倒在石座上，再也无法说出一个字。

苏犹怜的脸色极度苍白，孤独地站在终南山上。

石星御再度出世，魔威滔天，紫极、雪隐、大日至三仙联手，都不能压制他。而他的四极逍遥剑还未出鞘，座下的四大神龙还未跟他合体，便已有如此威力。

现在，却要她这个弱女子，去杀掉这令苍生战栗的魔皇。

这一刻，世界是如此荒凉，她就像是站在悬崖边上的旅者，眼睁睁地看着自己所有的一切，都在慢慢滑入崖底。如果伸手拉住，就会连她自己一起掉进去。

泪水忍不住落了下来。

她只不过是一只小小的雪妖啊，连人类的欺凌都无法抵抗，如何承受起苍蓝如天的重责？

但，这是她期盼了一千年的爱情。如果她不来守护，还会有谁？

苏犹怜的啜泣慢慢停止，脸上现出一抹惊人的嫣红。

这是她唯一能为李玄做的，也是李玄唯一能得到救赎的方法。他就该一辈子说着冷笑话，平安，幸福。

他不该成为魔，他不该背负半点黑暗。

所有的黑暗，都由我来背负吧。就算是为了赎自己的罪。

她倔强地咬紧嘴唇，慢慢站直了身体。

回首北望。

苍茫的天之尽头，在极光照耀的原上，隐约闪耀着一点幽蓝。

那个地方，有一个刚建立的国度，叫作大魔国。龙皇再度出世之后，建国于极北之地，冰雪之中。

而她，就要孤身前往，杀掉那里的皇。

心魔静静看着她，感受到她已经下了决心。

他袖中缓缓滑落一物，轻轻道："去吧，这是送给你的觐见之物，有此物在身，龙皇必定会接见你、留你在身边。至于如何下手，就只能靠你自己了……"

他猛然剧烈地咳嗽起来，伸手掩住嘴唇，残落的猩红犹不住地从指缝里溅出，落得他满身都是。他费力想挤出一个笑容来，随着那巨大的石座，缓缓隐没。

诸天空寂。

只有苏犹怜静静立着，手中托着一个小小的卷轴。

那是一个发黄的、年代陈久的卷轴，看来至少一百年没有打开了。

这只卷轴究竟有什么样的威力，竟让石星御都如此看重？

一串细语自卷轴上响起，沁入苏犹怜的耳中。那是心魔最后的叮咛，在告诉她如何换取龙皇的信任。

她已没有选择的余地。

苏犹怜看了摩云书院一眼，最后一眼。

现在的书院，灯火阑珊透出，看上去是那么宁静祥和。明天的早上，只要阳光透入，这里又会是闹哄哄的，李玄会在这里肆无忌惮地大闹着，一直闹到毕业，闹到大唐，闹遍天下。

那是多么美好的人生，她多么想陪伴在这样的人生旁边，一步都不离开。

可是，这样的人生若没有她来守候，一定会残碎，化为粉末，烧成劫灰，最终痛苦地飞舞着。

苏犹怜伸出手指，拭去眼角的泪滴。

从这一刻，她不再流泪。

她转身，向正北方走去。那里，曾是她的故乡，有她静静的远望。

此时，她走回去，从自己的远望中走回来，从繁华走入寂静，从幸福走入悲伤。

她无法去跟李玄道别，只能希冀或许有一天，她能够平安回来，带着他们的爱情。

那时，她再也不会离开他。

她不知道，今晚的摩云书院，并不宁静。

李玄一直在寻找她。

他害怕梦魔会再找上她，他也想找到她，告诉她，他不在乎她做的一切，反正她也没能真的杀死他。他只想让大家都忘掉曾经发生的事情，还像以前那样。

还能亲昵地叫着他“郎君”，带着他上天入地，降龙伏凤。

还能像片雪一样，有着透明的小秘密。

他从不觉得她曾背叛过他，因为从一开始，他就知道了她的秘密。

他急于找到她，告诉她这一切。

但他找不到她。

他找遍了前院、后院、图书馆、太辰院、红月崖、万花坪、天之链堑，跑进太皓天元鼎中，都没有她半点踪影。

他找不到她。

上天入地，碧落黄泉，他都找不到她。

一直到凌晨，他坐在绛云顶上，看到第一缕阳光穿透厚厚的云层，照耀在他眼睛上，他忽然有种错觉——他已经失去她了，永远永远。

她就像是一片雪，在阳光中化为乌有，无论怎么寻找，都不可能再找见。

因为她是雪啊，一碰就会融化的雪。

面对着漫天朝阳，他忽然失声痛哭起来。

他不知道为什么，心会这么痛、这么伤。

他大吼起来："我一定会找到你的！一定！你——等——我——"

群山回响，却没有一个字听得清。

李玄旷课了。

没有任何人在意，反正他早就旷过无数次课。他旷课不奇怪，他若不旷课就奇怪了。

奇怪的是龙穆居然也旷课了。而且一旷就是一整天，下午快下课了仍没有见到他的影子。龙烟常傅几乎气了个七窍生烟。

崔翩然很担心他。

梦魔的计划被破坏后，他们便苏醒了过来，却仿佛大病了一场，身体十分虚弱。

崔翩然本可以在宿舍休病假的，但她无法遏制自己对龙穆的关心，早早来到了教室里，心不在焉地听着常傅讲课，眼睛却不时偷偷瞄一下门口，似乎在期盼着什么。

终于，一袭翠白的影子在门口出现。崔翩然一声惊呼，忍不住站了起来。

那是龙穆。

但就在她站起来的瞬间，她的表情凝结住了。

龙穆的样子变了很多，他不再完美、优雅、明亮。他身上那袭翠白交织的孔雀翎已然残损，布满斑斑血迹。

他就像是一块蒙尘的玉石，一切美丽尽被掩埋。

龙烟常傅的脸色沉了下来。

她显然很不满意龙穆竟然会迟到这么久。不就是跟梦魔打了一架吗？又没有死！

龙穆看都不看她一眼，走到自己的位子上，坐下，哗啦一声将课本打开。

他依旧在笑，笑容却那么冰冷。

龙烟常傅刚要说什么，龙穆猛然大声道："我问你，你讲这些东西有什么用？"

龙烟常傅脸上泛起一阵怒色。

龙穆："平心而论，你比大日至尊者还伟大吗？"

龙烟常傅一窒。她虽然自视甚高，但还没狂妄到那种程度，自以为能跟三大地仙比肩。

龙穆苍白的嘴唇缓缓挑起，凝结成一个讥诮的弧度："大日至尊者用了整整七年，只教出了我这个废物，你觉得，你讲这些，能有什么用？"

他猛然一握手中的书本，纸帛破碎，化为片片枯黄的蝴蝶，在他指间飞舞。他仰起头，苍白的嘴唇微微颤抖，似乎在无声地哭泣。

他的悲伤，他的绝望，在教室中蔓延，宛如一场冰冷的雪。龙烟常傅很想发怒，但面对着这个狂态毕露的少年，她忽然无法发作。

崔翩然的心一痛。

她已听姐妹们说过了他和梦魔的一战，知道他的过去，也是那么不堪回首。

她忍不住站了起来，向龙穆走去。她要告诉他，不要悲伤，明天一定会好起来的。

明天，阴霾一定会散去，他的国度一定会统一，王子一定会快乐。

她是这样坚信的。

龙穆猝然回头。

崔翩然就在离他三步远的地方，怔怔立住。

龙穆目光陡然凌厉。他不需要任何人的怜悯，任何对他的怜悯，都是忤逆他的逆鳞。

龙穆怒道："你要做什么？"

崔翩然立即慌了。

她不知道自己要做什么，也不知道该说些什么，甚至连心在哪里，她都忘记了。她的意识里，只记得龙穆的这句问话，拼命地想回答出来。但无论怎么努力，她都无法想出一个答案来。她期期艾艾道："我想问问你上次找我谈的事……"

龙穆旁若无人的狂态渐渐平息下来。他看着这个小姑娘，心中充满了烦恼。她为什么要同情他？他那么可悲吗？他心中兴起一个邪恶的念头，忽地冷笑了起来。

"你是说，礼物吗？"

崔翩然只剩下了下意识："礼物……礼物……"

龙穆霍然站了起来："你想要吗？"

他冷冷地看着她。

崔翩然的呼吸停止。

龙穆静静地等着她回答，凌乱的金发被风吹拂在脸上，却像是一抹悲怆的光。

"可……可以吗？"

龙穆嘴角的笑容藏在乱发的阴霾下，渐渐拖长，越来越锋利。

"到红月崖等我。"

崔翩然几乎是奔到红月崖的，短短的路程，却用尽了她全部的力气。

她奔向自己的传奇。不理该不该上课，不管会不会受伤。

她在等待的时候，每时每刻，心脏都会停止跳动。

慢慢地，龙穆被风扬起的金发出现在山脚的拐弯处。

崔翩然又禁不住激动起来。

她双手紧紧抱在胸前，喘息声甚至比刚刚跑上山顶时还厉害。

龙穆脸上的笑容依旧那么纯净通透，折射出初春太阳般的光芒。伤痛或者悲怆，并不能掩盖他的美貌，反而让他更加清冷、神秘，带着让人心痛的魅惑。

他手上捧着一只小小的花瓶，花瓶中栽着一棵小小的花。

花枝孱弱无比，娇小可怜，却在勇敢地生长着。

龙穆小心翼翼地捧着它，就像是捧着自己那颗受伤的心。

他在崔翩然面前轻轻止步。

崔翩然的呼吸紧紧屏住。

仿佛这一刻，她的梦想，她的传奇，走过一千条河，跨过一万座山，带着美丽与神圣，降临在她面前。

龙穆看着那朵花，声音中带了一丝感伤，也许是红月崖上的风太过呜咽。

“还记得你说过的那个传奇吗？”

——只有一夜夜，将自己的心捣进去，亲手亲力，全身心地捣，才能捣成仙药，与相爱的人一齐服下去。

每一下，都是你的心意，一下下捣下去，最后捣出的，不仅仅是仙药，还是你那颗揉烂了、掰碎了、柔情万种的心。

然后才可以亲手送出去，换回爱情。

“我的一生，都在捣这一丸仙药。我相信我能够捣出来，不管用什么样的代价。不管眼前是多么黑暗，世界是多么苍白。我曾经那么勇敢地努力着，直到不久前，我还执着地相信。没有什么能将我吞没，我是王子。只要我努力，我一定会造出最美的仙药，一定。”

一点光自他的眼角溢出，然后化成大颗大颗的水，落在小小的花上。

崔翩然的心突然慌乱起来。她很想抓住龙穆的手，对他说，不要这么折磨自己。

但龙穆的手紧紧握着那瓶花，就像是握着自己的生命。

“但就算我捣出了仙药，我又该如何呢？吃下仙药，我是否就能成为神仙，从此幸福快乐？捣出仙药，我心中的恐惧就不会存在吗？我就可以忘记从出生起就纠缠着我的梦魇吗？”

“如果蓝桥真有神仙，她会不会将仙药赐给我？”

他霍然抬头，淡栗色的眸子被泪水打湿，宛如琉璃。

泪痕在他绝美的容颜上，雕刻下风一般的痕迹。

悲伤得让人心痛。

崔翩然又开始窒息。龙穆怔怔地望着她，却像是忽然发现了她的存在一般。

他轻轻将花瓶奉到她面前：“喜欢吗？”

崔翩然一个字也说不出来，只好拼命点头。

然而她却突然怔住，因为她看见，那令她心碎的悲伤，化为易碎的琉璃，正一点点碎裂在风中。

他嘴角挑起一丝笑容。

讥诮、邪恶而残忍。

他双手突然用力，“砰”的一声，花瓶裂成千片万片。

碎瓷刺破他白皙的手指，他却全然不顾，一任鲜血顺着手腕流淌，打湿了袖口那丛华丽的丝绣。

崔翩然惊呆了。

美丽在这一刻陨落，化成恶魔嘴角闪亮的嘲讽，紧紧盯住崔翩然。

他一字字道：“你，还，喜，欢，吗？”

崔翩然哭了起来。

血与讥嘲混杂成的景象是这样的鲜血淋漓，让她完全无法承受。

龙穆跨上一步，血肉模糊的手与花的尸体几乎紧紧贴在了崔翩然的唇上。

“喜欢吗？”

他的微笑化为淬毒的利刃，残忍地逼问着，伤害着。

不容说不，不容拒绝。

“喜……喜欢……”崔翩然啜泣着回答。

喜欢吗?

喜欢。

这样才是约会。

“从此会快乐吗？”

他依旧注视着她，冰冷的眼神背后，有种难以言说的痛。

他陡然提高了声音：“会，吗？”

这一问如此咄咄逼人，但他的声音却带着战栗，悲伤而诚恳，仿佛只要崔翩然说一个字，他就会相信。

无论这个字是肯定，还是否定。

但崔翩然只是颤抖着，一个字都无法说出口。

轻轻地，龙穆的手松下来，泥土与花的残躯一点一点，从他手中滑落。纤长的手指流着血，洗涤着那不属于他的污秽。

他伸出手，轻轻触摸在崔翩然颤抖的唇上。

“原来，你同我一样，不相信传奇。”

他转身，走下了红月崖。

崔翩然跌坐在地上，呆呆地望着他消失。

就像是秋天的叶子，静静地，带着忧伤坠落。

第二十一章　云随夏后双龙尾

苏犹怜独自行走在广袤无尽的大地上。

从终南山一直向北走，走十天，便踏入了雪之境。

一路上，秋之姹紫嫣红渐渐褪去，大地回归为一片苍凉，深沉到寂静。

越走，苏犹怜的心反而越宁静。

落雪，荒原，苍白。这些，是她熟悉的，让她安心，让她忘记伤痛。

终于，她身边开始飘落雪花，她张开手，这些雪就会落在她掌心，将微微的凉意沁入她的肌肤。

这些，都跟多年前一样。

苏犹怜脱去衣衫，赤着脚，让雪覆满自己全身，化成晶莹曼妙的雪裳，从此一尘不染。她回归到了雪之世界中，御风雪而行。

她的体，她的发，全都变成了雪的颜色，在漫天风雪中，她飘着，瞬息便是千里。这是她的天地，她在其中，如鱼在水中一般。

她紧紧握着那只古老的卷轴。

雪越来越浓密，几乎看不清人形。

天地万物，全被包围在这无穷大的皎洁中，不再奸诈狡猾，也不再凶毒丑恶。

雪掩盖一切，也将一切同化。

茫茫天宇的尽头，忽然闪出一点蓝芒。

万重雪辉，居然无法掩盖这点蓝芒。那蓝芒似是从大地尽头发出的，又似是悬在无尽高处，须仰视才见。一股君临天下的王者之气隐隐从其中透出，似乎在宣示北极万物，尽归我所有。

苏犹怜心中一喜，知道龙皇国度，就在眼前。

这喜悦，也仅仅维持了一瞬息。因为，此地亦是死亡之国，她随时都可能被龙皇威严化为尘芥。

回头还来得及，来得及做一只卑微的雪妖，在没有爱情的寂静中等待毁灭。

苏犹怜蹙着眉。

她不必为李玄灰飞烟灭的。就算他曾握着她的灵魂之珠，死都不肯放开。爱她，是他的事，而爱他，却是她的事。

苏犹怜没有犹豫，只是回头看了一眼，似是在看李玄所在的方向。然后，她向前飞去。

眼前忽然一亮，风雪竟在大魔国的边境处戛然而止。

暴风骤雪，就像是被一股无形的力量逼住了，沿着大魔国的边境狂烈地肆虐着，却无法越雷池一步。轰卷在一起的风雪形成一道笔直的瀑布，为大魔国立下一道鲜明的界线。

过此线，红日高照，天宇清明；不过此线，却风恶雪寒，千里白地。这赫然是龙皇之威严令天地慑服，苏犹怜脸色苍白。

她要面对的，是如此神魔一般的人物。而她，不过是一只小小的雪妖。

真的会粉身碎骨吗？

苏犹怜轻轻抬足，走出了风雪凄迷。

大魔国。

湛然永晴的大魔国。

冰雪耀着瑰丽的日色，形成一座座支天而立的冰山。永不沉落的日光照在冰山上，曳出一条条千里长的彩虹，纵横贯过茫茫天宇，就像是一道道天孙经过的霓桥，又像是一只只鸾凤留下的羽翼。

这景象令小小的雪妖惊诧无比，但她随之就被一座山吸引了。她无法不注视着这座山，就仿佛只要在白天抬头，就无法不注视着太阳。

这座山也如其他的冰山一样，全都由玄冰砌就，不同的是，它通体都是湛蓝色的，山体并不大，上下差不多粗细，就像是一只蓝色的玉柱，拔地而起，在最顶处绽开，上冲苍穹。

傲岸苍茫的气势逼人而来，令其余的冰山就仿佛是臣子一般，匍匐跪拜在它周围。

一座巨大的宫殿矗立在山顶，像是这座玉柱泛起的波澜。宫殿极高，看不清楚是何形状，亦是通体湛蓝，孤高傲岸无比。

一枚紫珠，悬在宫殿的正顶上。苏犹怜的目光才注视了那枚紫珠一下，就急忙挪开。就算她已在雪隐、紫极门下学艺多年，仍对这枚紫珠有种天生的敬畏。

那是大周天绝灭神光，曾照临终南山顶百年，镇压天下群魔。直到龙皇出世时，亲手拔起九极定乾旌，将灭绝神光尽数夺走，用无上威严炼化成此珠。

它是天下所有妖族的克星，雪妖也不例外。

苏犹怜不由被这赫赫气象震慑，不敢前行。那是王者的威严，警告着每一个胆敢靠近的侵犯者。

但她必须前行，不能退却。

脚步轻轻踏出。

突然，雷鸣般的声音响起：“停步，亵渎者！”

一只硕大至极的龙头自虚空里钻了出来，磨盘大的龙睛盯住苏犹怜。

苏犹怜倏然停步。

那龙见苏犹怜并不害怕，微觉诧异，身子晃动着从空中钻了出来。

它巨大的身躯盘在一起，在空中浮动着，就像一座冰山。但见它通体玉白，透彻通明，只中间有一条火红的玉髓贯穿首尾。每一动，火气窜射，将周围的玄冰灼成蒸汽。

它张开大嘴，打了个哈欠：“是只小小雪妖。”

苏犹怜静静地看着它。

龙道：“快快回去，大魔国岂是你能闯的？”

苏犹怜道：“我认识你是玉鼎赤夔龙，龙皇座下四大神龙之一。”

龙摇了摇头，道：“我不是什么什么龙，请叫我玉鼎赤。你怎么会认识我？”

苏犹怜道：“我在紫尊的书院中见过你。”

玉鼎赤一声大吼，愤怒至极地道：“什么紫尊？他不叫紫尊，他叫紫鬼！紫老鬼！”

“那雪圣呢？”

“什么雪圣？是雪怪！雪老怪！”

“日皇？”

“日什么皇！是日妖！日老妖！”

苏犹怜轻轻点头：“我明白了。玉鼎赤，我要见龙皇。”

玉鼎赤大发一阵龙威，在它的想象中，它已经将紫尊、雪圣、日皇全都打败了，肆无忌惮地将他们叫成紫鬼、雪怪、日妖。这让它极为满意，它很想继续探讨这个问题，所以当苏犹怜说起要见龙皇，它一点兴趣都没有地打着哈欠道：“龙皇很忙，不会见你的。”

苏犹怜：“但我非见他不可。”

她扬了扬手中紧紧抓着的卷轴：“我必须将这东西送给龙皇，因为，他需要它。”

这句奇怪的话引起了玉鼎赤的注意，它瞪着大眼睛看着卷轴，伸出龙爪，想要摸那卷轴一下。但在即将碰到卷轴的一瞬间，它倏然将龙爪抽回，激灵灵打了个冷战，面容变得有些古怪。

“你……你将这个送给龙皇？”

苏犹怜点头。

玉鼎赤忽闪着巨大的眼睛，在想事情。

良久，它点了点头：“或许龙皇真的会喜欢也不一定……”

它两只前爪使劲一击：“好！我带你去！”

玉鼎赤飘浮在空中，带领苏犹怜向那座孤悬天地之间的冰峰走去。也不知它施展了什么神通，瞬息就到了山底下。但见那山峰壁立千寻，结的冰坚韧无比，显然无法攀缘，也没有阶梯，可如何上去？

玉鼎赤脸上闪过一丝得意的笑容：“龙皇跟我们四兄弟当然能上去。但别人怎么办？咱们大魔国当然不能让客人爬上去，那么，怎么办？你说说看！”

它有些急迫地看着苏犹怜，带着种孩子般炫耀的神气。

苏犹怜摇了摇头。

玉鼎赤马上高兴起来，一副急于献宝的神态：“你坐到我尾巴上去！”

苏犹怜依言坐好，玉鼎赤吩咐：“抓紧了啊！”

它长长的身子倏然展开，就像是一条十几丈长的玉带，横在了冰山之下。玉鼎赤猛然头尾翘起，大叫：“坐好了啊！”

说着，它巨大的头颅猛然向下一摆。可它的身子却绷直了不动，弯曲的身子立即将尾巴向上翘起。苏犹怜就觉身子像流星一样，猛然被甩了出去，急忙使劲抓住龙尾。玉鼎赤摆动得越来越厉害，猛的一声大叫：“起！”

苏犹怜就觉一股大力涌来，双手再也抓不住龙尾，倏然脱离了玉鼎赤，像炮弹一般冲天而起。她不知道发生了什么事，惊得花容失色。猛的一声轻响，身子已然触到了实地。她惊魂未定，急忙运起内息，牢牢钉在地上。忽然只觉眼前无比开阔。她定了定神，这才意识到自己已在高峰之上。

她抬眼看时，眼前无尽无极，湛然永晴的天幕好像举手就可摸到一般。天风不动，万物寂静，一股寂寥之意袭人而来。

峰底玉鼎赤又叫又跳，高兴得简直要发疯：“好不好玩？好不好玩？”

苏犹怜苦笑。玉鼎赤就跟个孩子一样，这可跟她想象中的神龙大不一样。她像是想到了什么，脸上的神色倏然凝固，身子一折，已然转了过来。

她几乎在转身的瞬间跪倒在地。

巨大的冰柱仿佛上古洪荒巨兽，擎起粗壮的胳膊，托起天宇。浩漫的天在此处凝成实体，化为沉沉蓝芒，集萃成一块块的玄冰，垒砌成这座宫殿。

没有人能想象这座宫殿是多么宏伟，苏犹怜仅仅只是凝视了一眼，就忍不住栗栗发抖，只想跪倒在地，仰望苍天之威严。

但她紧紧咬住嘴唇，忍住了心头的悸动。

只有这样的宫殿，才配让龙皇降临。威压天下的龙皇，就在其中。

敢吗？敢再上前一步吗？她会不会像一片碎雪，被咆哮着撕碎？

苏犹怜轻轻按住自己的心口。

她从来没这么恐惧过。

李玄的泪水似是从她的脸上滑过。他的喃喃轻语也似是从她唇间传出："我死后，你真的快乐吗？"

不会的，我永远都不会快乐，所以，请你一定要活下去。

她静静地，走入了殿宇宽广的黑暗中。

殿中寂静无声，巨大的冰柱发出淡淡的蓝光，照亮了苏犹怜的视线，但她并不能看到太多东西，因为，殿内挂满了淡蓝色的幕幔。

一条条长长的幕幔自殿顶垂下来，委坠在地上，随着风轻轻吹动，幕幔相互盘绕、卷舒在一起，就像是蓝色的丛林。

她终于看到了龙皇。

石星御就坐在蓝色丛林的中间，寂静得就像是一道光。

他半坐在地上，淡蓝色的衣衫半解，随意披在他身上，却遮不住无上的威严。

他并没有看苏犹怜。

天上天下，风卷雷劈，都无法让他看一眼。

他的精神，全都凝注在面前一座冰雕上。

那是一位女子，被用最精细的手法雕琢而成，栩栩如生，连最小的一片衣袂都精致宛然，犹如真实的一般。

只是，她没有面容。

她的一切一切，都被雕得如此精细，如此完美，就算是倾国倾城的公主，也未必有她的美丽，只是这美丽却在她的面庞处突然夭折。

因为她没有面容。

她的脸上只有几根粗略的线条，无法勾勒出一幅完整的妖娆。

石星御的手就悬停在线条的终结处。

一动不动。

仿佛他也成了一尊雕像，在空寂的宫殿中静立过了千万年。

他身后，帷幕低垂，穹顶高远，整个大殿宛如远古之海，绝无波澜。

却不知从哪一处间隙里，一道幽微的光芒泻下，瞬时洞穿了整个宫殿，在他如冰玉削成的侧脸上投下一片淡蓝的影子，衬得他的神色是那样认真。

认真得让人动容。

显然，只要他动手，立即就能让这座雕像完成，但他的手开始颤抖，他一瞬不瞬地看着这张脸，这张平朴的、没有五官与形状的脸，却迟迟不能动手。

他眼中露出一丝痛苦之色。

玉刀在他手中断成两截。

他的手伸出，轻轻触摸着雕像未成形的面容。

他摸着的，只是一块冰块，没有形状、没有容颜、没有灵魂，但，他却仿佛感到了温暖，轻轻闭上眼睛。

闭上眼睛，便不再在乎是否有容颜。

闭上眼睛，虚幻的拥抱就会出现，从另一个世界中抱着你，紧紧相拥。

便不再是自己抱着自己，便可幻想那已逝去的人儿仍在自己怀中，只要两手合在一起，便再也不会放开。

石星御悠悠长叹，宛如上古龙吟。

那是寂寥的声音，是上古残存的最后一头古龙在俯视苍茫的天地，却发现这世界上再也没有自己的同类时所感受到的悲凉。

那是无法改变、无法争取、无法接受的寂寞。

风轻轻吹起，像是命运那无形而巨大的手，将蓝色幕幔撩开。

苏犹怜忍不住一声惊呼。

整个宏大的宫殿中，尽皆装满了冰雕。

有大有小，有坐有卧，它们都被雕成同样的一个人，却都没有面容。

千万只没有面容的雕像，静静围绕着石星御。

宛如一千年的寂寞，紧紧缠绕住了他。

这景象是那么诡异，却又那么悲伤。

苏犹怜掩住了嘴，她的惊呼戛然而止。

石星御慢慢转头，他的目光移向苏犹怜。

他看着苏犹怜，蓝眸通透辽远，却仿佛完全没有看到她。

他只是看着她，一如他看到那没有容颜、没有灵魂的雕像。

轻轻地，他吐出一串字。

“你说，我寂寞吗？”

苏犹怜的言语完全哽咽，千万只雕像不存在的眼睛凝视着她，让她的心仿佛冰冻了起来，无法思考，无法回答，甚至忘了自己远来的使命。

沉默，仿佛永恒的沉默。

石星御淡淡一笑，长长的，宛如海波一般的蓝色秀发垂下，没过他的额头，让他沉浸在一片冰冷的海洋中。

他的一半如冰玉雕琢的容颜也被这片海洋浸没，只投下蓝色的黑暗。

“我不寂寞的，是吗？”

他昂头。

“你看，我有这么多灵儿。”

苏犹怜的心一阵疼痛。

她认得这座雕像。她也记得心魔肆虐的终南山上，那个女子带着笑，在最后残存的时刻里用指点着她的心，告诉她：

替我活下去。

带着我的冤孽，带着我的姻缘。

如今，这个女子化成千千万万冰冷的雕像，静立在龙皇殿中，看着她，似乎在重复着那句话。

——替我活下去。

苏犹怜的心抽紧，疼痛。

她知道，天狐九灵儿在鼓励她追求自己的爱情。

至少能让她看到一次，哪怕只有一次，倾心相恋的爱也是有结果的。

一次就够，她在轮回中就不会绝望。

这个爱已破碎的女子，愿意在最后的弥留里，用全部的善良，去祝福苏犹怜的爱情。

她对自己的爱，又是多么失望。

替我活下去。

苏犹怜忽然明白了，心魔让她来找石星御，究竟是为什么。

这原因，正是石星御无法雕出那张脸的原因。

并不是因为他忘记了那张脸，而是他不敢再面对它。不敢记起那音容笑貌，浅笑低颦，只因这每一个微小的甜蜜，都是刺在心头的一柄毒刃。

会让他伤痛至死。

爱到极处，却无法面对。于是，这就成了他的死穴。

无法遮蔽的、唯一的死穴。

利用这一点，杀死他，就是她万里北来的目的。

她的心痛得厉害，因为，她无法这么做。

她无法看着一个爱到寂寞蚀骨的男人，带着他的爱走向毁灭。

当他讲着自己不寂寞的时候，他的寂寞已彻骨。

她也无法将那个把爱嘱托给自己的女子的爱情，亲手毁成粉末。

在这座冰冷的，几乎触到苍天的蓝色圣殿上，她不能，她不能因爱之名义，亲手毁灭爱。

石星御的目光自冰雕身上移开。

他伸手将衣衫拉上，缓缓系着上面的丝绦。

爱情，逐渐隐没在他深邃宛如海洋的眼眸中，他的目光变得冰冷，身躯渐渐伟岸。

龙皇的威严宛如北极地上的寒冷，在迅速地滋生、蔓延。

风完全停止，幕幔沉沉垂下，将所有的冰雕全都挡住。

空旷的蓝色圣殿中，只有两个人。

石星御，苏犹怜。

石星御结好最后一根丝绦，他的身形已如这座冰峰一样，挺立支天，带着无法触及的凌厉威严。

他的目光落在苏犹怜的身上，苏犹怜忽然感受不到心痛。

她的一切，都被龙皇掌控，她的所有感受，已不再真实。

掩起幕幔，龙皇便将君临天下。

他身上仍浸渍着浓浓的寂寞，但那是皇者的寂寞，高处不胜寒的寂寞，不再是无法慰藉的爱的寂寞。

他的眸子中闪烁着浅浅蓝色的寒辉。

“下去。”

第二十二章　海外徒闻更九州

石星御看着她，就像是看着一只蝼蚁。

这座禁天之峰神圣无比，岂是蝼蚁所能踏足？

玉鼎赤该尝尝天条的威严了。

苏犹怜咬住嘴唇，在龙皇无尽的威严面前，她的一身雪衣全都染上淡淡的蓝色。

但她不再惶惑，不再恐惧。

因为她忽然明白，她只能保全自己的爱情。

她只是一只小小的雪妖，在这个世界上艰难地生存着。无数比她强大太多的妖怪，会冷冷地看着她，冷冷地对她说："下去。"

他们不会可怜她小小的爱情，这团孱弱的、温暖的火，只能由她自己来守护。

她无法再去顾及别的爱情，尤其是一位魔王的爱情。

——如果那是真正的爱，便由魔王自己来守护吧。

她的目光逆着石星御的目光，她的坚强逆着石星御的威严。

她将那只古老的卷轴托起："我来，将它呈献给龙皇。"

石星御的目光淡淡扫过那个卷轴，他宛如冰封的容颜上忽然惊起了一层波浪。

他无法忘记这个卷轴，他的生命，因这个卷轴而分成两段，阴阳分割，爱情沉浮在生死的两岸。

他动容道："五行定元阵？"

苏犹怜轻轻颔首。她的心又开始痛了。

只要他动容，他就进入了这个计划，他与她的爱情，就将钻入彀中，被搅得粉碎。

她的爱，却会成全。

这世间是否有这么一条定律，让真爱守恒，一份爱，只能拿另一份爱来换。

她虽已决断，却仍无法坦然。

她无法眼睁睁地看着九灵儿的爱情消失，让自己成为爱情的刽子手。

苏犹怜沉默良久，静静回答："是的。五行定元阵。"

石星御冰雕玉刻的眸子里，也闪过一丝怒容："你拿它来做什么？"

他不能忘记，他曾被君千殇一剑斩入轮回。但他有着不死身，轮回也无法将他完全困住，所以紫极老人动用上古奇阵——五行定元阵，将他打散成"神""心""意""形""体"五部分。

"神"交给定远侯镇压，"心"被寄放在心魔体内，"形"锁在药师古墓的冰封里，"体"化成轮回异类的参娃娃，而"意"，却被锁在三生石中，与九灵儿缠绵生死，不想出世。

因为他的心底传来一声低低的谶语：

——当你再度出世之时，将永远失去你的挚爱。

那是梦魇，是连他都无法挣脱的梦魇！

他不恨君千殇，不恨紫极老人，但他却无比憎恶这幅五行定元阵的阵图。是它锁掉了自己的三生，让自己永失所爱。

他很想一把抓过来，将它撕得粉碎。但眼前这个小小雪妖的目光中竟然有一份坚毅，让他暂时忘记了阵图，凝视着她的双眸。

那双眸中似乎有些他熟悉的、温暖的东西。

就像是他一剑萧然，去挑战君千殇时，九灵儿绝望地看着他的眼神。

这一刻，他不禁恍惚。

他压下心中毁灭的冲动，重复了一遍："你拿它来做什么？"

“奉献给伟大的龙皇，因为龙皇需要它。

“因为它还有另外一个用途。”

苏犹怜静静地诉说着。

“天地万物，无不是秉五行而生，因五行而灭。而这个五行定元阵借上古太初四宝，操纵天地初生时的阴阳二气，由阴阳而定五行，分五行而成阴阳。吸精聚能，永恒不灭。是以龙皇虽尊，也不免被此阵镇压，一切反抗都被阵图吸收，化为镇压龙皇的力量。”

这些是真实的，是阵图上所记载的，苏犹怜早就阅读过了，石星御当然也知道。

“龙皇有没有想过，既然天下万物，都是五行，人鬼神兽，不外阴阳，而五行定元阵又能颠倒阴阳，操纵五行，那它能不能化生出另一个用途呢？”

她抬头，目光自阵图上移开，凝注在重重幕幔之上。幕幔里面，是一尊尊九灵儿的冰雕。

“那就是，让这些雕像都有容颜。”

石星御耸然动容。

他自然明白苏犹怜是什么意思。

天地万物，都是五行，不外阴阳。神是如此，心是如此，意是如此，形是如此，体是如此，那么，人死后所形成的魂，是否也是如此？

若此阵能禁锁神、心、意、形、体，那它能不能禁锁魂魄？

能否上天入地，穷搜虚冥，找出他魂牵梦萦的那一段芳魂？

石星御的身子不由战栗起来。

苏犹怜静静地看着他，静静地说出了他的心意：“此阵若是反向发动，借生者的遗物，便可在天地三界穷搜魂魄，直到找到为止。但若她已转生，此阵便不起作用了。”

转世，魂魄便已有归宿，便不是前世的她了。

石星御摇头，坚定地道：“不。她绝没有转世。”

苏犹怜轻轻点头，龙皇如此肯定的一件事，绝不会错。

石星御声音中有一丝叹息：“可是……可是如何引动这个阵呢？

我被镇压百年，已对灵儿一无所有。”

苏犹怜：“我有。”

她伸手入怀，摊开。

那是一片小小的石头，她拿出的时候，心头浮现出李玄的笑脸。

——我以前没送过你礼物吧？

——送给你。

三生石，这是他唯一送给她的礼物。

比不上九百九十九朵亲手种下的花，也比不上王子给公主的许诺，却是三生的嘱托，三生石。

石星御轻轻接过这枚石头。

前尘幻影，都上心头。

那沉浸在三生中的喜悦满足。那虽然是虚假的，却是比真实还要真实的梦境。

那让他不愿醒来、不敢醒来的如梦姻缘。

不知不觉中，泪水沾湿了他的衣襟。

他一定要再见到她，与她共续三生的姻缘。

为此，天可以焚，地可以灭，造化可以崩破，众生可以屠绝。无论他身成神，身成魔，他都要再见到她。

——当你再度出世之时，将永远失去你的挚爱。

如今，他要逆抗这段天命！

这是他生存着的唯一理由，他的生命因此而觉醒。

他紧紧握着这枚小小的石头，就像是握住了装满爱意的心。

苏犹怜静静地看着他。

“你不怕这是个圈套？”

石星御沉默着，一丝笑容崩破他脸上的冰冷。

“有何可怕？”

苏犹怜沉默了。

眼前不是石星御，而是一份爱，一份同她一样纯粹的爱。她努力争取着其中的一份，而破坏着另一份。

她突然觉得自己卑鄙无比。

“你留在大魔国中，我会给你安排一间屋子，绝没人能打搅你。”

——直到阵图成功的那一天。

这句话，他没说，她也没问。

因为，这个阵图，少不了他，也少不了她。

单凭这个卷轴，石星御无法施展五行定元阵。这个阵法如何引导，如何成形，如何收回，苏犹怜都没说，石星御也没问。

所以她就会留在他身边，等待时机。

等待着破碎魔王的爱情，去成全自己的爱情。

真是卑鄙啊！

当她踏出这座纯粹到空灵剔透的宫殿的时候，她对自己的厌烦达到了顶点。

大魔国中的阳光总是那么清，永远不会有阴天，也永远不会有阴霾。

苏犹怜赤足踏在玄冰上，竟然感受到一丝温暖。

但她的心中，却没有丝毫温暖存在。她柔柔地立在冰峰的最顶端，幻想着一阵风吹过，她被吹进那风里，坠落在坚硬的大地上。

那是多么真实的想象，仿佛只要再踏出一步，就会实现。

苏犹怜轻声叹息着，踏入了蓝之圣殿中。

石星御仿佛永远都不睡，永远都不休息。

他永远都坐在圣殿中，雕着新的雕像。冰冷的雕像浮现出一个精致婉转的形体，却没有面容，仿佛倾国倾城的美人，却没有魂魄。

每一座雕像雕成，他都魂不守舍地凝视着它，用手指一遍遍触摸着它那冰封的面孔。接着，在一声叹息之后，又开始新的雕琢。

永远，即使雕尽天下的冰，却也无法雕出那熟悉的容颜。

苏犹怜静静立住，她不想打搅他的世界。

石星御却在她踏入的瞬间，放下玉刀。

他转身，一切感情已完全隐去，就像是等待朝觐的帝王。

“说吧，该如何反运五行定元阵？”

苏犹怜轻轻叹了口气。

“暗之四宝。”

玄陛天书、四极逍遥剑、九灵御魔镜、千佛珠，被命名为太初四宝。它们真正的名字，应该是光之太初四宝，因为它们是在天地初辟时的光芒里诞生的。

有光就有暗，有光之太初四宝，就有暗之太初四宝。有光之五行定元阵，就有暗之五行定元阵。光之阵禁锁魂魄，暗之阵却可以追搜魂魄。

“五行定元阵乃上古仙人所创，以光之太初四宝与暗之太初四宝，作为光暗阵法的枢纽。自从仙人飞升之后，暗之四宝便遗落人间。没有人知道它们是什么，也没人知道它们身在何处。但，有个古老的契约束缚着它们。”

“有光就有暗，有阴就有阳。找到光之四宝，便能找到暗之四宝，反之也一样。”

石星御沉吟着：“光之四宝？”

苏犹怜：“不错，玄陛天书、四极逍遥、九灵御魔镜、千佛珠。”

她轻轻伸出双手。

每只手中闪出一道光。左手是一团不住旋转的镜光，不时有巨大的身影在其中沉浮；右手则是一团雪光，细小的曼荼罗之形隐灭闪现，组成宇宙的八叶形状。

“水之千佛珠，火之九灵御魔镜，都在我体内。五行定元阵非我不可驱动。”

连龙皇都不禁为眼前的形象动容。

自从太初四宝现世以来，从没人能同时执有两件。一件便可名震天下，苏犹怜竟然身怀水火二宝，而且同体和合，二宝融洽相处，当真是令人惊讶。

龙皇之惊讶不过一瞬间，他反手，从虚空中拔出一柄剑。

这柄剑一显现，就迸发出一股惊天动地的王者之气。

剑如龙，却没有一条龙有此剑之威严。

龙威惊天，映得整座圣殿都是一片蓝辉。这便是太初四宝之三，四极逍遥剑，传说中龙皇的佩剑。

苏犹怜柔声道："太初四宝，四聚其三，再拿到那本玄陛天书，便已齐备。"

玄陛天书，在李玄身上。大唐人都知道。

石星御淡淡道："我亲自去取。"

冰峰下传上一个高昂的声音："龙皇！让我去！让我去！我要复仇！"

那是玉鼎赤的声音，它显然无法忘记被紫极老人困了百年的屈辱，以及那场颠覆它"龙生观"的阿拉一战。

石星御沉吟了一下道："好吧，但不要闹得太大！"

耳听玉鼎赤一声嘹亮的欢呼，火柱冲天而起，大地震动、长天崩裂之中，一条巨大的龙影迅捷无伦地向南飞去。复体回生的玉鼎赤燚龙，威力可怕到一动天地皆惊的程度，此去又会将摩云书院闹成什么样子？

苏犹怜轻轻蹙了蹙眉。李玄能否敌得过玉鼎赤？她想让龙皇下令饶过李玄的性命，但在出口的瞬间，却忽然沉默。

李玄愁啊。

苏犹怜到底去了哪里？他又做错了什么？

只见封常青说得口沫四溅、得意忘形，大概是义愤填膺填得太多了，完全没注意到李玄的脸色越来越阴沉，终于被李玄抓住一顿暴打，才跪倒在地，苦苦哀求大师兄的原谅。

李玄心情正不好，哪里肯放过他？

封常青哀号："老大，你不要再打了！你再打下去，我就要死啦！我告诉你，你想找苏师姊，去找一个人准没错！"

李玄："是谁？"

封常青："龙穆啊！一定是他将苏师姊藏起来了！"

说者无心，听者有意。李玄闻言不由得脸色大变。确实，苏犹怜在此时失踪，最值得怀疑的人就是龙穆！

但经过梦魔一役之后，龙穆应该心灵受创深重，自顾不暇了吧？

封常青："哪有！我刚才还见他生龙活虎的呢！"

一片阴云黑压压地压了过来，封常青被一把拖起，无数只漆黑的手伸了过来，在他的惨叫声中，将他硬生生地抻成了怒发冲冠的样子。一道柔光自顶而降，照在他脸上。可怜他被吓得满脸都是鼻涕眼泪，跟这副英雄气象大不相称。

浮空岛缓缓驶来，龙穆正眼都不看李玄，对封常青道："对他说，你要是找不回苏犹怜，我就杀了你！"

封常青惨叫："我不敢！"

奉侍在龙穆身旁的无数白色孔雀腾空翔舞，迅速被一层阴霾所笼罩，它们尾翎扬空而起，化为万道漆黑的鞭影，封常青顿时惨叫连连。

龙穆淡淡道："说。"

封常青："你要……是找……不回苏……犹怜，我……就……杀……杀……杀……"

又是一阵鞭影闪过，龙穆柔声道："记住，人可以输，气势不能输。"

刺啦一声响，万条鞭影在封常青头上凝结，汇聚成一条极大极长，比封常青身形还要粗的孔雀尾翎。

黑影晃动，就要向封常青落下来。封常青吓得心胆俱裂，惨号："你要是找不回苏犹怜，我就杀了你！杀了你！杀了你！"

他害怕没有气势，呜嗷嗷嗷嗷……一阵长啸。

李玄捂着耳朵，难听死了。

他真的不想理龙穆，因为他的心情真的不好。

上古大哲夏玦说过，心即是天地，心情若是不好，就一定会发生坏事情。

李玄拔步就想走开。无数漆黑的鞭影落下，噼里啪啦一阵响，将他前后左右击起一阵暴尘。

龙穆冷冷道："谁允许你走了？"

他的眼角斜斜挑起，满面都是杀气。显然，他是在挑衅，他随时都准备着狠狠揍李玄一顿。李玄无法退缩。

似乎是注定了一般，他这一辈子都要跟这位王子作对，无论怎么都无法避开。在梦魔的梦幻中是这样，在现实中也是这样。他能看得出来，龙穆的心里憋着一股怨气，这家伙很想大开杀戒，在摩云书院中大闹一场，可惜没有个由头。

李玄若是有半点不从，立即就会成为他的由头。

明智的选择是脚底抹油，赶紧溜走。但李玄偏偏就不。他瞅着龙穆，道："有种下来打一场，躲在上面算什么英雄好汉！"

这实在不符合李玄的性格啊！他会被扁成猪头的！

封常青对大师兄怀着的敬爱之心发动了，他惨叫："大师兄，快逃啊！"

李玄脸色大坏，真是降士气！

龙穆冷冷一笑，飞身而下。

他身上的羽衣被风吹开，日光迎着衣上绣的万点雀目照下，奇辉丽彩。只是他脸上的神色却阴冷至极，就像是一块黑色的宝石，看得李玄咬牙切齿，暗暗发誓，就算出动他珍藏十年的阿拉神雷，也要毁掉他这件破衣服！

龙穆自然不知道他的这些龌龊念头，冷冷看着他："你想怎么打？"

长天尽头传来一声呼啸，一团巨大的火球迅捷无伦地向这边冲了过来。猛然一声天崩地裂的大响，那火球砸在他们身旁，整座终南山都震动起来。

一只硕大无比的龙头自火中钻了出来，看了李玄一眼。仿佛确认了目标没错，巨龙一笑，趴伏在地上，打了个哈欠："你们先打，打完了再跟我打。”

这一下落地狂震几乎将在场之人全都震晕过去，良久，那雷鸣般的声音才渐渐消退，就连龙穆脸上，也闪过一阵惊骇。

这龙的修为怎如此之高?

封常青干脆晕了过去。

李玄盯着那只巨大的龙头，突然大叫：“玉鼎赤燹龙?你是玉鼎赤燹龙！”

他哈哈大笑着，走到龙边上，拍着它的龙头：“好久没见了，没想到你脱困之后，竟然如此威风。”

玉鼎赤有些蒙。

它没料到，李玄见到它之后，竟会这么亲热。这亲热似乎是打心底里发出的，自然至极，没有半分做作。就像是远在异乡的故人见到了故人一般。

怎么会如此?

它不是来寻李玄复仇的吗?

那是多么大的仇恨啊！它被那么屈辱地打败了，用的是它终生都为之羞愤的方法！

可李玄为什么对它这么亲热呢?而且是发自内心的！

伟大的玉鼎赤有些蒙。

熊熊火焰仍然在狂烧着，大地因它而降临的雷鸣仍继续着，可它有些蒙。它的声音开始有点软弱，试探着问李玄：“我们不是敌人吗?”

李玄惊讶地望着它：“我们为什么是敌人?”

玉鼎赤拼命想提醒他：“你不记得了吗，香云兽?你刚进书院的时候就跟我打了一架?”

李玄“哦”了一声，他喃喃叹息：“多美好的回忆啊。”

他拍了拍玉鼎赤的肩头：“你不觉得吗?多美好的回忆啊！我们的青春，曾经有一战共同度过。”

啊！啊！啊！

难道还可以这样解释吗?

青春！

是火热的青春吗？

李玄陷入了对往事的追忆，他脸上带着幸福的笑容。

这彻底感染了玉鼎赤。

无敌的青春啊！他们曾经一起度过！

它这么憎恨李玄，而李玄却拿它当美好的回忆，当青春！

玉鼎赤热泪盈眶。

它再也不想找李玄复仇了。它为自己居然那么狭隘、居然为这小小的一件事而记这么久的仇，而满怀歉疚，一定要好好补偿李玄，将它当成自己最好最好的朋友。

李玄感受到它激荡的心神，轻轻拍了拍龙头，示意安慰。他就要杀上战场，在告别自己的亲友。他转头对龙穆道："我们开始打吧。"

玉鼎赤彻底愤怒了。

这油头粉面而又冷眉冷眼的小子居然敢打李玄？

打心胸如此宽广、充满了友情与热血的李玄？

打对自己如此有爱心、有青春的李玄？

他简直是找死啊！

玉鼎赤一声狂啸，喷出长长的火焰："谁想打李玄，就先过我这关！"

李玄跟龙穆都吃惊地看着它，连封常青都吃惊地醒了过来。

玉鼎赤大踏步走出，每一步都踩得大地轰鸣："我要将他烧成粉末！油头粉面的小子最难吃了！"

它笔直朝龙穆奔去！

它，伟大的玉鼎赤，龙皇最钟爱的弄臣，要大开杀戒啦！

第二十三章　他生未卜此生休

龙穆就觉一阵炽热扑面而来。

连绵的群山燃烧起来，烘托出一轮滚滚的烈日。那是玉鼎赤夔龙的身外灵台。万里狂炎炙烤着这片天地，仿佛宇宙还未分割，阴阳二气交织在一起，任何人冲入其中，都会立化飞灰。

无限炎热之中，翔舞着一条通体白玉，只中间一道精火龙髓的巨龙，宛如万里长城一般，横亘在群山火海之中。

这是幻象，亦是无比的真实。

身为先天火元的龙中之神，玉鼎赤夔龙的实力绝不容小觑！

龙穆立即后退！

阴云密布，他身后的千名玄兵，立即化成一团乌翼，缭绕在他身后。

龙穆嘴角挑起一丝讥诮的笑意，手指挥出。

但，他的动作在这一刻停止。

因为，方圆百丈之内，尽皆化为火海。

玉鼎赤夔龙的身外灵台，已将他，以及他的千名玄兵，全都罩了起来。这片天地，已成为玉鼎赤夔龙的天下。

苍茫的龙吟中，龙穆一口鲜血喷出。

他身子凌空飞退。

玉鼎赤夔龙傲然长啸，似乎觉得龙穆的修为，尚不足撼动它的威严。

龙穆脸上闪过一丝怒意。如今他心中烦闷无比，一点点小小的怒火都可能把他完全引燃。他猛然一抬手。

“成住坏空，唯日不灭！”

浮空仙岛上的佛像，亦做出与他完全相同的动作。

混茫的佛唱声同时响起。

“成住坏空，唯日不灭！”

龙穆的指尖上腾起一点小小的光，但无论玉鼎赤赑龙燃起的火海多么炽烈，都无法掩盖这点光之精芒。

因那是日，大日。

龙穆手指凌空划下。佛像手指凌空划下。

光变成一道线，笔直树立在龙穆身前。

龙穆踏空而立，长发炸开，宛如一簇金色的火焰，飞绕在他脑后。他双手垂立，冷冷看着玉鼎赤赑龙。

玉鼎赤赑龙打了个哈欠。

“大日至的小东西。”

“我该拿你怎么办？”

“就这样烧死你，还是给秃老头留点情面？”

龙穆金色的长发猛然扬起，瞳孔中充满了可怕的血色。玉鼎赤轻蔑的言语勾起了他在噩梦中受到的伤痛，他狂怒的心鼓动着鲜血，盖过了对这条神龙的恐惧：“再上前一步，就死！”

玉鼎赤的龙睛一下子睁大：“真的吗？”

它小小踏上一步，涎着一张巨大的龙脸，问：“死没死？”

龙穆脸上的神情骤然凝结。

——这，这是伟大的神龙吗？这是修成了最高级的身外灵台的无敌对手吗？

他的愤怒竟一时凝结。

这简直让玉鼎赤乐开了花。

“死没死？死没死？”

它巨大的身躯笑得打跌。仰天长长喷出一天冷雨，四溅开去。

雨……这可都是这条巨龙的唾沫啊。

一想到这里，龙穆的双手不由得顿住。

眼看落雨越来越大，几乎将大地都打湿了。

龙穆像一棵树般浮在空中，一动不动。他的身形竟有些踉跄，强烈的恶心感战胜了愤怒与羞辱，在这漫天肮脏的涕泪中，他完全不能多待一刻。

“记住，你我会有一战。”

玉鼎赤欢跃鼓踊的身形顿住，它巨大的龙首上透出无比的真诚。

它伸出手，一根龙趾指向苍天：“我们的青春，必将有一战共同度过。”

龙穆身形一阵踉跄，几乎无法跨到浮空岛上。

他不能控制心中一阵作呕。

可怜的光与暗的王子，引领无数玄兵与荣耀的日之神，必将统率古老的国度走向传说的王者，就这样被打败了。

李玄笑瘫在地上。

怎么会有这样的事情发生？

很明显，不可一世的龙穆不是被打败的，而是被恶心走了。可怕的唾沫纵横，可怕的恬不知耻，玉鼎赤夔龙竟然有不亚于阿拉神雷的天赋。

玉鼎赤夔龙围绕着他欢呼跳跃，庆祝着胜利。

李玄搔了搔头，这让他想起了咕噜。伟大的玉鼎赤不应该这样才对。

巨大的身躯猛然停住，玉鼎赤也领悟到自己的失态。一百年没活动了，脑袋有点秀逗了。它讪讪地摆了摆头，突然一声怒吼：“我记起来了！我是有使命的！”

这么巨大的转变让李玄跟封常青有些目瞪口呆，呆呆地看着它。

玉鼎赤夔龙昂天一阵火焰吐出，脸上立即变得凶巴巴的。

“我是来抢玄陛天书的！我是来抢劫的啊！快些将天书献上来，

否则我就杀了你！”

它愤怒咆哮，凶性大发。

李玄小小的声音响起：“不要变脸变得这么快行不行？”

玉鼎赤燹龙粗大的脖子立即梗住，身子停顿，呼吸停止。它的脸变得尴尬无比。

它是只敏感的龙，它也不想这样啊，但不这样，怎么好意思去抢李玄的东西？

龙皇，伟大的龙皇，为什么分派给我这么抹杀人性的任务？

它完全忘记了，这是它自己争着抢着来做的。

它眼中浮现出了哀怨的泪。

李玄：“你想要玄陛天书吗？给。”

他从怀里掏出天书，递给巨龙。

玉鼎赤燹龙睁大了眼睛，吃惊地看着李玄。

他是这么慷慨，居然将如此贵重的东西送给自己？

它认识天书，它当然认识天书，它当然一眼就看出来这是货真价实的天书。

李玄叹着气。

“我知道你之所以变脸，是觉得不好意思抢我的东西，所以我不如主动送给你好了。”

多么善解人意的人啊！巨龙感动得热泪盈眶。

它会对他好的，一定会对他好的。它欠他一个人情。

一龙一人执手相看泪眼，竟无语凝噎。

这是友情，这一定是友情。

玉鼎赤燹龙带着天书，踉踉跄跄、浑浑噩噩地向北极飞去，一面泪眼蒙眬地想着。

太感动了。

红月崖上，天书爷爷叹着气，跟李玄并排坐着。

“这龙可真是笨。”天书爷爷睿智而充满世故地说。

“它难道不知道我已被紫尊施了法术，无法离开你了吗？”

李玄想不笑，却无法掩盖住自己的得意。他使劲踹下一块石头，看着毒龙潭中的雷拏遮罗暴怒但无可奈何的样子。

“是不是每条龙都这么笨？”

面对龙皇的盛怒，强大如玉鼎赤，也不由得瑟瑟发抖。

它低头看着自己的龙趾，它无法明白，想破头也不明白，玄陛天书明明被它紧紧抓在手中，怎么一到大魔国就不见了呢？

苏犹怜终于放下心来了。但她不能让龙皇亲自去找李玄，于是她道：“那就先这样吧，好在要寻找暗之四宝，并不需要光之四宝齐聚——有三件就已经可以开始了。”

她伸出手，细细的雪花在掌心出现，跟阵图搅在一起。苏犹怜挥手，雪落在圣殿中间，绘出五行定元阵的图样来。

径长三丈的圆，圆周上五个等分的点，细线连接成五芒星。

微微散发出雪光。

谎言绝不多，只有一句。对待龙皇这样的人，绝不能多说谎，但谎言若是致命，一句就够了。

“光之太初四宝与暗之太初四宝一一对应，彼此之间交感互连，一阴一阳，冥冥之间若有联系。所以，将一宝放入五行定元阵中，发动阵法，则能感应显现出另一宝来。

“但五行定元阵必须靠先天阴阳二气才能引动。集齐光之四宝自然最好，但若不齐，就只好找别的来替代了。龙皇座下四大神龙秉先天地水火风而生，正是阴阳二气的源头，恰好合用。

“就请四大神龙就位。”

苏犹怜将四极逍遥剑插入阵法中，静静地看着石星御。

五行定元阵分光之阵与暗之阵。

光之阵可镇压人之神、心、意、形、体，暗之阵可穷搜魂魄通达幽冥甚至起死回生。

光之阵用光之太初四宝引发，暗之阵用暗之太初四宝引发。

光之宝与暗之宝相互感应，可通过五行定元阵来寻找。

这些都是真实的。

石星御虽然没听说过，但细推其理，却也不难相信。这亦是阵图卷轴上所载之语，那是当年创此阵法之仙人所书写的，绝非后世之人所能篡改。

但这之中隐含着一个谎言。

一个只有苏犹怜才知道的谎言。

谎言若是致命，一句就足够了。

石星御沉吟着，他伸手。

指尖闪烁出四道光华，地水火风，分形金乌赤碧四色，夭矫舞于空中。龙吟声苍苍茫茫响起，四大神龙霍然在冰之圣殿中出现。

皇极惊世龙、玄天霸海龙、玉鼎赤夔龙、青帝真炁龙，同时蹲伏跪拜在龙皇四周。它们巨大的龙首上全都肃穆无比，就连玉鼎赤夔龙也不敢再有丝毫顽皮。

石星御手指出。

五行定元阵，阵分五极，分别是圆周上的五个点。圆周象征着混沌，亦象征着被圆周分割开的内外阴阳。而五个点，在阴阳之间，便是五行。五行用细线相连，形成五芒星，将圆切裂成大小之块，象征着五行生克，化生出天地万物。这五行定元阵看似简单，却深藏着阴阳五行的繁复变化。

石星御手指出，插在五行五极之一上的四极逍遥剑发出淡淡的光芒来，似是在召唤，亦似是在等待。而其余四极，则腾出淡淡的光辉，地水火风，分别是金乌赤碧之色。

“皇，我觉得这是个圈套。”

玄天霸海龙双目中闪着狡诈的光芒，不停地扫视着苏犹怜。

它不信任这个女子，它不信任任何人，除了龙皇。

青帝真炁龙不耐烦地道：“你担心这么多做什么？相信龙皇就可以了。伟大英明的龙皇，他用无尽的威严统率我们，龙皇是不会错的！”

玉鼎赤漦龙欢快地甩着尾巴：“我们快开始吧，我早就听说过五行定元阵了，可还没尝过它的滋味呢。”

皇极惊世龙点头：“干吧！”

四大神龙身躯渐渐缩小，默默站在四极之上。

巨大的冰之圣殿，突然变得肃穆起来。

隐秘的光辉自五行定元阵中迸发而出，汇合成柔和而夺目的一片清光，向外冲去。苏犹怜猝不及防，几乎跌倒。

一只坚定的手臂伸了过来，扶住了她。

她抬头，就见石星御不知什么时候站到了她身侧，正目不转睛地看着阵中。

苏犹怜轻轻咬了咬唇。

她从这双眼睛中看到了希冀。

春天的花还没有开放，冬天的雪还未融化，挖开冰封的泥土，会感觉到一丝湿润，那是希冀。

这希冀终究有一天会钻出地面，盛放成片的桃李。

但，也可能冰雪太厚，它注定永远无法钻出。

苏犹怜轻轻咬着唇，跟他一起看向阵中，心却在轻轻抽搐。

突然，一阵惨号声自阵中传了出来。

那清光看似很薄很淡，却紧紧缠绕着四大神龙。神龙们脸色看上去竟十分紧张，同时将身外灵台放了出来。群山、大海、火日、长空，这四大灵台在终南山上具现之时，几乎将天地都翻覆过来了，若是四大灵台相合，发挥地水火风四相生克之妙用，将威力无穷。但在这薄薄的清光压迫下，四大先天灵台竟变得微弱无比，堪堪将神龙的躯体覆盖，更不要说联合在一起了。

四大神龙狼狈无比，玉鼎赤漦龙首先忍不住，惨嚎起来。陡然清光猛然一敛，四大灵台收势不住，同时暴涨。刹那间暴烈狂逸的地水火风连为一体，炸雷一般向四周横扫过来。天地崩摧，犹如一万座绛云顶同时火山爆发！

石星御一手前指，一手挽着苏犹怜。地水火风激发出的无边浪涛打到两人身边八尺处，便化为乌有。

石星御依旧只注视着阵内。

玉鼎赤叕龙苍茫怒啸，一口恶气发不出来，摇首摆尾，一尾向五行定元阵狠狠砸去。

这几乎是它本能的反应，就在此时，插在阵中一直一动不动的四极逍遥剑猛然发出一声悠长的龙吟。

阵法陡然一变！

清光四合，画成阵图的雪线突然变得炽亮无比，精光耀眼，上冲苍天。静止的法阵突然旋转起来，五芒星正中，陷开成一团漆黑的旋涡，巨大的吸力狂啸而出，噬咬着四大神龙身上的地水火风之元气。

在玉鼎赤叕龙惨啸声中，硕大的灵台被咬得满目疮痍。四只巨大的身躯竟不能抵挡旋涡的吸噬，一步步向阵法中心移去。龙吟声窘迫无比地响起，四大神龙各自现了法体，八只前爪相互抵在一起，拼了全部力量，才勉强挡住那股强大到诡秘的吸力。

突然，天上天下，归于寂静。

那么一瞬，没有光，没有影。

没有声音，没有颜色，没有思绪，没有轮回。

那是绝对的静，将一切都包裹在其中。

然后，旋涡中猛然迸发出一道清光，直冲苍霄。

清鸣声宛如天地互撞的鸿音，响彻天地。

与此同时，南面的天上，也飞出一道清光，与这道光相互映耀。

五行定元阵中冲起的清光，隐隐变化成一柄剑的形状，与四极逍遥剑极为相似，只是大了几百倍。而东南天上的那道光，却聚合成一只血红的鼎，浮空隐现，良久，不但不散，反而越来越亮。

这便是光之太初秘宝与暗之太初秘宝的感应。

犹如两个倾心相恋的人，就算隔着生死，隔着轮回，隔着千里万里，也会彼此感应，无法释怀。

这一刻，凝视着空中相互感应变化的两道清光，苏犹怜忽然恍惚起来。

石星御的目光混合着一丝复杂。

“龙鼎血华？”

苏犹怜身子一震。

在摩云书院的学习中，她学到了很多事。龙鼎血华就是其中的一部分。

当年石星御龙皇之名名动天下，四极逍遥剑令天下慑服，但他手中的另一件宝物，则令天下恐惧。

那就是龙鼎血华，一件可怕无比的宝物。

传说，石星御的蛰龙大法，就是借龙鼎血华修炼而成的。蛰龙大法妖异无比，任何人中法之后，都会成为石星御的身外化身，生命、修为、尊严、身体，都归他所有，终生都成为他的傀儡。此法无形无迹，没有人知道石星御如何施展此法，也没有人知道如何破解此法。是以天下人谈石星御色变，唯恐他找上自己。

想不到龙鼎血华，竟然是与四极逍遥剑互为映照的太初暗之秘宝。

这是否也是冥冥中的某种讽刺？

清光暗淡消散，石星御突然凌空一指。

“我威如天！”

浩瀚的声浪冲天怒发，似乎是天雷下击，慑服诸天神魔。

十万里长空，本集聚着无数云团，但随着这一声吟啸，覆盖着大唐国的天空，变得完全晴朗。

那天晴得就像是混沌刚刚开辟，天底下第一个生灵睁开眼睛，第一次看到的那样。

那是纯粹之中的纯粹，洁净之中的洁净，没有半分玷染。

将要隐没在虚空中的血鼎光影，突然顿住。

隐秘的光华自光影中升起，缓缓浮动，向空中飘去。那是石星御的手指，在缓缓上抬。他的指尖似乎越过了千里万里，点在了光影之上，指若上抬，光影必须上抬。

光的最下面，是一只小小的血鼎。

龙鼎血华。

传说中上古大神应龙的血脉所化的秘宝，这个世界中永垂不朽的暗之太初四宝之一。从一降生，就沾染着无穷怨念与血腥的罪恶之花。

隔着千里万里，这座小小的血色之鼎，竟看得那么清楚。

石星御手指仍在上抬。

光影牵扯着血鼎，缓缓上浮。一团隐秘的影子，垂在血鼎之下，在声嘶力竭地挣扎着。但无论他用尽什么办法，都无法从石星御的虚空中逃脱。

那团影子像是感受到什么，骤然停止挣扎，两只眸子越过虚空，死死地盯着石星御。

他的力量在这一瞬间用尽。

鲜血从他苍白的唇中沁出。那原本纤长、优雅的影子，此刻就像是一块拖过满地鲜血的裹尸布，肮脏，凌乱，血腥。

石星御双眸微微抬起。

心魔。

本属于他的秘宝，龙鼎血华，竟在心魔手中。无怪乎心魔能够创造出那么逼真的龙皇幻影。

石星御凝视着心魔。

那是他的影子，没有他，就没有心魔。

没有他的心，就没有心魔。

而今，心魔就像是影子一样垂着，心已被剜出。

他仍然记着，在终南山头，心魔是那么急迫地剜出了镇压在身体中的他的心。

他也记得，正是这个魔头，化身他的幻影，残忍而冷静地杀死了他一生的挚爱。

隐秘之光自天之尽头垂下来，他的影子被这束光照得好远好远，隔了十万里的长空，投射在心魔身上。

那是他自己。

是他自己的心，杀了九灵儿。

是他自己，成全了吟唱在他耳边的低低谶语。

石星御的心中浮沉着一抹隐痛。

他该杀掉这个操纵人心的魔头吗?

他静静地凝视着心魔。

十万里长空化成一面镜子，他在镜中看着自己的影子。

好冷的风。

吹过身体，吹过心头，连相思都被吹冷了。

第二十四章　蓬山此去无多路

心魔忽然全身颤抖起来，他声嘶力竭：

“救我！

“救我，我全部的力量都给你！

“救我，你全部的愿望都能实现！

“救我！”

苏犹怜能够看到，石星御嘴角挑起一丝冷笑。

她不禁叹了口气。

她实在想不出，天上天下，还有谁能够救得了心魔。

她没有见识过百年前的那惊天一战，她也无从知道百年前，石星御究竟强到什么地步。

但她知道一件事。

现在的石星御，绝对要比百年前还要强。

百年前的石星御，虽然天下人都惧怕他，但他的强还有迹可循，强如神，强如魔。但现在的石星御，却隐然如天。

他的威严，仿佛无远弗届，无强弗凌。

在他面前，十万里的广袤时空却只如在眼前，强大如心魔却只如婴儿。

就算君千殇复出，能胜得了他吗？

苏犹怜心中没有答案！

这样的人，是一个谎言可以致命的吗？

苏犹怜亦没有答案！

“救我！我能让石国复国！”

心魔如杜鹃泣血。大片大片的血随着他的嘶吼喷出，他就像是庸手染成的布娃娃，满身都是大块的色斑，被粗暴地扔在石座上。

“石国”这两个字让石星御微微动容。

更动容的，却是随着心魔的呼唤出现在天之链堑上的一个高挑挺拔的身影。

长长的剑，长长的腿，长长的眉。

石紫凝谨慎而疑虑地打量着心魔。无疑，“石国复国”这几个字对她有着无比的诱惑力。

心魔向她张开双手。

他像是个等待拥抱的孩子，脸上闪出焦灼的欢喜目光。

“救我！”

他咳出一团浓烈的鲜血，苍白的脸上呈现出不寻常的嫣红。

石紫凝疑虑地退了一步。

“救你？你怎么了？”

心魔抬手一指，指向石星御。

石紫凝回头，身体一震。

石星御仿佛天上的神祇，隔着千万里的空间，凌空而立，傲然望着她。

他望着她，就仿佛望着天下蝼蚁般的芸芸众生。

心魔嘴角划出一个隐秘的笑容：“对于他来讲，石国太小了，你若想复国，就只有靠自己的力量。”

石星御轻轻叹息。

他像是在叹息自己心底发出的这段声音。

光影凝成的血鼎，忽然爆开，一寸寸向下轰去。

轰过万里长空，轰过龙鼎血华，轰向心魔。

心魔突然惊恐起来，他撕心裂肺地大叫：“救我！救我！我会给你全部的力量，全部的力量！”

石紫凝犹豫着。

她眼前忽然出现了一团幻影。

前进一步，是女王的桂冠，石国复国的荣耀；后退一步，是地狱的灰暗，她跪在地上，折戟沉沙，面对无法承受的失败。

——对于他而言，石国太小了！

她不禁回头，苍穹是如此辽阔，而映在其上的那个人，青天不过是他的影子。

石国对他来讲，实在是太小了！

石紫凝的心抽搐起来。

她忍不住踏上一步，浑浑噩噩地踏上一步。

心魔发出一声欢呼，猛然向她冲了过来。

他化成一片淡淡的影子，钻入了石紫凝的身体。

石紫凝并没有感觉到任何的异样，也没有感受到有力量涌入。

心魔只带来了一抹凉，顺着她的血，钻入了她的心房中。

奇怪的是，她却能分明地看到，心魔就像是个孩子一般，蜷缩在她的心头，沉沉睡去。他的脸色平静而安详。

像是只要躲在这里，就不用惧怕任何人。

石紫凝呆了呆，不禁抬头仰望。

青天上那个人，深深向她凝望着。他会不会杀了她？他方才施展无上威严，是为了杀死心魔，如今心魔潜入她的心中，他会不会杀了她？

究竟是为了什么，心魔那么安心，只要进入她体内，便不会害怕？

但石紫凝却不敢安心，她拔出了长剑。

青天上的那个人影静默片刻，缓缓消失。

苏犹怜也没料到石星御竟然会住手。虽然石紫凝是石国末裔，但像龙皇这样的人，应该不会将血脉看得很重才是。那他为什么停手？

他那么爱九灵儿，心魔可是杀死九灵儿的凶手啊！

“你不恨心魔吗？”

石星御沉吟不答。

苏犹怜静静地看着他：“你为什么不杀掉他？”

石星御面容冷了冷。他那淡淡的表情让苏犹怜觉得有些刺眼，她忍不住讥刺道：“或者，你其实根本不在乎九灵儿？”

石星御倏然转头，目光凛凛盯住苏犹怜。

天塌地陷，白虹贯日。伏尸百万，流血漂橹。

天子之怒。

苏犹怜感到一凛。龙皇的尊严瞬间贯穿了她，就像是一支箭贯穿残破的丝帛。在这个男子面前，她是那么孱弱、卑微。

但她不想退缩，目光逆着他，看进他湛蓝的眸子里。她的声音，尖锐得就像是一根针。

“还是说，你爱着的，只是自己的爱情？”

“放肆！”天地轰鸣，石星御袍袖一拂，诸天星辰一齐闪现，旋绕在他身侧。

他凌空而立，傲如天神。

冰峰、圣殿、大魔国全都消失不见，苏犹怜仿佛置身在太空中，周围是千亿星辰，以及一尊暴怒的魔神。

星辰爆炸，碎裂，魔神雷鸣怒吼。

她应该战栗的，小小的雪妖，应该从骨髓深处滋生出恐惧来。

但苏犹怜的目光中没有半分惶恐。

宁静，那之中只有宁静。

仿佛一百年前，那双哀怨的眼睛。

石星御满身的杀气忽然消散。

他缓缓闭上眼睛，千亿星辰幻化成漫天萤火。

圣殿伴随着幽淡的蓝光出现。

那一刻，他满头的蓝发是那么落拓。

他转身，慢慢走到一块冰旁边，开始雕刻。

一缕缕线条，像是一道道长长流下的泪，从冰雕上滑落。

每座雕像，都是一尊静静哭泣的生命。

苏犹怜萎坐在地上，呆呆地看着他。

那一刻，那句话，她竟然感受到了强烈的悲伤。

宛如一百年前，龙皇城中，哭到无泪的是她，而不是叫作九灵儿的天狐。

那句话，是替九灵儿问的吗？

每一天，都是相似的或者不相似的，日复一日地过去。

依然是一样的冰峰，一样的圣殿，一样的两个人，四条龙。

苏犹怜静默地画下五行定元阵，然后，她站在了阵的一极上。

因为两藏千佛珠就是她，她就是两藏千佛珠。无法分割，亦无法逃离。

玉鼎赤燚龙畏畏缩缩地走上前来。它睁着巨大的眼睛，无辜而委屈地看着苏犹怜："咱能不玩这个吗？这太不好玩了！"

青帝真炁龙道："别废话了，皇的决定你敢逆改吗？伟大而英明的皇啊，让我们将一切全都奉献给他，鲜卑！"

玄天霸海龙一把拉住玉鼎赤燚龙："要不你去跟皇说一下？或许他会听你的呢。"

皇极惊世龙打了个大大的响指："干吧！"

各就各位，冲天清光再现。

这是一只玲珑剔透的珠子，无数光影附着在上面，变化出这个世界的千姿百态，又流散成片片曼荼罗之像，回归到虚空中。

那是两藏千佛珠的本相。

遥远的西南方，也隐隐腾起一道清光，与两藏千佛珠应和。那是一只盘子的形象，上面镂刻着日月山川、鸟兽虫鱼的花纹，翔舞灵动，犹如真实。只是所有的一切全都笼罩在沉沉阴云中，死灵般怪异地蠕动着。

清光之下，大雪山那瑰丽的身姿，隐约可见。

石星御静静注视着清光，直到它消失。

四条龙瘫倒在地上，几乎连喘气的力气都耗尽了。

苏犹怜却没受到丝毫的损伤。她静静地望着石星御，目光中有一丝讥嘲。

“这次，你怎么不用一根指头就将暗之秘宝夺回呢？”

石星御不答。

“难道你不是那无所不能的龙皇吗？”

石星御恍如没有听出她话语中的嘲讽，淡淡道：“这次的暗之秘宝，是在雪圣手中。”

苏犹怜的心弦震了震。

要将这个魔头引到师尊那里吗？

石星御缓缓仰头：“人、神、妖、仙的修为可以化为灵台，修为更深的则具现为身外灵台。但只有三大地仙，可以将身外灵台由虚炼实，并与灵山大川相合，化为灵域。在其域中，地仙便是无敌的，任何人都无法战胜他。而大雪山，正是雪圣的灵域。”

苏犹怜不相信：“难道终南山不是紫尊之灵域？还不是被你闹得灰头土脸？”

石星御沉吟着，慢慢道：“紫尊之灵域，不是终南山。”

苏犹怜：“那你呢？你的灵域又是什么？别告诉我你还没有修到这一步。”

石星御淡淡道：“我的灵域，便是这片青天。”

他背着手，萧然而立，青天恍惚间与他结成了一个整体。

他就是天，天就是他。他那长长的蓝发垂下来，随风飘动，仿佛天上的雨静静地落着，绝无人能止息。

苏犹怜站在他面前，无力感油然而生。

这样的人，绝非人的力量能够打败的。

她轻轻咬着嘴唇，皱起了眉头。

大雪山。

石星御握住苏犹怜的手腕，虚空浮在半空中。

玉鼎赤篯龙化成一团火云，缭绕在他们周围。他们两人御龙而行，瞬息千里，飞向茫茫的雪山。

虽然是雪隐上人的弟子，苏犹怜却从未跨入过此地。

她的故乡，是冰冷的雪原。

遥遥地从云中看去，她的心忍不住震动。

大雪山竟是如此之大，连绵横亘，真有千里之广，上面一片雪白，积压着从天地开辟时就落满的玄雪。大雪山呈一道极宽极广的弧形，挡住北方吹来的寒风，将一块极大的山坳抱在怀里。周围全都是无穷的冰雪，但山坳中竟温暖如春。山顶上的积雪融化，潺潺流下，形成一条大河，蜿蜒流过山坳。河两边，是葱郁的树木、整齐的青稞田。牛羊在草原上悠闲地行走着，啃吃着雪水滋润的青草，白色的毡帐坐落在树林中间，十几个一起，形成小小的村落。一眼望去，这样的村落足有几百个，散落在巨大而温暖的山坳中。

而大河流出山坳，便变成冻结的冰川。周围是陡峭的山峦、冰封的道路，只有在这座山坳中，才能安居乐业，休养生息。

这座山坳，是苍天对人民最后的恩赐。

山坳中的牧民们脸上都带着满足的平静，他们安享着眼前的生活，幸福地劳作着，种下青稞，牧着牛羊，造起宏伟的佛殿，祭祀着他们的虔诚。

他们见玉鼎赤篯龙携无上风火轰隆而来，并不惊怕，自顾自地劳作着，仿佛没有看见，又仿佛司空见惯。

玉鼎赤篯龙大觉诧异，从没有人这么忽视它，何况是这些一点本事都没有的贱民！它决定冲下去，好好吓他们一下，却听石星御道：“玉鼎赤，停下来。”

玉鼎赤篯龙不甘心地哼哼着，不敢违抗龙皇的命令，按下云头，停在大雪山之前。

石星御抬头，静静地看着大雪山。

良久，他就是这么静静地看着，没有任何表情，没有任何动作。

大雪山也在静静地看着他。

“一百年前，我便登上山顶，质问雪圣……”

石星御淡淡道。

“但雪圣没有给我答案，他只告诉我，我就是魔，不可能成人，也不可能成神。”

他转身，冷冷面对着苏犹怜。他转身，仿佛大雪山也一齐转身，万年的冰寒，全都涌向苏犹怜。

“今日再来，我很想问问雪圣，我是否还是魔。”

他伸出手，两根手指屈起，向大雪山上叩去。

就像是普通人在敲门一般。

整座大雪山猛地发出“嗡嗵”“嗡嗵”两声轰响。

山前山后，千万生民全都惊愕地放下手中的活计，呆呆地看着大雪山。他们从未想到过，神圣的大雪山竟会发出声音。

玉鼎赤叕龙心痒难搔，恨不得自己也来上这么一手，让别人惊愕羡慕不已。

石星御朗声道：“雪圣，你不肯见我吗？”

他屈指，再度向大雪山上叩去。

一个苍老的声音叹息着，雪隐上人那矮小的身影在大雪山顶浮现。

“龙皇，你还要找我这老不死的做什么？你要复国就复好了，反正你现在天下无敌，再不用惧怕什么了。”

石星御摇头：“雪圣，我不想复国，也不想复仇。我二次出世唯一的目的，就是取回我的爱。”

他躬身，向雪隐上人一拜：“请雪圣成全，借我泥犁盘。”

雪隐上人身子一震，大雪山轰鸣：“你说什么？”

石星御淡淡道：“泥犁盘，便是暗之太初四宝之一吧？雪圣，我需要它来聚合九灵儿的魂魄。”

雪隐上人目光炯炯，盯住石星御。

石星御淡淡微笑。

雪隐上人冷冷道：“跟我来！”

大雪山南，所有的寒气全被阻挡住，风和日丽，人民安居乐业。大雪山北，却是穷寒极冷，荒凉贫瘠，山穷水恶，荒烟蔓延。

雪隐上人手一指，大地震响，露出深不可测的一只大洞来。下面黑漆漆的，看不清有些什么。

“泥犁盘就在下面，你若想要，那就拿去好了！”

石星御躬身道谢。

雪隐的瞳仁渐渐收缩，盯在他身上。

“昔日我成道之时，大雪山四周都是穷荒之地，民不聊生。我发下大誓愿，要给人民一个富饶美丽的家园，因此，才将大雪山炼成我的身外灵台，为他们挡住寒冷天风；再擒住大雪山周围千里内的亿万魔兵妖将，镇压在山北地洞中，炼化它们之修为，滋养山南土壤，使极寒之地，也能长出粮食来。”

他紧紧盯住石星御：“纵然我修为参天，但人力毕竟有时而穷。只有借助上古异宝——泥犁盘的威力，才能镇压住这些妖魔。你若取走它，大雪山气候立即就会恶化，山周围千里内都将变得贫瘠无比，再也不能生长一粒米。那时，将满地饿殍。而地洞妖孽失去镇压，将会再度出世，肆虐人间。”

石星御静静听着。雪隐的声音变得深邃而遥远：“你说你再出世之后，不再是魔，我也试着相信这一点。你是我造下的孽，我也希望有一天能解脱——但若你拿走泥犁盘，你将造下前所未有之罪孽，亿万生灵，将会跟你一齐堕在这孽中，永世不得超生。”

他抬头，长长的白眉垂下来。

三位地仙都是大慈悲之人，他们深爱着他们生长的土地上的人们。

紫极之于大唐，雪隐之于吐蕃，大日至之于天竺，都是尽力呵护，无所不用其极。也正因此，所以天心眷护，让他们修成了无上之功德。

但就在此刻，这无上的功德，却将化为魔劫。

雪隐苍老的眼角上，似乎隐含着一滴泪，那是为魔劫而流下的泪。他抬手，大雪山仿佛骤然缩小，山前山后，千里之内的一切都历历在目。

“看看吧，伟大的龙皇！看看这些劳作着的子民，看看他们的幸福！他们都是人啊，都是跟我们一模一样的人！他们每个人都是你、都是我！难道应该为了你所谓的爱，将他们尽数杀掉吗？”

他怀着希冀，深深地望着石星御。

石星御慢慢抬头，他的目光，望向的是苍茫的天宇。那天宇看上去是那么远，那么寂寞。

那是纵使在千人万人中，在大声的欢笑喧闹中，仍能够在一低头时就感受到的寂寞。

“纵使诸天崩坏，大地灭绝，我亦要见到她。”

风，幽静地吹起。

雪隐上人眼中的希冀被一点一点吹散，枯萎。在冷风的催逼下，他矮瘦的身躯，看去就像是一截早就干枯的朽木。

他踉跄退后，满目都是萧索。

石星御静静面对着雪隐：“出手吧，雪圣。在大雪山里，我亦没有把握击败你。”

“不。我不会再向你出手了。”雪隐坐倒在地，他像是一瞬间老了几百岁一般，双目中尽是荒凉的颜色。

“你要去就去吧……”

“我只是要告诉你，泥犁盘经我重炼后，有化尽群妖之威力。我这位小弟子，也出生于妖族，会受化妖之力的极大戕害，所以是绝不能陪你下去的。没有千佛珠的指引，你要找到泥犁盘，需要一百零八天的时光。龙皇，我只有用这种方法，才能够延缓你的罪过……”

他衰朽地闭上眼睛，无力面对即将发生的一切。面对着自己亲手造下一生中最大的孽，他不想再抗争。

“不。她一定要随我下去。”

雪隐倏然睁眼。

石星御双目中没有丝毫的感情，他淡淡说着，就像是面对着一盘残棋。

雪隐，苏犹怜，都仅仅是棋子。

棋子是不会感受到痛苦的，就算被杀掉，也会在重来一盘的时候，再度回到棋盘上。

输赢，也无所谓，反正，总会有重来一盘的时候。

“我已不能再等。”他扼住苏犹怜的手腕，不允许她有丝毫的反抗。

就像是坐拥天下的帝王，旌麾指处，灭城屠国，不允许任何人质疑。

他强行拉着她，跃下了那无限深邃的地洞。

雪隐枯坐在堆满雪的大石上，良久良久，一动不动。

他不敢再去看大雪山一眼，因为他知道，他辛苦营造出的世外桃源，人民唯一的寄身之地，即将消亡。

他们将流离失所，贫穷，死亡。

那是孽，他无法规避的孽。

第二十五章　一世荒城伴夜砧

地洞中是沉沉的黑暗，宛如自远古以来，这里就从无天光照临。

苏犹怜努力睁大眼睛，想看清楚洞里面究竟有些什么。她的心中有一种恐惧，自从进入这个洞中之后，她就忍不住害怕，却不知道自己究竟在害怕什么。

就在她的身体全部进入地洞的瞬间，仿佛天地间所有的光都在这一刻隐没。

突然，她发出一声惨叫。一股神秘的力量贯穿了她的身体。她修行千年，妖力虽不强大，但也绝非弱小，但在这股力量面前，却完全没有用武之地！她在感受到这股力量的瞬间便被击溃！

一股强烈的悲伤伴随着力量侵来，瞬间将她的心房灌满。这股悲伤是那么强烈，她竟无法阻挡，只能眼睁睁地等待着它将自己撕裂。

那是完全无助的绝望，让她痛彻心扉。

她忍不住发出一阵呻吟，孱弱地抬起头，祈求石星御的帮助。他不是有求于她吗？想必不会看着她如此痛苦吧？

但石星御的脸色却是那么冷。苏犹怜所感受到的苦难，仿佛没有半点沾染到他身上。他冷冰冰的声音击碎了她的软弱："这便是泥犁盘生出的化妖之力，用全部心力去感受它，找出泥犁盘来！"

他反手，将苏犹怜推出他龙力笼罩的范围，让她完全暴露在这庞大而深邃的痛苦中。

瞬间，苏犹怜所感受到的痛苦骤然增加了十倍！她像是一片落叶，在化妖之力疯狂的侵蚀下破败，似乎下一秒就会晕死过去。

但她紧紧咬着牙关，绝不再让半点呻吟逸出。

因为，石星御的脸，是那么冷。

那么残刻。

他既然不在乎她，她又何必再祈求？

两人缓慢下降，漆黑的地洞，慢慢明亮了起来。

光芒是从一朵朵彩色的云上发出的，那是宛如曼陀罗花一样美丽的云，泛着七彩的光辉，在地洞中飘荡着。地洞越往下越深广，再下降百尺，已变得辽阔无极，看不到边际。云朵缓缓在其中飘着，被下方透射上来的微光照耀着，幻化出彩虹般的美丽来。

云朵中隐隐有玉阁龙楼，飘浮其上。每一座都美丽至极、精致至极。楼阁中隐隐有人影闪现，每一位都身着华美至极的服饰，或坐或立，或行或卧。他们身周，盛开着琼花瑶草，溢荡着玉液琼浆，望之宛如神仙一般。

他们也都快乐无比，挥觞作乐，隐隐有仙乐传了过来。

这，无疑是神仙境界，又怎会是泥犁地狱？

苏犹怜身上感受到的痛苦与心中泛起的绝望一丝不减，却不禁疑惑，呆呆地望着这一座座飘荡的乐国。

突然，遥远的洞底传来微微的一声轻响。

所有的云中之人，动作全都静止。

他们的脸上，全都挂上了悲哀之容。

一如苏犹怜心底所感受到的悲哀。

炽烈的火光，从洞底轰然烧了上来，所有的七彩云团，被那团火光沾到，立即炽烈地燃烧起来。

苏犹怜身子猛地一震，剧烈的疼痛立即充满全身。她只有用力地紧紧地咬住嘴唇，才能让自己不尖叫出来。

云团的燃烧极为迅捷，仿佛只是一眨眼，便燃烧净尽。

七彩燃烧过，成为漆黑。天堂燃烧过，便成为地狱。不再有玉液琼浆，琼花瑶草。

每一朵云，都变成了漆黑的地狱。

有的是一座巨大的熔炉，方才在上面饮酒作乐的仙人，此时在熔炉中沉浮着。他们无声地嘶啸着，熔汁精光闪耀，从他们的口中灌了进去，再从身体的缝隙中流了出来。他们的身体残缺不全，被熔汁烧成一块块的灰，若有若无地连在一起。他们拼命地想游到熔炉边上，但那熔炉浩瀚宛如海洋般，没有边际。

有的是一座巨大的磨盘，每一次旋转，都发出雷鸣般的巨响。磨盘上挂满了锋利的刀刃，方才在上面宴坐经行的仙人，此时被一只大槌用力地捣进磨眼里，随着一声声巨响，磨成齑粉，从利刃中散落下来。漆黑的风旋绕在磨盘下面，齑粉被风一吹，又化成人形，再度被捣进磨眼中。他们就在粉身碎骨的痛苦中轮回着，永无止息。

有的是寒冷的冰，有的是刀山，有的是油锅。

有的是敲骨，有的是拔舌，有的是刺心。

苏犹怜的身体猛烈地抽搐着，因为这些地狱中的每一种痛苦，都毫厘不爽地具现在她身体上！

这痛苦是如此感同身受，无比真实。仿佛那些残酷的刑具，也毫不留情地在她柔弱的身体上凌虐。

炼狱之罚，不身处其中，又怎能想象其中的残酷？

她没有犯下任何罪孽，却要一遍遍承受这些惨绝人寰的酷刑！

身体仿佛就要碎裂。恨不得自己立即化身尘埃，不再有任何知觉。

她的牙咬得太紧，鲜血从她苍白的唇际流下。

石星御面容丝毫不动，身在龙气环绕之中，这些痛苦丝毫不能靠近他。

他只要一缩手，就可以将苏犹怜拉进来，将她从痛苦中解脱。

但他的手指，冰冷、修长、稳如磐石。

只有让她感受到最剧烈的痛苦，才能够尽快找出泥犁盘的位置来。

良久，地洞上头，风火汹涌，那道火光凌空坠落，烧灼着无声惨啸着的地狱。

一切黑、丑、凶、恶，全都被这从天而降的火烧尽，黑云变成了七彩云朵、玉液琼浆、琼花瑶草再现，地狱升华成了天堂，安详与欢乐重新再临。

仙人们退去了万般苦难，重新穿戴起羽衣美服，欢笑举杯。

极乐世界。

痛苦与欢乐轮回着，他们只能醉生梦死。

苏犹怜蜷缩在石星御的脚下。

她身上的痛苦丝毫不减。

因为她已被泥犁盘的化妖之力捕获。

她的面容、肌肤，都幻化成了七彩，幽静而缓慢地闪烁着，仿佛彩虹融入了她的身体中，看上去妖艳瑰丽。

但七彩每闪烁一次，她就经历一次炼狱的痛苦。

刀山火海，敲骨拔舌。

她的身子轻盈地抽搐着，无力抵抗这先天生克的痛苦。

石星御冷冷地看着她。

他突然伸手，将她提了起来："泥犁盘在哪里？"

他强迫她醒来，清醒地感受这些痛苦。苏犹怜脸色苍白如纸，虚弱地指向下方。

石星御身形暴射而下。

每靠近泥犁盘一寸，苏犹怜的痛苦便增加一倍。

巨大的磨盘上浇着岩浆，在她身上碾压着，她的神志被折磨得有些恍惚，痛苦得只想去死。但她仍然拼尽最后一点力量，指着泥犁盘的方向。

因为，石星御的面容是那么冷。她是一只倔强的小妖，不需要别人施舍怜悯。

终于，他们站在泥犁盘的旁边，石星御放开苏犹怜的手。

苏犹怜萎落在他的脚下，轻轻抽搐着。

宛如一朵凋零的花。

她已无法再怀有一丝力气，呼吸被一只巨大的手挤压着，将她破碎的生命一点点从身躯中挤出去。

石星御静静地望着泥犁盘。

这件秘宝，其实并不显眼。

它像是一件陶盆，颜色灰暗，花纹古朴。但它身上雕刻着的炼狱天国，却那么真实，似乎只看一眼，就会被吸引进去，永远无法脱身出来。

每一幅图，都是半边炼狱、半边天国，紧紧嵌在一起。炼狱就是天国，天国就是炼狱。一丝丝的光从中透出来，映照着整个地洞。

石星御仰头。

七彩云阁看上去是那么真实，一如石国中每一个痛苦着的人。

石国，就像这个地洞一样，曾经以沦落而为辉煌，在地仙的掌中舞着。

他深深知道，那是怎样的痛苦。

所以，这地狱中的痛苦，已不能伤他，只能伤害苏犹怜。

他一把拉过苏犹怜，将她擎起。

“好好看清楚，这是妖的宿命。”

然后，他的另一只手猛然抬起。

狂猛的龙啸声响起，灿烂的七彩炸开。

苏犹怜被揉碎的心一阵抽搐，她的心中充满了恐惧，那是将亲眼看到同类灰飞烟灭的凄楚。

“不——”她尖锐地鸣叫着。

苍蓝龙气一直穿透所有的污秽，飙射入长天，然后化成实质，从九万里的高空坍塌而下。

灭世。

地洞崩塌，诸天沦陷。

石星御蓝发飞扬，擎着苏犹怜，飞空而出。

他们飞过一朵朵坍塌中的云。

七彩之云全被苍蓝龙气包围，那些仙人的影子在其中扭动着，被龙气吞噬，与彩云一起，化为灰尘。

“不——”

相同的痛楚在苏犹怜的身体内回荡着。

她深深感知着它们的痛苦。

因为，她跟它们一样，是妖，是人的世界中的异类。

雪妖的泪落下，她用尽全部的力量摇晃着石星御的肩。

她哀怜无比地望着他，她乞求，她求告，她哀恳。她放弃一只小妖的尊严，只为让他收回成命。

但他全然不为所动，一手擎着她，一手释放着璀璨毁灭的龙气。

他的容颜宛如冰雪。

最后，当他静静地站在地洞外的时候，这座洞穴，带着雷鸣般的轰响，坍塌、坠落，埋葬着群妖的躯体。

烟尘蓬天而起，将周围万物都遮蔽住。

大雪山的山坳中，那祥和的世外桃源，在烟尘中看去是那么灰暗。

所有的人都惊恐万分。他们被大地深处传来的轰鸣吓得六神无主，他们眼睁睁地看着从雪山顶上流下、一直滋润着他们土地的大河，渐渐干涸。

灾难，如在眼前。

就是这个人，毁灭了妖的炼狱之后，又要毁灭人的天堂。

苏犹怜身上突然涌起一丝力气，她跳了起来，冲着石星御，喊出了她一千年的怨怒：“我恨你！我恨你！”

她踉跄着转身向外奔去。

“别动！”

石星御的声音冷冷传来，一只手按在了她的额头上。

苏犹怜的力气忽然完全消失。

龙气缓缓沁入了她的身体，她战栗着的心一点点平静了下来。龙气在她体内流转着，驱赶着痛苦，平复着她受到泥犁盘化妖之力影响的身心。

一点点灰暗的腐败之气化成苍白的光点，从她的额头传递到石星御的掌心。

每一光点涌入，石星御的脸便苍白一分。

在吸噬着自己的痛苦吗？

苏犹怜冷冷地想着，冷冷地看着石星御。

良久，她身外的七彩完全消失，她又变成了那片苍白的雪。受化妖之力鼓动的痛苦与悲伤，已变得遥远而模糊。

石星御缓缓收手，转身。

“走吧。”

苏犹怜咬着嘴唇，忽然道：“你治好我，不过是为了让我为你找第三件秘宝吧？”

石星御不回头，不停步：“不错。”

苏犹怜咬着牙，紧紧咬着牙。

第一次，她不再觉得，杀死石星御有什么好愧疚的。

夜晚，苏犹怜被漆黑的噩梦捕获，一遍遍地经历着十八重地狱的折磨。地洞中每一只妖族的痛苦仿佛都降临到她身上，必须要完整体验一遍，才会终结。

苏犹怜颤抖着，忽然惊醒。

心底的悲伤感又再出现，那么熟悉，让她无法入睡。

她仿佛又回到了地洞中，看到七彩云团上醉生梦死的群妖。

地狱的火焰正从下而上地追逐着，他们拼命享受着最后一丝欢乐。

苏犹怜紧紧抱着自己。

虚空中传来一声轻微的裂响，仿佛什么东西在不可知的天幕尽头破碎。

她怵然抬头。

一点微微的光自冰峰圣殿上升起，袅袅娜娜地升到了天空中。

那天是如此之蓝。

苏犹怜心中升起一股很强烈的不安。

她必须要爬上去，看一看。

她赤着脚，走出了屋子。

这座峰叫禁天之峰，是石星御钦定的名字。

苏犹怜站在禁天之峰的顶上，寒冷的冰气钻进她的双足，几乎将她冻僵。

她执着地一步步前行，走到圣殿门口。

她看到了无法形容的美丽一幕。

无数的光点柔软地悬浮在圣殿之中，将圣殿照得一片静谧。群列的冰像，低垂的幕幔，都笼在这柔光中，宛如梦幻。

石星御坐在大殿的正中央，宛如坐在光之世界里。

他掌中是一柄玉刀，雕刻冰像的玉刀。

蓝衫斜披在他身上，微微敞开，露出左肩。

玉刀轻轻刺破肩头，沁出血。

那是龙血，最精最纯的龙血。天上天下，独一无二的龙皇之血。

每一滴，都宛若太初秘宝一样珍贵。

一枚光点发出一声尖锐的欢啸，扑上来，轻轻啜吸一滴龙血。

它接受着龙皇的恩赐，身上隐藏的灰暗腐败，也透过吸吮，渗入石星御的身体。

石星御面容因之苍白一分，但它却变得光明、闪亮、通透、纯净，带着满脸的惊喜，袅袅升入空中。

就仿佛化成了一枚星星。

石星御艰难地呼吸着，将脸上的灰败压下，玉刀再度刺出鲜血。

一枚枚光点，将痛苦、腐败、黯噩遗留在他身躯中，化为灿烂的星辰，消失在夜空中。

从此不再恐惧，不再痛苦，不再犹疑。

这夜是如此美。

天是如此青。

苏犹怜跌坐在圣殿门口，无法呼吸，无法动作。

她认得，那一枚枚光点，正是大雪山地洞中的群妖魂魄，而它们身上的黯噩，正是它们的罪、他们的孽。

石星御正在用自己身上的龙血洗涤着它们的罪孽，将它们重新度入轮回。

但群妖的罪孽，却全都留在了他的身体中。

那是灵魂中附着的最深邃的痛苦。

这是慈悲吗？

是毁灭之后、杀戮之后的慈悲吗？

苏犹怜静静地看着满殿的光一点点消失，最后化为深沉的蓝色黑暗，笼罩在禁天之峰上。

石星御沉沉睡去。

他实在太过于疲倦，因此，他命令四大神龙，守住所有通道，让他陷入蛰眠。

他却不知道，苏犹怜已来到了圣殿门口。

也许，是因为他太疲倦了。

苏犹怜轻轻地走到了他身边。

那张清俊若神的脸褪去了冰雪之色，在睡眠中显得那么宁静。甚至，有一抹微笑，含蕴在他轮廓分明的嘴角。

就似是三生石中的困倦，有着最缱绻之情的陪伴。

他的左手轻轻垂下，还保持着无限爱怜的姿态，在虚空中抚摩着不曾存在的爱人。

——纵使诸天崩坏，我亦要见到你。

苏犹怜禁不住跪下来，这让她离他近了些，更能看清他的面容。

这是令天下恐惧的魔王吗？竟然睡得这么安静。

他的威严在世间卷天而过，没有人能够抵挡。

当他以龙皇之名而命令时，整个世界都为之战栗。

但他，也睡得这么安静。

他，只会在没人看到的时候，才能在星光下安眠。

苏犹怜轻轻咬住了嘴唇。

这个人，要灭掉世界，用诸天之劫，来成全自己的爱。

真的要杀掉他？她在大雪山地洞中累积起来的憎恨，忽然瓦解。

星光闪耀，他身旁的玉刀发出幽微的光泽，刀刃上龙血斑驳，似乎透露出隐秘的暗示。

——杀了他。

这是最好的机会。

也许，也是唯一的机会。

杀了他，世界将不再崩坏。

杀了他，你就能获得爱情。

心，又开始痛起来了……

苏犹怜深深呼吸，纤长的手指在夜空中颤抖，划出雪的点点微光。

她的手在空中划出无声的轨迹，越过石星御披垂的长发、微敞的衣衫、紧皱的眉头，缓缓向那冰冷的刀柄滑去。

她的动作很轻，无声无息，但那一蓬雪的微光却在无声的颤抖中散开，尘埃般陨落到他苍白的脸上，却又化为无形。

微雪光芒的映照下，那个执掌生杀予夺、屠城灭国的帝王，在星光霰雪的陪伴下，睡得如此沉静。

也只有在这个时候，他才是可被伤害的。

只要她肯。

苏犹怜咬牙握住了玉刀。

掣刀，刀锋刚微微抬起，却仿佛已触动了什么。

石星御叠落的衣袖滑开，一点幽微的光芒显现出来。他悬垂手指的正下方，躺着一尊雕刻了一半的冰雕。

沉睡中，他仿佛隔着数寸的距离，在虚空中抚摩着情人那并不存在的脸庞。

鲜血，沁出还未愈合的伤口，顺着手腕点滴坠落，打湿了那尊冰雕。

打湿了那依稀的线条，依稀的容颜，依稀的爱怜。

让这尊冰冷的雕像，似乎有了生命。

苏犹怜的手腕顿时僵硬。

她注视着那尊雕像，似乎从冰雪的反照中，看到了难以言说的忧伤。

那是她自己的忧伤。

冰刀轻轻叹息了一声，被放回了原来的位置。

当她像片雪一样飞舞下禁天之峰时，她的眉头轻轻蹙起，将忧伤刻进了自己的心底。

第二十六章　谢郎衣袖初翻雪

第三天。

每天寻找一件暗之秘宝，每天重绘一次五行定元阵的阵图。

就像是每天都开启一次生命。

苏犹怜站在圣殿的中央，忽有些失神，不知道是该期盼一切早些结束，还是永远都不要结束。

她怔怔站了良久，方才慢慢画下一个圈，五芒星。

石星御始终充满了耐心，并不催促她。

玉鼎赤虁龙带领着其他三条龙，一磨一蹭地走进阵图内。

它看了苏犹怜一眼，忽道："你是不是红颜祸水？"

苏犹怜沉默。

玉鼎赤虁龙："如果不是，我怎么有种被你祸害了的感觉？"

它摇头叹息，站在了自己的位置上。

玄天霸海龙眯着眼睛看着苏犹怜，没有说话。它也不知在想什么，脸色很神秘。

青帝真炁龙喃喃地嘟囔着什么，不住"鲜卑""鲜卑"地叫着。

皇极惊世龙仍旧充满豪气地大叫："干吧！"

冲天清气弥漫，就像是心事，被刻在了青天上。

这次是她心中的九灵御魔镜。

这枚由定远侯送给她的镜子，竟比早就跟她的生命契合在一起的两藏千佛珠还要温暖，拥着她的心，宛如藤蔓拥抱着花朵。

苏犹怜仰望着在天空中静静悬挂着的巨大镜光，觉得如自己的心，在天空中空空地悬着。

清光耀遍天地，以阴阳之感应，呼唤着与自己连体双生的暗之秘宝。

石星御脸上渐渐挂上了一丝惊奇。

没有清光的应和，没有另一道清光腾起。五行定元阵，用光之秘宝呼唤暗之秘宝，第一次，没有任何反应。

是阵法失灵了吗？是九灵御魔镜出问题了吗？

绝不是。

苏犹怜沉吟着，又一次催动了阵法。

玉鼎赤熒龙的惨叫声中，身外灵台再度被啃噬得千疮百孔。

清光再现，心再度被悬挂到苍穹上。

仍然没有应答。

是这颗心开始迷惘了吗？

清光渐渐消散，苏犹怜静静思量着。

她举手，第三次发动阵图。

玉鼎赤熒龙“嗖”的一声逃了出去，大叫：“我不会再让你祸害了！我拒绝！我拒绝！”

石星御的目光一直没有从青天上移开，轻叹：“没用的。看来，第三件秘宝，已不在这个世间。”

苏犹怜思量着这句话的意义。

石星御悠悠道：“听说地仙之上，还有大罗金仙。金仙法力无边，不劫不坏，在五行造化之外。从有人而始，只有一人修成了金仙之体，上升到了无尽虚空的彼岸。此人秉阴而生，暗之秘宝，很可能在他手中。”

他低低沉吟：“若他飞升之时带走了第三件秘宝，只怕这暗之五行定元阵，便再也没有结成的一日了。”

仰空而望，惆怅至极。

不需要再结五行定元阵了？

不必再留在禁天之峰上了吗？

苏犹怜的心绪陷入了寂静中。

突然，一个细细的、阴柔的声音自极远之地传来："大唐太子前来拜会龙皇。"

石星御眉峰锁起一丝不耐烦，挥手。

"玄天霸。"

冰寒骤起，玄天霸海龙那巨大的身躯悄无声息地出现在石星御面前，俯首。

"打发走他们，我不想见任何人。"

玄天霸海龙躬身，退下禁天之峰。

石星御陷入沉默。

苏犹怜陷入迷茫。

玄天霸海龙又悄无声息地出现在禁天之峰上。

但，它的身后却跟随着一个人。

石星御冷冷扫了玄天霸海龙一眼。

这种事情从没有发生过，龙皇的命令，一向被谨慎至极地遵奉着，绝不会出任何的差错。如今，却被公然违抗了。

这一眼扫过去，玄天霸海龙脸色大变，想要分辩，却一个字都无法出口，巨大的身躯趴伏在地上，栗栗发抖。

它背后的人影踏上一步，向着石星御深深一躬。

他的相貌可称得上是英俊，打扮得很得体，不过分华丽，也不过分朴素，带有皇家贵胄所特有的雍容。他的举止极为文雅，一柄折扇执在手中，轻轻摇晃着，颇有羽扇纶巾的气度。

但每个人看到他的时候，都感到一阵不舒服。

也许是因为他太过阴柔。

他周身就像是没有骨头一般，走路的时候步子很碎，不像是跨行，倒像是蠕动，令人想起在黏湿的地上爬行的蛇。他脸上始终挂着神秘的微笑，折扇遮住了大半边脸，让人捉摸不定、莫测高深。

特别是他的一双眼睛。

那双眼睛就像是属于死人一般，瞳仁没有任何动作。光线改变，他的瞳孔不收缩，也不扩张，就像是画在他脸上的纹饰，良久，才急速地眨一下。

被他盯着看一会儿，就会周身不舒服，感觉到无数的虫子在身上爬行。

没有人想看他第二眼。

只见他轻摇折扇，缓步向前，细细的声音道："龙皇请不要责怪它。它带我前来，只因我对它说了一句话。"

什么话能让它违抗龙皇的命令？

那人的神态中有一丝傲岸，显然，这句话必定非同小可。他本有信心，就连龙皇也都会被这句话打动的。

"下去。"

石星御淡淡道。

那人一惊，忍不住失声道："难道龙皇不想听听这句话到底是什么？"

石星御脸上绝没有好奇之态，他没有再说话，只是面容一冷。

寒气骤然自空中落下，浸满蓝色圣殿。

那人忽然发现，自己无法动、无法逃！他的所有行动，都被禁锢在这道寒气中，等待龙皇的裁决。

没有任何人能侮弄龙皇，连一句话都不行！

冰寒潮涌而来，直指那人咽喉！

那人心胆俱裂，忍不住狂呼："我知道第三秘宝在哪里！我知道第三秘宝在哪里！"

冰寒骤然瓦解，石星御的脸色缓和下来。那贯天灭地的冰寒，似乎仅仅只是因为他的面容一冷。

那人大大喘了口气，心中的惊惶却没有半分平息。

石星御已站到了他面前。逼人的威严凌空压下："你为何知道？"

那人偷偷看着龙皇，他极会审时度势，知道石星御这么问，就证明他已安全。所以，他不再惊慌，折扇轻轻动了动，脸上慢慢堆起了笑容：“第三秘宝名叫清凉钥，普天之下，只有我知道它在哪里，也只有我才能把它找出来。”

石星御不答。

那人道：“龙皇想必有疑问，我为何知道龙皇在找暗之秘宝？”

他的眉眼极细极长，永远都像是微眯着，令人看不透他在想什么。这时他正用这细长的眼睛盯着石星御：“这个问题并不重要，重要的是，龙皇是否需要暗之秘宝。”

石星御淡淡道：“说你的条件。”

那人微微地笑了起来：“果然是龙皇。甘言厚礼而来，必有所求。我的条件就是，若我携清凉钥而来，请龙皇与我结盟。”

石星御眉峰挑了挑：“结盟？”

那人：“不错！我是谁？我乃大唐太子，恭请龙皇与我结盟，此后大唐与大魔国永不为战。”

大唐太子？

竟然是如此阴柔之人？

结盟，永不为战。

我出世与何人为战？

石星御悠悠长叹：“好，我答应你。”

太子萧然一揖到底：“就请龙皇端坐禁天之峰上，等着我取清凉钥而来。”

千年不遇的大怪事，李玄竟然在读书。

不但在读书，而且还读得很认真，一面读一面做着笔记。

天书爷爷在旁边帮着他。少有地，天书爷爷的脸上也充满着认真，指点着李玄，从一排排金简玉章中挑出有用的部分，再由天书爷爷翻译出来，让李玄阅读、消化、整理。

身为宇宙之间第一本书，所有知识的源头，天书爷爷通晓这世间一切文字，再难读的金简玉章也没法难倒他。有他的帮助，李玄才能在书海中自由地徜徉。

慢慢地，笔记开始充实，思路开始清晰，计划开始形成。

终于，李玄脸上露出了一丝笑容。

他用笔在笔记上画出一道线，将最后一段标出来。

天书爷爷捋着长长的胡须，沉吟良久，缓缓点头首肯。

李玄疲倦地伸了个懒腰，合上笔记。笔记本的封面上，写着四个字。

清凉月宫。

清凉月宫是什么？

摩云书院第三大传说，最美丽而又可怕的传说。

传说每年中秋，登上天秀峰的峰顶，当那枚金黄之月覆盖住峰顶的时候，清凉月宫就会出现。登上峰顶之人，将见到仙人。

仙人摩我顶，结发授长生。

这是美丽的。

可怕的是，当中秋的夜色刚一降临，天秀峰顶就变成了绝境，没有人能够靠近的绝境。

靠近者必死！

是仙人不愿凡尘之人沾染自己的无垢仙体，还是仙人本是魔王？

没有人知道。自从摩云书院三大禁地的传说出现后，就没有人知道它们的秘密。现在，天之链堑、轮回秘境，这两大传说已被李玄解开，每一传说都名副其实地隐藏了一个巨大的秘密。

清凉月宫呢？

梦魔为什么消失在了巨大的月亮之中？他究竟去的是月中，还是这个传说中？为什么无论李玄用什么样的方法，都无法再找到他？

也许，现在的确到了要让这第三大传说揭开神秘面纱的时候了。

李玄呆呆地坐在红月崖上，仰望着天秀峰的峰顶。

距离中秋之夜只有一日了，可他仍然没想出上天秀峰顶的办法。

只因这座峰太陡峭、太狭小，几乎没有立足之地。

传说中秋之夜，峰顶上将被十方刹那光包围，一切隐身、遁形之术都无效。别的不敢说，这十方刹那光李玄可是亲身领教过，那滋味可真是不好受啊！隐身遁形之术失效，自然也就意味着一件事：清场。

然后，峰顶将充满神秘的九天清凉气。在清凉气的笼罩中，一切剑术、道术都无法施展。

最后，九天罡风将凌厉无匹地吹过天秀峰的峰顶，将一切有生命之物扫尽。九天罡风乃是隔绝仙、凡之气，传说只存在于九万里的高空中，凡人经其一吹，立即魂魄俱散，连钢铁都无法挡住罡风一击。能在天秀峰顶刮起九天罡风，那自然是仙人的神通了。

而后仙人将降临。

攀爬天秀之峰的人，挡得了十方刹那光，挡不了九天清凉气。挡得了九天清凉气，挡不了九天罡风。

唯有谢云石才得见仙人。

谢云石既是摩云书院的司业，又是谢家唯一的传人，修为极高，而且不用想就知道一定身怀无数秘宝，他能见到仙人，李玄却大不一定。

所以，李玄愁眉苦脸地坐在红月崖上，呆呆地看着天秀峰，看了两三个时辰，还是一筹莫展。

他有什么宝贝？

天书虽然名头极大，但在他手中，几乎没有什么用处。

定远刀不错，可惜他不知道定远侯的力量什么时候出现，什么时候不出现。

浩瀚战甲跟五云战靴倒是忠实地守护着他，但这是逃命用的宝贝吧？

所以，李玄虽然想了这么久，仍然是一筹莫展。

中秋夜的天秀峰，一定可怕无比。但无奈的是，他一定要爬上去，连躲都没法躲。

突然，狠狠的一脚踹在他的屁股上，李玄一声惨叫，扑通跌进了毒龙潭中。

毒龙潭中有毒龙，那可是他的冤家对头啊！

雷拏遮罗见了他，还不扑上来一口咬死他？

奇怪的是，雷拏遮罗似乎不在家，李玄在潭中扑腾了半天，也没见到这头毒龙之王的影子。

他仰头，忽然明白。

龙穆踏在红月崖上，手肘撑在膝盖上，俯身下看。

这姿势很悠闲，但李玄才接触到他的眼睛，不由得浑身一颤。

那眼睛冰寒无比，宛如地狱深处的妖眸，冷冷地锁住了他的魂魄。

这一刻，李玄心头闪过一个念头：龙穆要杀他！

逃！

李玄本能地闪过第二个念头。此时龙穆另一只手轻轻一挥。

漫天光华轰然爆发，那只巨大的浮空仙岛骤然出现在红月崖之顶，凛凛悬挂在李玄的头顶上。光华自仙岛上迸发，随着龙穆这静静一握，迅速凝结成一只巨大的手掌，将李玄抓在掌心中。

李玄一阵惨叫，周身筋骨几乎被寸寸捏断！金光疾挥，他被带到了龙穆身前。

龙穆双眸中淬出的杀气宛如一道凝固的闪电，照得李玄眼花缭乱。

“我现在问你一句话，你若答不出，就死！”

李玄惨叫：“什么话？快问！我要死啦！”

“她在哪里？”

他问的是苏犹怜。

李玄大叫起来：“我不知道！我也在找她啊！我也在找她！”

龙穆双眸中的冰冷猛然燃烧起来，这一瞬间，他化身成一头暴怒的狮子。

“死！”

他双手合十，结成灭绝之法印。

诸天梵唱，于虚无缥缈中响了起来。那只巨大的金色手掌，淡淡地化为无数光点，消散在无穷寰宇中。

没有什么禁锢着李玄了，但他仍然一动都不能动。

他的灵魂，像是被绑缚在一座无形的高台上，无论他怎么挣扎，都无法摆脱。

梵唱声渐紧。

龙穆一头金丝般的长发，根根奓起，仿佛一轮巨大的光环，缭绕在他身后。

诸天梵唱，尽化天龙。连杀招，都是最华丽的舞，率领着无数的天龙、尊者、修罗、天女。燃烧的，是焚尽这个世界的红莲。

猛地，龙穆双手骤然一分。

满空梵唱同时止息。大地，长天，仿佛同时一分。无穷巨大的力量涌现，仿佛上古的魔神，撕扯着天与地，猛地一分。

分裂的源头，就在李玄的身上。

李玄凄声惨叫。

他身上涌现出一团光华，那是浩瀚战甲在保护着他。这只宝甲当真了得，龙穆诸天灭形之力，居然都无法将宝甲撕扯开，宝甲被拉得越来越长，可就是不裂。

唯其如此，分裂的痛苦就全都集中在李玄身上。

李玄那个凄惨，鼻涕眼泪一齐蹿了出来，惨叫："住手啊！住手啊！你杀了我吧！你杀了我吧！"

龙穆金发纷扬，双手飞舞，飘在空中，却是面容冷肃，一个字都不吐。当日梦战之后，他的性情大变，变得有些暴躁，有些残忍。

猛然，一个淡淡的声音传了过来。

"住手！"

剑光自虚空中刺下，围着李玄一转。

龙穆所修的佛法秉承自大日至尊者，无形无质，最是难防。这一剑，也刺在虚空中，却恰好斩在了佛法的要害之处。

龙穆双手结的法印，猛然散开。

他抬头，只见剑光在李玄身前，缓缓凝成一个人。

一个萧萧如淡月，将光华当成影子的人。

谢云石。

如云清逸，如石高远。

剑法虽不是最高，但风采天下无双的谢云石。

他一出现，龙穆的双眸竟似被他吸引，无法再移开。

尽管家世、地位、武功、成就都属天下翘楚，但谢云石最让人羡慕的，就是他的风度。那如月一般皎洁清淡的风度，让见到他的人无一例外地自惭形秽，而他，就是这个浊世中唯一的佳公子。

魏晋风度，竹林清风，就只凝结在他一人身上。

仿佛万年流传的天地清气，尽钟于一人。

龙穆的眸子中，似乎有羡慕，又似乎带着一丝嫉妒。

那是站在巅峰上的人，在遥望天海之极，却发现地平线的尽头，还有另一座更高的山峰时的慨叹。

这一刻，彗星带着燃烧的天火，撞在恒星上。

谢云石淡淡道："摩云书院不禁私自斗殴，但若你起了杀心，那就不同了。你们都是书院的学生，都该遵守书院的规矩。"

龙穆的目光凝在他身上，神光吞吐，似是完全没听到他的话。

"这是我第二次见到你了。"

谢云石目光抬起，望向龙穆。

龙穆的微笑讳莫如深。

谢云石猛然一震："是你？"

"是我。"

这一刻的龙穆，身上显露出一丝久已不见的温煦。

"所有人提起谢云石来，都会这样说吧？大日至菩萨的弟子龙穆剑试天下，连败三十余位高手，但一见谢云石，却甘愿认输。见过当时一战的人，都说折服龙穆的，不是谢云石的剑，而是他的风采。天下或许还有人敌得了他的剑，却绝没人敌得了他的风采。"

谢云石默然，不答。

是的，这段话自那一战后，广为流传，任何提到"谢云石"三个字的人，都不由得提起这段话。

这一战铭刻了谢云石的声望，成为他无上荣耀的至高标榜。

“我仍记得当年的承诺——有你在，我必将退避三舍。”

他率着玄兵天龙，傲然转身。

李玄挣扎着爬起来，直到龙穆的身影看不见了，他才艰难地喘过一口气来。

谢云石并没有出手阻止龙穆。

也许是因为李玄本就该管教了。

李玄大口大口地吞吸着清凉的空气。谢云石转步走开。

李玄突然伸手，一把抓住他的衣袖：“帮帮我！”

谢云石皱眉，但并没有挣脱李玄。

李玄双目中迸射出因乞求而热切的光：“你是唯一登上过天秀峰的人，你帮帮我，我要登上峰顶去！”

谢云石脸色骤变。

这一刻，他的满身风采，似乎尽皆暗淡。

“你……你要登上天秀峰？”

李玄坚毅地点了点头。

“只要见到仙人……只要在中秋时见到仙人，我就能找到梦魔……”

谢云石的脸色有些苍白而愠怒：“你想登上天秀峰？”

李玄狠狠点头：“不错！因为……”

谢云石打断道：“不行！”

李玄吃惊地抬头，这才见到谢云石的脸色。

那淡如清风明月的容颜竟瞬间化为山石一样坚硬而冰冷，这意味着，谢云石已经下定了决心，绝不容任何人更改。

“中秋之夜，你绝不能上天秀峰！”

谢云石一字一字迸出。

李玄大声抗议：“为什么？”

谢云石不答，他的身子忽然飘起。

冷冽的剑光在这一瞬自他身上划出，化成漫天精芒，从天秀峰顶洒下。

每一丝剑光，化成一朵精芒四射的剑华，凌空悬浮在天秀峰之周围，万千剑华，将天秀峰淹没。

“此乃吾心剑之华，凡人触犯此剑者，当受万斩之刑，绝不宽恕！”

谢云石冷冷盯了李玄一眼，消失了。

一朵剑华猛然暴散，轰斩在李玄身侧。

剑气爆发，撕拉出一道几十丈长的深壑。

这是谢云石对李玄的警告，如果他胆敢违逆他的话，私上天秀峰，这些剑华将毫不留情地斩下来！

李玄呆住了。

为什么？为什么？

为什么不让他上天秀峰？他可是为了整个书院的安宁，才甘冒危险去找梦魔啊。

眼看漫天剑华浮动，气象万千却充满着无上肃杀，不由得让李玄神沮气丧。

看来，只有找别人帮忙了。

第二十七章　玉女窗虚五夜风

他的收获，是一顿拳头跟一斗白眼。

听说要上天秀峰，他收获了一斗白眼。听说要突破司业谢云石亲手布下的剑华之山，他收获了一顿拳头。

唉，封常青胆小怕事，去了也无用、不去就罢了，石紫凝受过自己救命之恩，怎么也这么翻脸不认人呢？这个世界太残酷了！太黑暗了！

他垂头丧气地走着，完全不知道该怎么办了。他不知不觉地，逛到了万花坪。

那就进去吧，容小意虽然不可能帮自己什么，但至少不会嘲笑自己。

哪知道，他的想法大错特错。

“公子，我可以帮你。”

容小意依偎在花瓣上，身子仍然是那么轻柔，声音也仍然是那么温柔。

李玄“噌”地跳了起来！

他一把抓住她，急声道：“真的吗？真的吗？”

小玉生气地一阵乱啄：“臭人类，放开你的脏手！”

容小意柔声道：“我什么时候骗过公子？”

李玄哈哈大笑，不理小玉的冒犯，松手，退开。他为自己的失态感到一阵歉疚，想了一会儿，想要替容小意按摩两下，但见小玉虎视眈眈地挡在她前面，这念头自然也就消失了。

他急问：“你怎么帮我？”

容小意：“我想十方刹那光能照出来的是人，若公子不是人了，那么十方刹那光也就不起作用了，而谢司业的剑华之山，也就不再以公子为目标。”

李玄怪叫：“不是人？”

容小意的脸微红了红，映在阳光里，就像是一片透明的粉色花瓣一般：“公子误会了，我是说，将公子变成一株花。”

她的袖子轻轻抬起。

那是一条长长的袖子，上面绣满了各式各样的花草。容小意纤指点处，只见一株细细的花攀缘而上，竟从山脚一直长到了山顶上，在山顶开出一朵碗大的花。

“这种花，叫玉浮凌霄，又叫再与天比高，喜欢攀缘山石，山有多高，它就能长多长。公子将它的种子服下，我为公子跪拜青神，便可让公子变成玉浮凌霄，一直长到天秀峰顶。”

李玄大喜，可他还是有一点担心。因为，无论多么保险的事情，到了他身上，就容易起变化，对他很不利的变化。因此，他追问道：“你这是不是幻术？会不会被十方刹那光照一下，就会显出原形呢？”

容小意轻轻摇头：“不会。公子吞服了玉浮凌霄之种之后，便会真真实实地变成一株花，绝非幻术，所以，没有法术能照出公子的原形来。唯一的缺憾是，公子变成花之后，感官会变得迟钝些。”

那没有什么，花的感官当然迟钝了。李玄想来想去，似乎没什么不好的。

他突然想到一事：“那我怎么变回来？”

“这枚种子的效力只能维持三个时辰，所以，公子一定要算准了时刻吞服，太早或者太晚都不行。这就要由公子来自行掌握了。”

李玄点了点头，感觉这个计划天衣无缝，没有任何缺陷了。他伸手道：“好，给我吧！”

容小意轻轻道：“为了能让公子尽快生长，这枚玉浮凌霄之种要在药水中浸泡一个时辰。小玉。”

小玉答应一声，飞了进去。她拿出一只玉盆来，倒入清澈的温泉水，然后，拿出一枚碧绿的种子，放入了盆中。接着，她衔着一张纸，按图索骥，一味一味地衔着药草，投入盆中。小玉很悠闲地做着这些事，一面还哼着歌曲。李玄有心催她快些，但又怕触怒这只小妖精，她必会从中使坏，只好忍气吞声地站在一边。

终于，小玉叫道："凑齐了。"

她搬了只小板凳，坐在玉盆边。她……她在做什么？

她竟然将两只脚，放入了盆中！

李玄再也忍耐不住，一个箭步冲上前去，一把掐住小玉的脖子，将它提了起来。

他大吼："你这只死鸟！你想干什么？"

小玉冷冷地盯着他。

她没有像以往那样，拼命挣扎或者哀求，这让她冷冷的凝视中有种强大的力量，终于让李玄想起他现在有求于人。他不由得松开了双手。

小玉冷冷道："你做什么？"

李玄大吼："你做什么！你竟然将双脚伸入盆中！你知不知道我一会儿要吃了那枚种子？"

一想到小玉这只臭鸟从来不穿鞋子，什么地方都踩，李玄就一阵干呕。

小玉冷冷道："这是药方之一，不信你自己看。"

她递过手头的药方，指着最后一句。上面赫然写着"小玉之足"。

但……但这四个字的笔迹，怎么跟上面的有些不同呢？

李玄："你确定这不是后加上的吗？"

小玉摊了摊双翅："那随便你。但我要告诉你，如果照我的方法去做，我保证这枚种子会生效，如果出了错，一切都由我负责。但若你执意不肯加入这一味，那么，我什么都不保证，一切后果你自己负责。"

李玄怔住了。

小玉看着他的脸色，喃喃道：“药方缺了一味，药力就不全。药力不全，就可能生长缓慢，可能落下后遗症，也可能变成花就变不回来了……”

李玄激灵灵连打了三个冷战！

这每一种后果，都极为可怕！他不由得放松了掐住小玉的手，道：“那你就放进去好了！”

小玉：“求我。”

李玄叫道：“什么？”

小玉抬起它那一双脚：“知道吗？这是天下独一无二的一双玉足。知道什么叫玉足吗？就是我小玉的足，只不过给你们人类用来形容什么美人去了，无聊！这么完美的一双玉足，给你做药引，你还不求我？你以为我喜欢泡温泉？你以为我喜欢跟这么多药泡在一起？”

李玄瞪着她。

小玉满不在乎，甚至闭上了眼，高傲地仰起了头颅。

简直咬碎钢牙啊！但有什么办法？现在是求人之时，何况又是求的这只小妖精。大丈夫能屈能伸嘛。等什么时候你落在我手中，嘿嘿……李玄在心里将小玉蹂躏了一百遍啊，一百遍之后，终于苦着脸道：“求求你……”

小玉这才心满意足但又装出一副不情愿的样子，将双脚放入了玉盆中。

“你说这咋办呢？昨天刚去山下的猪圈遛了一圈……

“还去泥塘中找虫吃……

“在瑶儿的窝里踩了好多神雷……

“现在给我的玉足做个药浴可真是舒服啊……”

小玉惬意地闭着双眼，她的脚……李玄狠狠闭上眼，装作没有听见这些话，也装作没有看见小玉用脚丫子踩着他即将吞服的那枚玉浮凌霄种子。

抽搐，脸上的肌肉在抽搐！怒火，燃烧吧怒火！

小玉：“咦？为什么背上总是感觉有些凉飕飕的呢？”

她整个身子都想缩进玉盆中泡泡温泉。

就在此时，一只巨大的凤头鹫一阵风般冲了进来，正是爱听故事的瑶儿。瑶儿一把拉住小玉，大叫：“快！快！继续讲那个故事给我听！你不讲，我就哭！”

小玉被她拉到了半空中，两只鸟一阵叽叽喳喳。

李玄心急如焚啊，小玉这双玉足不在盆里，药效能够保证吗？他叫道：“瑶儿！”

瑶儿不耐烦地转头，见到他，脸色大变，一声怪叫，拖着小玉踉跄后退！小玉的脸色竟然也惊变。

这两只鸟搞什么名堂？

瑶儿神情慌乱，连话都不跟李玄说，叫道：“我走了，到老地方等你！”一阵风般卷了出去。

小玉也大叫：“我也走了！我也去老地方！”

李玄大叫：“你走了这药怎么办？”

小玉的叫声远远传了过来：“那是我骗你的！那四个字是我后来自己加上的！你个笨蛋！”

朝阳漫天，李玄的心情久久不能平静。

他转身，容小意微笑着看着他。

生活，还很美好是不是，为什么想去死呢？

容小意：“公子……”

李玄长叹一声：“什么都不要说了，今天我认栽。”

但不管怎么说，他还是拿到他想要的东西了。攥着玉浮凌霄的种子走出万花坪的时候，李玄心中充满了信心。

只要有这枚种子，他就能登上天秀峰顶；只要登上天秀峰顶，他就能进入清凉月宫；只要进入清凉月宫，他就能找到梦魔。

但一想到瑶儿跟小玉落荒而逃的样子，他心中就充满了疑窦。瑶儿是个乖乖女，从来什么事都不瞒他，小玉这只妖精从来都不怕他，这两只家伙，为什么会突然躲着他呢？

有问题，一定有问题，而且是大问题。

老地方？

它们还能有什么老地方？一定是在后山。李玄不屑地想着。揣摩小玉的心思有些艰难，揣摩瑶儿的就简单多了。这个地方一定离瑶儿的窝不远，因为瑶儿是个懒家伙，她可不想费那么多力气，听完了故事就想睡觉，连一步都不愿多走。

果然，在离毒龙潭不远处，李玄听到了一阵窃窃私语。

他悄悄走向前去，只见小玉一脚踏在一块石头上，正口沫横飞地讲着故事，兴奋无比。而瑶儿则趴在地上，全神贯注地听她讲。

不就是讲故事吗？小玉岂有我讲得好？李玄不屑地想着。

然而，然而听他讲故事时，瑶儿似乎没有这么专心。小玉究竟讲的是什么？李玄也不由得被激发了好奇心，仔细听去。

“书接上回，讲到大坏蛋用卑鄙无耻的手段招降了三位手下，脸上带着下贱得意的微笑，迈着无耻骄傲的步伐，来到了太辰院。那时候，卢家兄弟正要起身，郑百年却仍然盘膝闭目坐着，脸上连丝毫不耐烦都没有。大坏蛋虽然奸恶又奸猾，却也有些佩服，但他本是大奸大恶之徒，当下不动声色，也坐到了郑百年对面，脸上露出无赖无耻的笑容，道：‘我来晚了’……”

李玄越听越不对劲，咦？这不是在说我吗？只见瑶儿听得津津有味，小玉说得口沫横飞，一口一个大坏蛋、恶霸、无赖、贱人，显然，说得高兴至极，完全不理会可能教坏了瑶儿这样的好孩子。

只听小玉说到兴奋之处，一爪踏在石头上，一爪踏在地上，双翅兴奋地挥舞着，大叫道：“跟我一起念：李玄大坏蛋——”

“李玄大坏蛋！”

“李玄是人渣——”

“李玄是人渣！”

李玄再也忍不住，一个箭步冲出，一脚将小玉踹翻在地。可怜小玉还不明白发生了什么事，一只长喙就深深插入了泥土中，使尽力气都拔不出来。瑶儿见是李玄，大吃一惊，眨眼间跑了个没影。

李玄一口怒气无处发泄，掐着小玉的脖子，怒道：“你这死鸟，骂我骂得很爽，是不是？”

说着，恶狠狠地掐、掐、掐！

小玉的眼睛立时一阵翻白，几乎晕了过去。它知道这次在劫难逃，用尽了力气，勉强将一丝气息自喉咙中挤出，叫道：“龙……薇……儿……”

李玄一听到这三个字，果然手放开了些：“龙薇儿怎么了？”

小玉大大喘了几口气，生怕他继续掐下去，最聪明高傲的鸟未免立时就会归位。所以她立即说出了关键的那句话：“龙薇儿失踪了！”

李玄大吃一惊。

先是苏犹怜不见了，又是龙薇儿失踪。这究竟是怎么回事？他顾不得再计较小玉冒犯他的事，将她放了下来，问道：“你说什么？”

小玉脸上立即一副哀戚之容，道：“这件事传遍了书院，也就只有你不知道而已。大家都说你喜新厌旧、见异思迁、坏事做尽、好事不沾……”

李玄不耐烦地道：“拣要紧的说！”

小玉立即住口：“反正龙薇儿失踪了，谁也找不到她去了哪里。谢司业急得就跟热锅上的蚂蚁一样！这件事必定跟你有关，瞒得了别人，可瞒不过我小玉！”

她嘿嘿冷笑着。李玄哪里还有空理会她的嘲讽，痛苦地抚住了额头。

这可怎么办才好呢？

他无法放着苏犹怜不管，也无法任由梦魔逃进清凉月宫，但是，他已经知道了龙薇儿是承香公主的转世，前世的牵绊，他无法置之不理。

小玉看着他，突然睿智地道：“先去清凉月宫找梦魔。”

李玄：“什么？”

小玉的声音忽然变得深沉起来，就好像一位严肃的智者一样，头头是道地分析着：“你向主人求玉浮凌霄之种，又知道天秀峰的秘密，显然，你对怎么找梦魔已有了计划，而苏犹怜既然和梦魔有过盟约，又失踪在梦魔消失后，被他抓走的可能比较大。说不定你找到梦魔，也就找到了苏犹怜。但对龙薇儿，你就毫无头绪了。所以，两者比较，找梦魔成功的机会大一些，救龙薇儿的机会小一些。更为重要的是，龙薇儿还有司业、六常傅在找，而梦魔和苏犹怜，就只有你一个人关心了。”

“哦，我们暂且不提龙穆。”

这最后一句话，让李玄的脸立即糗了起来。

“你不妨先到书院里转转，打探一下消息，如果发现龙薇儿更好救一些，不妨改变一下策略。但这机会比较渺茫。”

她背着一双翅膀，踱到李玄身边，拍了拍他的肩膀，叹道：“节哀顺变……”

她摇着头，满脸慈悲，踱走了。

良久，李玄才回过神来。我不是要掐死她的吗？怎么给她一通胡说，就连一根爪子都没有动她呢？

不过算了，她说得也有道理。就冲这几句话，也可以放她一条生路。

他当然打探不到任何消息。

龙薇儿就像是凭空消失了一般，昨天上午还有人看到她有说有笑的，下午，就不见了踪影。没有人见她下山，也没人发现摩云书院中混入了可疑之人。

除了紫极老人又在闭关之外，摩云书院中所有的人都出动了。司业谢云石、六常傅丹元、皓华、龙烟、常在、威明、玄冥，都心急火燎地四处搜寻着。这半日的工夫，终南山方圆三百里内被翻了个底朝天。

但还是没有龙薇儿的消息，她就像是凭空消失了一般。

李玄仰首叹息，小玉说得没错，还是先找梦魔和苏犹怜吧，毕竟，这件事有把握多了。

那么，就等中秋节到来吧。

刀，缓缓地游移在冰上，镌刻出一丝一缕的美丽。

仿佛镂刻在自己的心上，痛彻神髓。

每一缕线条，都勾勒出一份静谧的记忆，那曾经共度的岁月。

再多一点都不能承受，所以，才雕刻。用这冰冷勾画，来宣泄一点点，脆弱的心才能继续跳动。

这荒凉的人生，才能继续下去。

空寂的大殿中，只有刀与冰亲吻时发出的轻轻脆响，一如岁月那无尽苍凉的叹息。

一道淡淡的光芒，从穹顶不可知的裂隙中透下，照亮了石星御的侧容。

幽蓝的长发宛如寂寞的夜海，在无尽空旷的冰之宫殿中沉浮。

刀锋回转，他专注地抬起头，几乎及地的散发垂落，那清俊若神的容颜就在光芒的照耀下，隐透出最为动人的一线。

刀随腕动，肩头微敞的衣衫缓缓褪开，他的肌肤就暴露在冰冷的寒气中，发出微蓝的光芒。

这具承载着无上威严的身体，此时却是那么孱弱，似乎指尖再传来一声轻轻的裂响，就会将他击垮。

他再度出世，就是为了再看那张脸一眼，但他雕尽了千座冰像，却无法在那个位置上刻出一根线条。

相思已入骨，一动便惨然。

苏犹怜抱着膝，躲在圣殿最阴暗的角落里，静静地看着他。

她看着他，犹如看着自己的爱情。

这个刻骨相思的男子，跟自己是那么相似。

为了爱，他们甘愿付出一切，不顾天下苍生，不顾轮回，不顾命运。

但这两份爱注定了不能共存。要成全一份，就必须要毁掉另一份。

要毁掉他的吗？

这个想法让她的心痛了起来。

她只能拼命想着李玄，才能让心不再颤抖。虽然隔了千里万里，九灵御魔镜那温暖的光仍在她心底轻颤，每时每刻提醒她李玄是多么爱她。这让她有了继续下去的力量。

那个整天乐呵呵什么心事都没有的小无赖。

她是那么爱他。从梦境中看到他的灵魂之珠的那一刻，她就深深跌进了他的爱情中。大千世界，有亿万众生，但在她的世界中，却只有他们两个。

是的，只有他们两个。

她的唇紧紧咬着，咬出血来。她的血颜色极淡，带着寒冷的芳香。

她盯着龙皇的目光，甚至有一丝怨毒。

为什么，你的爱会这么深，让我彷徨痛苦呢？你的爱，不能浅一点吗？浅一点，我就不会为打破你的爱情而愧疚了。

她忍不住冷冷道："你真的相信那位太子？"

刀停住。

只要有丝毫的分神，便不能雕出完美。石星御淡淡道："为什么不？"

"你不怕那是个阴谋？"

这引起了龙皇一笑："为什么怕？"

是的，以龙皇之威严，的确不必怕任何的阴谋。因为，任何阴谋都挡不住他一剑。

是这样的吗？

如果真是这样的，她就不必痛苦了。

苏犹怜的唇，咬得更紧了。

当他知道一切的时候，他会撕裂我吧。

抱歉，龙皇，我真的不想伤害你的爱情。

这时，石星御回过头。

他的脸上，难得地挂着一丝温煦的笑容。这一瞬间，他的满头蓝发轻轻垂落，就像是晴到无尽的天，洒下最为通透的湛蓝，无尽温柔地覆盖着苏犹怜的世界。

这样的天从来不会下雪。

"谢谢你。"

苏犹怜身子不由得一震。

谢谢你。龙皇居然对她说这样的话?

她忍不住睁大了眼睛,吃惊地看着石星御。

“若不是你,我实在想不出什么办法,能重新见到九灵儿。是你,给了我生命的希望。”

不知什么时候,他已起身,缓缓走到她面前。

苏犹怜无法正视他的面容,只得将目光转开。

他轻轻拾起苏犹怜的手,双手握住。

她的手冰冷,他的手却带着天空般的温暖。

“谢谢你。”

这句话无比真诚,却如暴雨般击打着苏犹怜的心。

不能露出丝毫痕迹啊,否则,你就完了。

“不……不客气。”这几个字,说得竟然这么艰难。

因为她欺骗的,是一颗真诚的心,是一段真正的爱情。

那会遭天谴的。

苏犹怜感觉自己的心都快被揉碎了。

为什么?命运给她的折磨竟是如此惨重,她要成全自己的爱情,就必须破碎这样一份深深的爱。

一千年来,当她深怀绝望、满身污秽地站在荒原上,看着人世的温暖时,她多么希望能看到一份真正的爱情,看到为爱牺牲、无怨无悔的伟大。

但她没有,她看到的只有背叛、权衡、喜新厌旧、朝三暮四。她曾经许下过多少愿望,为了见到一份真正的爱情。她宁愿沉沦在地狱的残酷中,只为见一眼真正的爱情,不管是自己的,还是别人的。

但当她见到了的时候,她却必须要亲手毁灭它。

这是何等寸断肝肠的痛苦。

她强逼着自己抬起头来,正视石星御湛蓝的眼眸。

那里面,宛如无尽的蓝色海洋,每一滴海水,都是足以生死肉骨不惜干犯天怒的爱……

依偎在那里面，会很温暖吗？再也不会感到任何痛苦吗？

会破碎吗？

苏犹怜猝然用力，将龙皇推开。

她几乎是逃一般进入自己的屋子。

她无法再面对这个男子，她无法再用一句完美的谎言欺骗他，欺骗他的爱情。

所有的一切，都是真实的，五行定元阵，暗之四宝。只有一句是谎言，只有一句是谎言。

那是只有苏犹怜才知道的谎言，却是对石星御的致命一击。

她该施展出这一击吗？

雪，静静地落着。

石星御又拿起了刀。

继续雕刻吧，让一具具没有容颜的冰像，在碧落天宇下寂静地舞蹈。

第二十八章 玉梯横绝月如钩

日光斜斜地坠在终南山的西天，中秋之夜，即将来临。

月光，将在这一夜最为明亮，遥望那金黄的月亮时，隐约会见其中有月宫的形状。那是清凉月宫，亦是李玄费心尽力想到的地方。

他推算着时辰。古人以十二天干计时，一天分为十二个时辰。这十二天干分别是子、丑、寅、卯、辰、巳、午、未、申、酉、戌、亥。子时为午夜，午时为正午。一个时辰，相当于现代计时的两个小时，一个时辰又分为四刻，一刻相当于半个小时。比如说现代计时的下午一点，就是古代计时的午时两刻。

根据图书馆的记载，清凉月宫大约在戌时三刻出现，而玉浮凌霄的药性可持续三个时辰。戌、酉、申、未，也就是说，服下玉浮凌霄之种的最佳时机，就是未时三刻。

就是现在。

李玄躲在毒龙潭的边上，将身子浸沐在泉水中。为了避免霄拏遮罗啰唣，他事先命瑶儿过来打了几声招呼。大概是瑶儿太热情了，而大鹏又是龙的先天克星，当李玄来到毒龙潭的时候，发觉一切全都变了样。

毒龙潭浑浊无比，上面漂着几十片巨大的鳞片。霄拏遮罗踪影不见，李玄窃喜。

他足足干呕了三十六次，方才将那枚被小玉做过药浴的种子吞了下去。

这一瞬，奇异的变化出现了。

他的视野渐渐变成了一片绿色，隐约地，可见容小意在天空的尽头舞蹈着，那寂静的舞蹈引导着无穷无尽的碧色，慢慢降临到他身上。碧色在他体内沉淀，渐渐将他充满。

他的意识开始涣散，朦朦胧胧的，似是睡去了，又似乎清醒着。周围的云、水、气、土都变得无比亲切，争相向他的体内钻去，让他觉得生命是如此充实。他突然有要伸个懒腰的冲动。他真的伸了个懒腰，感觉自己的身子悄悄绽开，一个新的生命蓬勃而出。

一时身体中浮动着一股新奇的感觉，他沐浴在阳光中，仿佛在盛开，在蔓延，他惊喜地发现，自己竟能够读懂阳光的含意！

夕阳渐渐坠落，广阔的天被星辰布满，夜色覆盖住大地。这是多么清澈而温柔的夜色啊，仿佛母亲轻柔的掌，缓缓抚摩着自己，让他从心底里感动着。他想要拥抱这夜色，所以，他向天空张开自己的双手。

他在迎风翱翔，他攀附着山石那坚硬的躯体，与天秀峰厮磨着。他知道，很快，很快，他就会攀登上峰顶，去拥抱诸天之下的夜色。

他的心中，充满了生长的欢喜，那是生命的热情，是心对天空的向往。

终于，他的额头触及天秀峰的峰顶，他的身躯，似乎跟这座山峰化为一体，光、水、云、影，在他的周围旋绕着，他所有的感觉，都无比清晰。

他是一株凌霄花，点缀在苍翠山头上的凌霄花。

他爱死了这种感觉，再也不愿苏醒过来。

缓缓地，遥远的东海之上，浮起了一轮金黄的圆月。

中秋的月，总是特别大、特别圆，甚至比太阳都要明亮。月轮划过天空的时候，带起亿万人的相思。

海上生明月，天涯共此时。

情人怨遥夜，竟夕起相思。

这轮月，慢慢摆脱山海的牵绊，寂静地开到了天空中。李玄的眼睛，也随之挪移着，无法离开。

这一刻，他的心中忽然涌起了一个人。

苏犹怜。

她身上穿着的，是一身洁白的衣。不是雪做的衣裳，而是轮回的梦中，他生生牵念的承香公主，在步入妖湖魔宫时所穿着的盛装。

承香公主应该是龙薇儿啊，为什么会变成苏犹怜……

他的神志太过模糊，不明白自己为什么会有这样奇怪的想象。

月，静静地划过天幕。

苏犹怜躲在她自己的小屋里，已躲了三日。

她很想将所有事情都想清楚，但无论如何都想不清楚。

她极力说服自己，她是对的。她若为别人的爱情考虑，谁又会为她的爱情考虑？谁会成全她的爱情？

但她不是个自私的人，她看着别人的爱情时，一样会感动到流泪。她不忍心破坏任何一点美好，她是雪的精灵，为每一份美而陶醉、欢喜。她天生敏感，充满关怀，她宁愿自己痛，也不想任何人受伤。

她只能紧紧抱着自己。

月光透过窗的罅隙，洒在她身上。

她抬头，望向那片金黄的月。

月光，在虚无的夜色中绽放着，无论谁，只要仰头，就能看到这轮通透无尘的光芒。

多像是李玄的笑脸啊。

即使不用拥抱，也能感受到温暖。

但要怎样做才能保住这份微笑呢？要我受尽天下的苦、染上最深重的罪孽吗？

苏犹怜将头深深埋进臂弯里，响起一阵抽泣声。

每一声，都像是一片琉璃破碎。

那么纯，那么脆。

李玄听不见。

这片夜色听不见。

听不见的都是傻瓜，但傻瓜往往是幸福的。

因为他承载着六种福佑，行走在这个世间。就算是傻瓜也一样。

月，静静地滑动着，越升越高。

天秀峰顶，也升起了一轮一模一样的圆月。也是那么金黄，就连月中的每一丝暗纹，都如镂刻形，绝无二致。仿佛在这座钟灵毓秀的山峰顶上，构筑出了一座月之宫殿。

只是，那第二枚圆月像是虚影一般，飘飘荡荡的，有些不真实。但此时的李玄，意识模糊，却也分不清楚。他呆呆地仰望着，看着这轮虚幻之月，慢慢扩大，将整座天秀峰都包在其中。

所有的声、光、电、影全都被隔绝在外，这片月色，就是一座清凉世界，没有任何外物打搅。

李玄的神志跟这片月色融合在了一起，慢慢陷入沉眠。

万物寂灭，只待仙人降临。

仙人抚我顶，结发授长生。

这是清凉月宫美丽的传说。见到仙人之人，可富可敌国，可名扬天下，可文冠古今，也可武成泰斗。

但拜见仙人之路，却是坎坷而恐怖的。无数剑华之山耸立在天秀峰之外，那是谢云石冲天剑气结成的屏障，而传说中，中秋夜，天秀峰顶上会浮动着能令一切剑法、道术都消解的九天清凉气，以及能将人神魂吹散的九天罡风。

这两者，无不可怕至极。相形之下，十方刹那光简直是小儿科，不值一提。

所以，越美丽的传说，结局往往越是恐怖；越辉煌的成就，取得便越是艰难。

李玄仰望着。

悬挂在天秀峰上的月，渐渐凝结起来。一股清凉缓缓洒在他身上，让他觉得舒适至极，几乎就此睡去。

冲天支立，旋围在天秀峰上的剑华之山，却在这份清凉透下的同时，慢慢消解，宛如花朵枯萎，化为灰尘。

莫非这就是消尽一切的九天清凉气吗？连谢云石布下的剑华竟然都无法阻挡。

清凉缓缓透下，沿着李玄曼妙细长的身子，一直透到他的脚底深潭中。金黄的光芒将整座山峰浸泡，宛如月神拥抱着她的恋人。

便在此时，一抹悠扬的琴音自峰顶缓缓透出。

李玄朦胧的神志稍微清醒了一些，勉强摇晃着脑袋，向峰顶望去。他的脑袋此时已变成了一朵花，这个简单的动作也随之变得艰难无比，良久，方才转过脸来。只见峰顶一块平整光润的大石上，摆着一具琴、一柄扇。

琴音，就是从石上发出的。

扇作碧色，李玄刚扭过头来，扇上猛然冲起一阵激烈至极的狂风，刹那间直上九天，轰然怒卷而下。

琴音淙淙，被这股狂风击得凌乱无比。

李玄的身体才挨到那丝风，就感受到一阵撕裂般的痛楚。狂风吹过的岩石，竟然片片粉碎，化成灰黑的泥。

这难道就是能焚尽一切的九天罡风？

幸好李玄早就料到了这一点，他在攀爬生长的时候，是透过天秀峰岩石间的罅隙，将身子深深埋进了山石空隙中。天秀峰上有无数的洞穴，足够让李玄容身。何况他还有一件很好的护身宝贝——浩瀚战甲。这宝贝当真如意，李玄的身子变成了凌霄花，身子拉得几百丈长，浩瀚战甲竟然也拉得这么长，紧紧覆盖在他身上。

罡风吹过来，岩石阻挡住大部分，战甲抵消了小部分，李玄一点都没受苦。

唯一需要担心的是他的脸。脸没有遮挡，需要小心一些……毕竟脸很重要……

罡风凌厉，声威骇人，加上消尽一切的九天清凉气，的确没有任何人能抵挡。李玄虽然修为很低，眼光还是很高的。越是这样，他越是佩服自己。什么人都上不来的天秀峰，自己还不是上来了？哈哈！

突然，一个人影出现在天秀峰上。

他白衣落落，未染纤尘，缓步自山下走来。

漫天罡风，竟似惧怕他一般，自动为他让出一条路来。九天清凉气虽然无处不在，但他并不施展剑法道术，只是凭着自己的力量攀爬，自然也不能阻挡他。

他慢慢地循着山势拾级而上，李玄心中忽然泛起了一阵惊恐。

连九天清凉气与九天罡风都无功，难道他是……

石星御！

龙皇难道到了这里？

李玄的脸立即苦了起来。

那人沉默地登上峰顶，静立。罡风吹拂着古琴，发出铮铮淙淙的声音，杂乱而曼妙，宛如悠长的思念。

他悠然叹息一声，拾起碧扇，将它插在旁边的山石上，缓缓坐下，抱琴膝上，手指轻抚，琴音顿止。

琴音消哑的瞬间，那亦是一声悠扬的长叹。

李玄忽然发现，他绝非石星御。

石星御不会对琴有这么大的兴趣。

虽然看不清他的容颜，但李玄已隐约猜到了他是谁。

谢云石。

唯有谢云石，才会如此儒雅清俊，一琴在手，萧然宛如古松秀竹，风采无人能挡。那是千年魏晋流下的遗风，已沁入骨子里的风流倜傥，是天然的镌刻，绝非后世的修行。

谢云石之所以有这样的风骨，只因为他是谢云石。

也只有谢云石才有。

神秘美丽的清凉月宫，也许只有谢云石这样的人，才有资格踏入。

只是谢云石不早就入过清凉月宫吗？他此时又来做什么？

李玄疑惑不解，谢云石轻轻理好琴弦，轻拢慢捻，古雅而清润的琴音，如月华般流淌而出。

秋凉清愁滋长，宛如一座千年未有人来的荒山，寂寂地堆满了落叶。一脉清泉，处于荒山之间，没流多远，就消失无迹。

山静水幽，连野鸟之声都不闻，只有一株幽淡的兰花，含着柔微的香气，落落开放。它的香沁在水面上，连那轻轻的涟漪，都泛着清香，却没人见。

此情可待成追忆，只是当时已惘然。

谢云石神魂俱授，已完全融入了这琴音中。

那是他一生一世，都不会忘记的曲子。

但他绝不会弹，除了这一年一度的此时，在高出天表的峰顶，用心弹奏一曲。除此，就算他悲伤、痛苦、欢喜、忧愁，他都不肯为自己弹奏此曲。

为此，他废琴十年。

只为这一曲《漪兰》。

争将世上无期别，换得年年一度来。

凤啼声响起。

谢云石白衣一震，双目中不由得露出了欢喜的光芒。清伤幽寂的琴音，也不由得杂了些许喜悦。

一道紫影盘旋飞舞，带起大片紫色的霞光，重映万道，自遥远的天际向天秀峰降临。

隐约可见，那是一只巨大的鸟类，长得跟瑶儿极为相似。通体覆盖着紫色的羽毛，尾上拖着七只长羽，雄峻灵奇，赫然也是一只凤头鹫。

李玄心中浮起以前查到的凤头鹫的资料。

凤头鹫的羽毛按照彩虹的顺序，赤橙黄绿蓝靛紫黑白，每一百年，褪一次毛。瑶儿只有三百年的修行，因此毛是金色，这只凤头鹫遍体紫羽，岂不身具七百年的修为？观其羽毛深紫，差一点便成黑色，修为更进一层也是指日可待的事情。

可不要以为七百年的凤头鹫，只不过比瑶儿厉害一倍而已，凤头鹫每褪一次毛，并不仅仅只是过一百岁那么简单，而是修为增长了一倍。若非如此，就算长了三百岁，也不会褪毛的。所以瑶儿那么懒惰的鸟，也每天都要勤勉修炼。这只鸟的修为，赫然是瑶儿的八倍！

那已不能再叫鸾，而是凤，紫凤。

谁踏凤啼而来？

难道是清凉月宫的仙人？

李玄兴奋了起来。他一定要睁大眼睛，好好看清楚！

紫凤悄无声息地停在峰顶，不悦地叫了一声。即使如它这般修为，处于九天清凉气与九天罡风的双重压迫之下，也是极为难受。

一人翩然，自凤身上跨下。

琴音戛然而止。

谢云石仿佛怔住了一般，双手按在琴弦上，却已无法再弹奏。他嘴唇颤抖着，似乎想要说什么，却一个字都无法出口。

他的双眸神光闪烁，无法转动，只能眼睁睁地看着那人影向他慢慢走来。

一千年的时光，能不能将这段路走完？

那是一团漆黑。

宽大的鹤氅被罡风吹动，飞舞成一片乌云，随着那人的脚步飞纵，仿佛将整座峰顶都笼罩其下。

那人一动，鹤氅便变幻万方，每一变，都仿佛天地火劫，充满着惨烈妖乱之势。

只因这个人，本就主天地刑杀，掌万民性命。

他若一怒，天地风雷，都将尽变！

他的每一步，都仿佛踏在天心脉动的节奏上，天心因他的步伐而不住改变。

有时冷冽，有时慈悲。

金黄的月光，也仿佛因他而凝固，形成一块巨大的、悬浮在天空的冰。山峰峻秀，却宛如支天白骨，为他营造出震古烁今的功业。

诸天诸地，都仿佛是他的王宫，而他，就是王宫中唯一的主人。

他在谢云石面前静静立住。

一张狞厉的青铜面具遮住了他的面容，在他傲然出尘的身姿上，盛开出一朵暗夜之花。

鸽蛋大的宝石镶嵌在面具前额，碧森森的光芒透出，映得面具上雕刻的魔神像一片惨绿，仿佛随时都会破碎而出。

面具背后，透出两点冰冷的目光，宛如秘魔封印一般，将魔神钉在夜色之中。

这目光坚毅、深沉，无论是多么强大的力量，都不由得要在这目光下战栗、跪拜。

但现在，这目光在触及谢云石时，却杂入了一丝温柔。连激变着的魔神像，也安静了下来。

两人的目光一旦交织在一起，就再也没有人能将之分开。

谢云石的身躯，猛然剧烈地颤抖起来。

同样的颤抖，竟也出现在这个神秘而强大的人身上。

痛入骨髓的感动，在两人的体内激荡，他们能真切地感受到对方的一切感受，又将同样多、同样重的感受“反哺”回去。

那一刻，两人一齐泪流满面。

第二十九章　由来碧落银河畔

争将世上无期别，换得年年一度来。

清凉月宫的传说，便成了他们的传说。

这是谢云石三年前登上天秀峰顶，发现的秘密。

一个对天下所有人都没有用处，唯独对他们两人珍贵至极的秘密。

于是，他们能有年年一度来，有相聚的一刻。

他将之称为上天的恩赐。

但这恩赐是那么短暂，月过中天之后，清凉月影就会消散，九天清凉气便会回归九天，他们便再也无法聚首。

戌时三刻，到子时，只有一时一刻的时间，他们每年的聚首，也就只有一时一刻的时间。

一刻千金。

谢云石慢慢站起，看着这个黑色的，如夜一般的人影。

那人慢慢举手，将脸上的面具掀开一线。

也只有在这一时一刻中，他将以真面目面对眼前的这个人。天上天下，只有他，能看到自己的真面目。

手慢慢挪移着，魔神面具从脸上滑落。

这一刻，李玄心中竟然涌起了一阵难以遏制的期待。

这样的人，这样的风采，这样狰狞的面具下，究竟会是张什么样的脸呢？

他忽然很想看到！

这念头是如此强烈，几乎让他疯狂。

面具轻轻揭开一线。

那神秘的容颜也仅仅只露出了一线。

李玄却仿佛在这瞬间呆住了。

如深沉的夜色，被一只手轻轻揭开时，射出一缕璀璨的星光；如宇宙尚在混沌时，清气浊气恰在分割的一线清明。

面具上的魔神雕像尚悬于脸上，那露出的一点容颜，就宛如魔神脸上隐秘的微笑。

却已倾动众生。

李玄错愕。他一生中所见过的绝色女子甚多，石紫凝之冷峻，龙薇儿之娇憨，九灵儿之妖娆，苏犹怜之妩媚，无不动人心魄。然而此人的半面风华，却是如此与众不同。

清冷、高远、雍容、沉静，的确为李玄平生仅见！

这面容若是完全暴露在月光下，会有多么惊艳？

山无陵，江水为竭，冬雷震震，夏雨雪。会有这么疯狂吗？

等等……或许是意识迟钝的原因，李玄这才惊起了一个念头：难道这修为绝高、足以凌压天下的神秘人，竟有一张清丽若神、宛如女子的脸？

又或者，他本身就是女子？

他到底是谁？

谢云石怎会这样看着他？

他难道是谢云石的挚友、失散多年的骨亲？

不像啊……李玄头痛了起来，禁不住将目光投向两人。

那一瞬，他霍然明白。

——因为他看到了跟他的前生一样刻骨的相思。

从谢云石的眼睛里，从神秘人的眼睛里。

刻骨铭心，再无疑问。

但这怎么可能？

清凉月宫的传说，天秀峰的峰顶，难道是谢云石跟他所爱的人约会的地方吗？

这怎么可能！

龙薇儿怎么办？

那个一味叫着“谢哥哥”的孩子怎么办？

李玄看着两人的目光，心底渐渐凉了。

那是没有人能分拆开的目光，就算海枯石烂、星辰陨落，它们也必将汇聚在一起。

它们之间，容不下任何人插足，甚至容不下一颗尘埃。

好可怜啊。

李玄的神志又开始混沌起来，只剩下一个念头。

好可怜啊，薇儿。

便在此时，一个阴沉而森冷的声音响起。

“简主。”

手猝然停顿，魔神凝结在将飞将扬、将幻将化的瞬间。

天舞破碎。

面具“啪”的一声合上，鹤氅人猝然转身。

漆黑宽大的鹤氅展开，冷森森的气息飞逸而出，刹那间将天秀峰顶幻化成他的王宫。

他傲然卓立，仿佛面对万千兵马。

他无须问询，因为众生都是匍匐在他足下的俘虏，等待他冰冷的裁决。

他执掌天下刑杀，手中有无边权力。

鹤氅人冷寒的眸子，凝注在眼前的黑影上。那黑影隐藏在九天清凉气之中，悬空而立，载沉载浮。

他的眼神细微地变了变。

九天清凉气可消尽一切剑法道术，绝无例外，这黑影本不该浮空而立的。

这是个不好的兆头，充满了危险。

他的每一分反应，都被那黑影仔仔细细地看在眼里。

轻轻地，黑影宛如蛇一般地笑了起来。这人笑的时候，全身都在抖动着，宛如没有半点骨头。这人轻轻扇动着手中的羽扇，遮住大半边脸，只将又冷又腻、仿佛能缠死人的目光放纵出来，紧紧裹在他的身上。

这是他的猎物，他绝不容“简主”逃脱。

面具下的目光也在凝视着他。

那是骄傲的、凤凰一般的目光，不禁让人影有些嫉妒。

慢慢地，面具之下吐出两个字。

“太子。”

太子笑了。他喜欢这宛如魔神一般的骄傲，他要亲眼看着这份骄傲在他手底揉碎、破裂、污秽、腐败，然后，他将接收一切。

想一想都会觉得兴奋。

他开口，轻轻吐出一串本让他战栗无比的字：“简碧尘——或者说，我该叫你华音阁主？”

简碧尘不答，冷傲的脸色也未改变分毫。

太子敏锐的目光能够看出，简碧尘在思考。

他一定想不到，自己怎会在这里现身，而且不受九天清凉气之影响；亦想不到，自己为何敢在他面前现身，自己本对他怕得要命。

这么一想，更让太子得意起来。

——今天，所有的一切都会翻转过来，我要拿回属于自己的一切。

太子细细的眉皱起，声音变得冷峻起来：“简主——我还是习惯这样叫你——你是一切的主人，不是吗？”

他飘身而下，跪倒在简碧尘面前。

他重重地磕头，前额碰在山石上，鲜红的血流出。他抬头，鲜血融化成一个残忍的笑容。

他要用他原来的谦卑，来强调现在的得意：“简主，我为你准备了十重大礼，你不准备看一看吗？”

他喉头鼓动，发出一声尖锐而浑浊的闷笑，突然高声叫道：“送礼！”

随着这一声叫声，风云陡然改变！

烈烈狂风自他身后涌来，将简碧尘的鹤氅吹得飞舞而起。

简碧尘一动不动，傲然看着他表演的一切。

——他的骄傲，能维持多久呢？

太子的笑有些疯狂，得意的疯狂。

“第一重礼！”

“故事。”

他的笑很尖锐，能够缠住人的尖锐。笑慢慢攀爬着，一直爬到你的心里去，然后突然收紧，让你毛骨悚然。

“有一对相爱的人，他们爱得死去活来，却不能在一起。因为一个秘魔的诅咒，他们体内生出无法抵抗的吸引力，他们离得越近，吸力就越强，足够近的话，两人就会融化，一齐灰飞烟灭。所以，他们虽然爱到刻骨，却只能离得越来越远，毕生永不见面。”

“很凄艳的故事，是不是？”他的眉角将笑容斜斜挑起，死死盯着简碧尘。

碧落苍天，简碧尘一动不动，任月色将他全身洒满。

“这时，我就在想，如果有一个地方，或者有一件法宝，能让所有的法术都失效，那么三圣主借归化神功施展的诅咒也就会暂时失效，他们就可以执手相望了。这一对恋人，有着怎样的吸引力呢？”

他柔柔一笑，笑容中却尽带了阴狠之色。

“九天清凉气，就是它。”

他抬手，他的掌心中是一团虚无的清气，随着他的动作，清气袅袅散开，迅速将整个天秀峰布满。

“简主，你想不到吧，我就是九天清凉气的主人。你苦心想寻找的，就是我送给你的第一份礼物。在这里，一切法术、剑术、道术、武术全都失效，可让两位安享片刻的宁静。”

简碧尘的脸色变了变。

金风玉露一相逢，便胜却人间无数。

难道，这仅仅只是一个梦吗？是精心策划、为他打造的阴谋吗？

他的眼角望了望谢云石。

谢云石并没有看太子，他只是全神贯注地盯着简碧尘。

换取年年一度来。

是的，他们每年只有这一时一刻，能够看到彼此，此后，可能永远都见不到了。

他看不尽、看不够，连生死都顾不得。

“第二重礼。”

“传说。”

“简主，你永远不会想到，其实这清凉月宫的秘密，早在三年前，就已经被我破解了。九天清凉气，就是我从月宫中取出的法宝。”

他扬了扬手中的清光，那无疑是操纵九天清凉气的源头。

这段话令简碧尘、李玄一齐耸然动容。

太子仔细鉴赏着简碧尘的惊惧，这是他已在脑海中模拟了千百遍的场景，此时真实出现，犹让他获得了极大的满足。

他喜欢看着别人在他的操纵下，木偶一样起舞。他喜欢掌控别人命运的感觉，尤其是对强大而神秘的简碧尘。

不枉他布局三载，一朝收获。

“清凉月宫乃是上古仙人飞升时留下的宝贝，这宝贝……”

他喃喃说了几个字，天秀峰顶的月华忽然凝结。

金黄色的光，凝成宛如实质般的光辉，一座巨大的黄金宫殿，在月中隐然成形浮空而立。一株极大的桂树飘摇在月色之中，枝条横空，灵秀飘逸，将宫殿大半覆盖住。金黄的光便从宫殿中飘逸出，将整座天秀峰紧紧裹住。

龙穆的浮空岛已让人叹为观止了，这座月之宫殿更为宏伟峻兀，宛如一轮明月一般，照耀空际。那轮真实的月亮，反而变得虚幻起来。

太子鉴赏着他们的惊惧。

“我却没有收回月宫，让它仍悬挂在天秀峰顶，放出九天清凉气，便是为了设好这个圈套。

“许多看似美好的东西，其实都是有毒的。简主啊，你中的毒很深呢……

“一旦被这座月宫俘获，能逃脱的机会就小得可怜呢……”

他短促地笑了起来。

“清凉月宫，上古仙人之秘宝，用来封锁住简主所有的退路，这是我的第二重礼。”

微微一躬，太子姿态萧然，款款而谈。

他身上也散发着贵胄之气，但与谢云石沉淀千年的儒雅风流之气不同，他的贵胄之气是孤傲的、残刻的，是高高在上、视万民如粪土的优胜者，践踏一切。

“第三重礼。”

“机关。”

他挥了挥手，月中那金黄的宫殿忽然打开，无数黑影流泻而下，布满天秀峰的峰顶。

那是无数甲兵，全都骑着凶恶的鸟类。它们的动作极为呆滞，但一举一动无不展现出巨大的力量。它们的身上泛着青湛湛的光芒，显然是由精钢铸就，却凭借着神秘的机关术的驱动，宛如生灵般活动着。

无论以什么标准来看，机关术都算得上是最神秘的流派。懂得机关术的人极少，精通者就更为稀少，往往一个时代都出不了一两个。一旦出现，便是人中龙凤，必将干出一番惊人的事业。只因机关术能将强大的力量封锁在木石钢铁之中，释放时绝非凡人所能抵抗。

简碧尘的见识绝非常人所能及，他只看了一眼，就发现驱动这些机关的，赫然是传说中的星天命术，以星辰之力催动机关运转，威力奇大，极为难敌。八百机关羽骑将天秀峰顶团团围住，就算简碧尘能全力作战，也未必能突破。

九天清凉气封住了剑术、道术，但机关术却不属于任何一种道术，是以能在九天清凉气中自由行动。如果说简碧尘本还有一丝生机，现在这丝生机也已被完全封住。

这本是个死局。

太子悠然道：“对于简主，我可是丝毫都不敢轻视啊。”

“第四重礼。”

“圣旨。”

他从怀中取出一个黄色绫卷，展开朗声读道：“奉天承运皇帝，诏曰：着摩云书院上下人等助太子捉拿简碧尘，违者以叛国罪论处。钦此。”

“所以……请不要指望紫极老人出手相助了。”

难怪这边闹翻天了，摩云书院中竟没有丝毫动静。看来所有的人都被紫极老人召集起来开校会了。这边不闹完，校会不会结束。紫极虽然神通广大，但他心悬万民，不得不受大唐皇帝的制约。圣旨是约束紫极老人最好的办法。

“也不必指望华音阁了。”

“因为那是我的第五重礼。”

太子脸上的笑越来越浓，也越来越阴。他的笑容就像是乌云一般，盖住了他的脸。

他没有说明为什么，但他既然敢这么说，想必就一定有法子，让华音阁不会派出半个救兵。

“第六重礼。”

“罡风。”

太子悠然指着插在简碧尘身边的碧扇。

“简主可知道，做成这柄扇子的，不过是月中仙桂的三片叶子。”

随着他这轻轻的一句话，覆盖在巨大的黄金宫殿上的桂树，突然无风而动了起来。

漫天碧气吞吐，从树根处攀缘而上，脉脉向树冠行去。一达树顶，立即化成无数细细的清流，丝丝绕绕地缠卷在桂树的枝条上。每一根枝条上，都结着一朵黄玉般的桂花，桂子天香，从桂树枝头流泻而下，同万缕清气融合在一起，激突成无数透明的黄色旋涡，向天秀峰顶涌去。

那些旋涡一脱离树梢，立即涨大，形成无数顶天贯地的龙卷，轰隆轰隆巨响声中，整个天地都被吞没！

天秀峰宛如一叶扁舟，在龙卷的海洋中载沉载浮，随时都可能被撕裂。

这种威势，就连简碧尘都不由得微微变色。

太子悠然拍手。

桂树静止，龙卷消失。

“这才是真正的九天罡风。那柄碧扇，不过是我留下来为坚定简主的信心而已——身在九天清凉气中，若没有一件防身的利器，简主是不会轻易现身的。

“这柄碧扇，既是利器，却也是陷阱。

“简主，你上钩了。”

太子的笑充满邪恶。他忍不住要说出一切，因为这个计策精巧、有效，他与他最信任的幕僚足足筹划了一年，加上无数天材地宝，方才将简碧尘引入彀中。

他实在很得意。

这份得意，若是不向人好好说一说，当真是种折磨。

九天罡风是引诱简碧尘的利器，若简碧尘上钩，那么罡风就会反而成为至大威胁。毕竟，罡风的威力是如此之大，轻易就可以吹散人的魂魄。

“第七重礼。”

“归、化、神、功。”

太子几乎是一个字一个字地说出这个名字的。

这四个字显然让简碧尘与谢云石都有些意外，他们两人的身子都是一震。

这个名字，影响他们实在太深。

当年，若不是归化神功，简碧尘又何须成为华音阁主？

当日，若不是归化神功，简碧尘又怎有信心以一人之力挑战三圣主？

当时，若不是归化神功，谢云石又怎会献出自己的身、自己的魂，助简碧尘打败那无敌的魔？

而今，若不是归化神功，他们如何会相濡以沫，相忘于江湖？

这四个字，影响他们的一生，实在太深、太深！

太子的笑仿佛是讥刺。

“若我撤去九天清凉气，将会怎样？”

他扬了扬右手，掌心那一片凝结的清光，隐隐现出钥匙的形状。显然，乃是操纵九天清凉气的元枢。

九天清凉气一旦散去，缠绕在他们生命里的归化神功立即就会发动，在这么近的距离下，他们的魂魄立即就会被吸到一起，再也无法分开，一起神魂俱灭。

这是终极的杀招，简碧尘完全无法抵抗！

他眸中的骄傲，终于黯了黯。

这一切，太子自然全都看在眼里。

他并不满足。华音阁是天底下最神秘、最强大的门派，几乎历代华音阁主都拥有不败的神话。这样的人实在太可畏可怖，多少次他设下几乎完美的计策，却仍然困不住这位人中龙凤。

他忘不了，简碧尘有春水剑法带来的天下无敌的武功，也有祈天神术赐予的无上福佑。

普天之下，简碧尘是唯一受苍天眷佑的宠儿。

简碧尘有着不败的天命。

所以，仅这七重礼，远远不够。

太子脸上浮出一丝柔笑。毒蛇在噬咬人的时候，也许，就会带着这种微笑，露出毒牙。

“第八重礼。”

“天地大阵。”

随着这句话，一个苍老的人影忽然在山脚下出现。

李玄混混沌沌地往下看了看，却几乎惊得醒来。

“老鬼……居然是你！”

那山脚下出现的，赫然是古墓中的老鬼！

只见他此时穿着一身蟒袍，居然颇有气势。一现身，朝着太子躬身拜了拜，看了简碧尘一眼，无奈地摇了摇头，身子转瞬隐去。

天地在这瞬间，倏然改变。

山不再是山，河也不再是河。

终南山不见，毒龙潭不见，大唐的一切，都不再见。

他们身处在一片陌生的天地中，一望无际，尽是茫茫的白雾。天也是白的，低得几乎压到了人身上。除了天秀峰孤零零地立着，这个世界中什么都没有。

压抑。

荒寂。

慢慢地，雾气散去。方才的一切就像是幻影一般，逝去后就露出了原来的世界。终南山再度露了出来，毒龙潭也依旧像是一潭死水，但李玄总觉得有些不太对，他似乎仍处在那个白茫茫的世界中。他一点都不敢动弹，心底最隐秘的感觉告诉他，只要他一动，无边的杀劫立即就会被引发！

天地大阵，焚天灭地。

李玄一直觉得这老鬼一定是个人物，但没料到他一现身，就搞出这么大阵仗来！

太子悠然道：“简主，当年横行天下的战神李靖李药师，亲手施展的天地大阵，不知能否困住你？”

冰冷的面具覆盖在简碧尘脸上，一丝表情都没有。

太子悠悠道：“第九重礼。”

他顿了顿，道：“这是我介绍的最后一重礼——简主若能破解这九重礼，才能见到最后的第十重礼物。我很不希望那一刻会到来。”

他叹息着，缓缓移开了脚步。

他身后，凌空悬着一座玉台。

玉台上堆满了花瓣，花里面，静静地睡着一个人。

太子的手轻轻按下，玉台缓缓降落，那个人的容颜，一点一点，出现在两人面前。

李玄其实并不太关心这个人是谁，变成花之后，他的脑袋一直很混乱，无法清晰思考。他现在，只想等着再过一刻钟，他的化身就可解除，如何乘太子不备，冲进清凉月宫，找到梦魔，才是他拼力思索的关键。

谢云石突然一声惊呼：“龙薇儿！”

李玄一惊。

龙薇儿？难道玉台上躺着的竟然是龙薇儿？失踪的龙薇儿？

绑架龙薇儿的，就是这个阴沉沉讨厌的太子吗？

李玄拼命挣扎着，想要看清楚玉台上的人影，但他只能看个大概。变成凌霄花之后，他根本无法自由活动，甚至无法安心思考。吹过的风，照来的光都能轻易打乱他的思维。他想移动头部，也是无比艰难的事情。

薇儿、薇儿，真的是薇儿吗？

我一定要救她！

但是，如何救？

第三十章　可要金风玉露时

十重大礼。

九天清凉气、清凉月宫、机关军团、圣旨、策反、九天罡风、归化神功、天地大阵、人质，以及神秘的第十重礼物。

这一切，的确考虑得极为周备，几乎封锁住了简碧尘所有的退路。

唯一没有封锁的，是简碧尘乘坐的那头紫凤。但一头凤凰，就算厉害，又能做得了什么？只要放出九天罡风，它就无法突破。太子并不担心这一点，他担心的，永远是简碧尘。

只因他的心仍在恐惧：就算如此周密安排，简碧尘仍可能有力量突破！

没有人可以轻视华音阁主，轻视的人都已经死去。

面具，似乎在简碧尘脸上渐渐凝结，越来越冷。

他盯着太子。

太子也柔柔地看着他，似乎想要看透他的心。

但简碧尘的心，是绝没有人能看透的。

太子不由得有些惶惑起来。

他手掌心忍不住沁出冷汗，几乎就要转身退却。

沉默的简碧尘，依旧如此强大，几乎将他的精神压垮。只要他不倒下，他就是传说中那驾龙御凤的无敌战神。

十重大礼，十种杀招，能杀得了简碧尘吗？

太子的信心，竟在一丝一丝地流失！

这，便是华音阁主世代累积下来的名望。

天上天下，独一无二的华音阁主。

良久，简碧尘缓缓道："你说得没错，这十重礼，的确封锁住了我所有生机……"

"……你要什么？"

顷刻之间，太子的心变得轻松起来。

无与伦比的简碧尘，终于被自己俘获了吗？

太子的信心猛地增强。

他的目光锐利，深深刺入简碧尘的身体。

一字一字地，他似乎想将这包含羞辱的字眼刻入简碧尘的骨髓："我、要、你。"

简碧尘面色一冷。

"放肆！"

鹤氅轰卷成一片乌云，华音阁主雷霆一怒，天地都将为之变色！

自他膺阁主之位以来，从未有人敢撄其怒。

他是王者，高高在上的王者，绝没有人敢冒犯。

冒犯者死。

太子的目光自上而下、自下而上，细细地打量着简碧尘。一寸一寸，连一丝一毫都不放过。

身在十重包围之中，简碧尘的震怒，实在显得很苍白。

这让太子感到莫名的兴奋。他忍不住重复了一遍。

"我、要、你。"

简碧尘的身子陡然僵住。

——他准备破釜沉舟吗？

这样才有趣。

太子举起了手中的那枚清气锁钥。

玉台上，绽开了几朵黄玉雕成的桂花。

"看到了吗？只要我的手轻轻一动，玉台上的天香桂子立即就会被引发，变成横扫一切的九天罡风。”

他的双眼眯起来，针一般扎向简碧尘。

“简主，她不是你最喜欢的小公主吗？”

简碧尘刚刚抬起的衣袖霍然僵住。

“你不是曾经发过誓，要一辈子守护她吗？”他短促地笑着，就像是毒蛇在嗞嗞抽着气，“多么可笑的谎言，不是吗？”

他慢慢向后摊开手，清气锁钥向玉台上的天香桂子靠得越来越近。黄玉般的桂花受到激发，发出一阵清脆的颤音，细细的风流从其中急速溢出，刀一般抽走着。

“她很可怜，是不是？这枚九天清凉钥再动一下，她就会被分尸……简主，你是要救她，还是救自己？”

简碧尘身子僵硬，无法回答。

太子突然大笑了起来。

这让他感到了极大的满足。无所不能的简碧尘，竟会如此彷徨。

他不再像华音阁主了。

太子笑得全身抽搐，手中的九天清凉钥也不住抖动着，每抖动一次，玉台桂子化成的气流，便急速地抽动一下，凌厉的锋芒切动着龙薇儿身周的花瓣，化成香尘。

龙薇儿一动不动。

太子的大笑声，在天秀峰顶震荡着。

简碧尘、谢云石沉默。

十重封锁之下，他们的确连一丝出手的机会都没有。

上古大哲夏羿说过什么呢？

人在最得意的时候，就应该更小心一些。

太子太得意了，他本是个谨慎之人，但此时，眼见一切尽在掌握中，简碧尘束手无策，那种不可一世的满足感，让他将所有的谨慎都抛诸脑后。

一朵花从他背后探头过来，一口就将他手中的九天清凉钥吞了下去。

太子的狂笑声立即噎住。

他惊愕地转头，就见那朵花正艰难地将清凉钥咽下去。

他实在无法相信这一幕。

一朵花，吞了他掌控一切的宝贝。

他禁不住一把抓住那朵花的脖子，厉声高叫道："吐出来，快给我吐出来！"

花被他掐得直翻白眼，拼命摇着头，就是不肯吐出。

天秀峰顶，一个人掐着一朵花的脖子。

太子的狂怒骤然清醒，因为他听到了一个冰冷的声音。

"我要杀你。太子。"

他倏然回头，就见到简碧尘冰冷的眼神。

太子忍不住一声惨叫，瞬间放松了花的脖子，一退就是十几丈！

但他瞬间明白过来，抽搐一般笑了起来："你怎么杀？身在九天清凉气的环绕中，你怎么杀？"

他似乎只有借助疯狂才能掩盖自己心中的惧怕，然后跨上一步，厉声道："杀给我看啊！"

简碧尘静静不动。

太子扑通一声跪倒在地，哀号："求求你，杀给我看，杀给我看啊！"

他扑通扑通地磕着头，哀号化为了狂笑。

他狂笑着站起身来，大叫："你看，你无法杀我、你无法杀我啊！"

简碧尘冷冷看着他。

看着他如同小丑一样的表演。

简碧尘一字一字道："九天清凉气也许能封锁住我的全身，但只有一处没有封锁住，那就是我的足底！"

一股庞大的力量倏然自简碧尘的足底贯出，轰然怒突进天秀峰中。

那是简碧尘含怒而出的全力一击，顿时宛如天龙般引发一阵怒啸，在咔嚓嚓的巨响声中，整座天秀峰被这股巨大的力量贯穿，瞬间碎成空壳，力量蓬勃而发，直透苍茫大地！

简碧尘说得没错，九天清凉气唯一不能封锁的，就是踏在峰顶的足底。山峰连接地脉，踏足山峰之上，清凉气无法侵入，也就无法阻挡简碧尘真气的迸发。

简碧尘的力量一贯入山峰，形势立变！

只要他能发出一击，就没人能够约束住华音阁主。

他必将如飞龙在天，掌刑天下人的性命。

他的面容更冷，冷如刀锋！

奇怪的是，太子并没有惧怕，他脸上的笑意丝毫不减。

笑如刀锋。

他悠悠道："简主，这么简单的事情，你以为我没有发现吗？"

"第二重礼，就是清凉月宫啊。"

那拢着天秀峰的黄金月色轰然强烈起来。简碧尘只觉天龙般下蹿的劲道，猛然遇到了阻隔，连一分一寸都无法再透下！

整座天秀峰，已被清凉月宫带得拔地而起，生生折断！

九天清凉气，完全包裹住了断峰。简碧尘的真气，无论从哪里发出，都必将遇到九天清凉气！

这，才是真正的死局。

太子脸上划出了一道斜斜的微笑。

一刀封喉。

他长长一揖："恭请简主入九天月宫，从此不履凡尘。"

他猛然举手，清凉月宫带着半座天秀峰，冲天而起。

他，已俘虏了他的猎物。

计划，已被圆满执行，死局已死。

只是，他实在没有想到，这时候会听到这样的声音。

一朵花，一朵开在峰顶的花，忽然爆发出了一声凄惨的叫声！

清凉月宫的飞动之势，猛然停住！

太子眉头皱了皱，手再抬！

清凉月宫再度拔地而起，却又猛地顿住。那朵花，那朵吞了他九天清凉钥的花，惨叫声更响，一把鼻涕一把泪地大叫了起来："不要拉，不要再拉啦，再拉我就断了！"

这朵花放声大哭起来。

太子心中涌起了一阵不祥之感，他急忙蹿到山峰边缘，只看了一眼，他的脸色立即惨变，要多难看就有多难看。

那朵花的根茎并不算粗，但极长，从天秀峰顶一直垂到了毒龙潭下，深深扎入潭底的山石里，几乎抱住了整座终南山。清凉月宫上升，带动着终南山都是一阵狂颤，却无法拉断这株花。

花不断地惨叫：

"求求你！求求你！"

"我受不了了，我真的受不了了。我不要穿浩瀚战甲，上天啊，帮我脱了它吧，我宁愿被拉成两截！"

"好痛苦啊！我要死了、我要死了！"

太子几乎气得晕了过去。

怎么会有这么诡异的事情？他倏然站起，他决定全力催动清凉月宫，就算将整座终南山都拖到天上去，也在所不惜！

绝不能因为一朵花，坏了他精心安排了四五年的计谋。

但在此时，一声淡淡的清叱传入了他的耳中。

"剑奴。"

郁积在天秀峰山腹中的庞大力量，随着这一声清叱，倏然汇集成一道剑光，循着那朵花的躯干，猛然轰下。

花迸发出一阵惊天动地的惨叫声，剑气破体的剧痛几乎让他瞬间昏死了三十六次。

世间一切忽然全都静止。

只剩下那道光。

诸天诸地，只有那一道光，剑光。

宛如飘过回忆中的一凝眸。无尽岁月的幻想中，年少轻狂时看到的一滴泪光。

是所有失去的珍惜，刹那间重上心头。

剑光缓缓游动，每一个转折，都挑动着心灵深处最柔软的地方。

心痛，却又不舍得眨一下眼，唯恐漏过一眼，便漏过一生。

剑光，直入心髓。

这一剑才出，太子脸色立转惊恐。他忍不住狂呼而出："春水剑法！"

天上天下，独一无二，只有华音阁主才能完整施展的春水剑法。

一剑出，心已伤。

此亦为心剑。

此剑注定天下无敌。是以简碧尘膺华音阁主之位以来，从无人敢向其挑战。

这抹剑光，直透太子。

穿过十重封锁。

这一剑，惊天动地。

太子的双眸，瞬间变得灰死。

但剑光才突进太子身周十丈之内，忽然化为乌有。

太子怔了怔，忽然疯狂地大笑起来："九天清凉气！九天清凉气！只要我在九天清凉气中，你就无法伤害我分毫！就算你用的是春水剑法也不行！"

他顿足捶胸，大叫大嚷着，宛若疯狂。

简碧尘冷冷地看着他，淡淡道："你败了。"

天秀峰，忽然化为碎片。

一声凄艳的凤啼，惊天响起。

万条彩气，自天秀峰中冲出，宛如万条狂怒的巨龙，狠狠地撞在清凉月宫上。月宫那宛如实质一般的金黄色，立即被撞得震荡起来，高大的桂树，也一阵摇曳。

太子惊恐不定，差点摔倒。他的狂啸声，也生生咽住。

彩气盘空飞舞，铮铮轻响声不绝，化成了一头无比巨大的彩凤，而踏在凤头上的，便是黑衣怒舞的简碧尘。

彩凤高几乎有半个天秀峰，甚是惊人。双翅展开，约有百丈长。才一现身，中秋那明亮的月色几乎尽被遮住，人间化为一片阴霾。

它昂头，凤啼嘹亮中，冲天而起。清凉月宫一阵剧震，九天清凉气哪里挡得住这么巨大的猛禽？只一眨眼间，简碧尘就脱离了清凉气与月宫的掌握，太子立即如周身浸沐在冰海中！

这，显然是简碧尘藏着的杀招。

简碧尘并非像他想的那样，只将这里当作温柔乡，而是早就在天秀峰里藏了这鬼东西。

彩凤每一分、每一寸，都是用精钢极为精细地雕琢而成的，上面布满了上古符箓。显然，这具庞大的身躯中隐藏着极为巨大的力量。彩凤飞舞翔转，灵动至极，绝没有半分机关军团的呆滞，那是更强、更精湛的机关术，让机关军团望尘莫及。

而这也是在九天清凉气的覆盖下，最完美的战力。

太子一口钢牙几乎咬碎。

失去了清凉钥，他无法将清凉气化为九天罡风进攻，更不能撤去清凉气，让归化神功吞噬简碧尘的魂魄，才痛失良机，让他自牢笼中逃脱。

若不是因为那朵花——那朵该死的花！

太子恨不得将它碎尸万段，打入十八层地狱。

然而，现在最需要担心的，却是身在九天之上的简碧尘。

不用想都知道，现在的简碧尘，肯定狂怒无比。

那是皇者之怒，要摧城拔池，血屠千里。

太子仰头，凤啼声惊天，一抹黑影宛如上古魔神，盘旋在凤头的最高处。

他面对的，是盛怒之下的简碧尘。

但他并不十分恐惧，因为，他仍然在月宫之中，这件上古仙人留下的秘宝，有着足够保护他的能力。何况，九天清凉气仍然包围着他，而他还有天地大阵。

机关军团也丝毫未损。

他仍有一战之力。

他暗自庆幸自己没有轻视简碧尘，若不是准备了十重封锁，他可能早就一败涂地了。

可怕的简主！

他死死盯着简碧尘，冷笑道："简主，我仍有月宫、清凉气之护，又有天地大阵和机关军团，你能胜吗？"

漫漫白雾隐约出现，越来越浓，机关军团在白雾中若隐若现，杀伐声悄然四起。

终南后山，似乎化成了古战场。

清冷的月光映照在简碧尘脸上，将面具上狰狞的魔神镀上一层朦胧的幽光。面具正中的宝石幽闪不定，似乎在侵吞着周围的力量，化为简碧尘那无上的震怒。

"很强的战阵。"

"的确，连我也未必能突破。"

太子傲然一笑，他的信心大盛。但接下来的一句话，却直接将他的精神摧垮。

"可惜，主将太弱。"

他脸色怒变，顾不得再管什么天地大阵机关军团，翻身就向月宫中逃去。

只要能躲进天香桂树之中，任何攻击都会引发九天罡风，他就安全了。

"剑奴。"

剑光凌空一闪，消失。

太子甚至不知道这一剑有什么意义。他忍不住停顿了一下，想看清楚这一剑究竟从何处来，到何处去。

简碧尘绝不会做没有意义的事。

他突然一声惨叫！

轰然一声巨响，清凉月宫旁的一座山峰被这一剑生生斩断，剑气盘旋飞舞，宛如龙飞鹏举一般，将那座山头撕拉带起，向清凉月宫砸了下来。

这一幕，已超出了人力范畴。

绝没有人，可一剑断山，绝没有人！

更没有人能以一人之力，将一座山岳举起。绝没有人！

但这一幕，却实实在在出现在太子面前。那山岳极大，清凉月宫虽然也不小，与它比较起来，却无疑有蝼蚁与大象之别。

月宫一定会被砸得粉碎的！没有什么能够幸免！

太子惨叫着，跌跌撞撞地冲出了月宫。

他绝不能死，绝不能死在这里。

眼前剑光一闪，他的一切行动全都顿住。

他已奔出了九天清凉气的包围，碧森森的剑气环绕在他身周，他面前，是简碧尘那饱含盛怒的眸子。

魔神狰狞嘶啸，似要破面具而出，将他撕成碎片。

他一动都不敢动。

他发出了一声压抑的、痛悔的厉啸声。

因为他发现，根本没有被一剑削断的山峰。

清凉月宫完好地悬在天空，周围群山寂寂，根本就没有那惊天动地的一剑。

那，只是幻觉。

太子心中泛起一阵痛楚的后悔，他竟然被这么简单的幻术吓破了胆！

就因为他是简碧尘吗？

剑气盘旋飞舞，简碧尘的面容冰冷。

太子忽然扑通跪倒在地，尖叫道：“你……你不能杀我，你绝不能杀我！”

简碧尘冷冷地看着他。

剑气成形，化作一道冷冽的寒光，照耀着太子。

太子瑟缩着，拼命地缩紧身子，逃避着简碧尘的目光。

简碧尘的目光中没有丝毫怜悯，太子心中的恐惧越来越强烈，简碧尘的目光仿佛一只看不见的手，扼住了他的脖子，渐渐收紧。他拼命鼓足力气，嘶吼般吐出一个字：“十！”

他连第二个字都无法再说出，就跪倒在了地上。

十?

简碧尘心中莫名一震，他顾不得杀太子，双眸猛然抬起。

金黄色的清凉月宫倏然消失，天是那么蓝，蓝成了一潭深汪汪的颜色，映衬着中间那轮血月浓如鲜血。

简碧尘怔了怔，他竟想不起来，天上什么时候挂了这么一轮妖异的红月。

风是如此清冷，让简碧尘不禁一阵恍惚。

仿佛岁月年华，流淌成一抹回忆，在心灵深处游走。仿佛知交遍天下，却只有一人萦萦不忘。

一阵铮淙的琴声传来，简碧尘蓦然回首，只见碧桃花树下，一人白衣飘飘，正在抚琴而弹。

淡淡风华，凝成他唇边的微微浅笑，落花游走指间，化为东风吹面的袅袅醉音。

白衣微动，抚琴之人向他微笑。

桃花乱落如红雨。

这是渤海郡外，他与谢云石的初次相逢。

简碧尘忍不住向谢云石走去。

花雨零落中，谢云石的面容忽然变得寂寞。

愁如春山的寂寞。

简碧尘猛然想起，三圣主临死前的恶毒诅咒。天下虽大，他与他却不能执手。他们的灵魂因三圣主的诅咒而变得脆弱无比，一旦相互靠近，就必定会同时融化。

他不能走向他。

简碧尘目光寥落，忍不住后退。

琴音婉约，是谢云石指间挑起的如泣如诉，合着他悠然长叹。

简碧尘向后一步步退去。突然四周风物斗转星移，变化成另外一番景象。

九龙争聚，华音阁中。

他长衫破败，仍然染着三圣主的血。渤海郡一战，他在谢云石拼死相助之下，击败了三圣主，但三圣主临死前的反扑，却也几乎耗尽了他全部修为。

更何况，还有轩辕寿。

三圣主生性乖僻，从不跟人交游，却跟轩辕寿是莫逆之交。轩辕寿本就是天下有数的高手，是华音阁极力罗致的魔头，加上三圣主的倾心传授，魔功更高。他听说三圣主死在简碧尘手中，愤怒欲狂，联合了九大高手，布下天绝地灭大阵，誓要杀死简碧尘为三圣主报仇。

简碧尘初授祈天神术，天命未稳，武功更是连九大高手中的任何一位都比不过。眼看就要葬身于阵中。

此时，谢云石远在千里之外，而华音阁主，尚不姓简。

突然，阵中出现了一个人。

一个落拓的人，满身酒渍，须发不整。

他手中拿着一根长长的凤羽，轻轻扫去眼前被杀气激起的尘埃。十位高手倾全力布就的天绝地灭大阵，却被他扫得灰飞烟灭。

他抬头，悠然长叹。双目中是大志空负的寥落。

当他远望时，似是整个天下都不在他眼中。

轩辕寿狂吼："萧凤鸣，你做什么？"

那人淡淡道："闲与仙人扫落花。"

凤啼悠然，六七只凤凰自虚空中出现，盘旋在他身周。他落拓的身影在凤凰环绕中，却是那么从容。

他，便是华音阁的第二代阁主，萧凤鸣。

他整日饮酒，不理阁中事务。后世评点，他乃是华音阁最不务正业的阁主。他从未出过手，但就连最桀骜不驯的三圣主，都对他唯唯诺诺，甘做了华音阁的护法。他轻轻挥动凤羽，轩辕寿等人就纷纷退避，天绝地灭大阵顷刻冰消。他出现的地方，群凤翔舞，为其扫尘。

却是天下最寥落的眸子。

淡淡一句，闲与仙人扫落花。

不置可否。

轩辕寿胸口起伏，几乎忍不住命令九大高手一齐出手，却终于一咬钢牙，狠狠跺了跺脚，忍气而去。

这便是萧凤鸣。

简碧尘松了一口气。他走向前来，向萧凤鸣道谢。

萧凤鸣悠然地看着他。

眼神是那么悠远，就像是隔着彼岸的沧桑。简碧尘猛然一震。

风物再度变幻，变幻成一年后，那场惊天对决。

似是，长安城中，大雁塔上，他与萧凤鸣为争夺阁主之位，于塔顶决战。

群雄汇集，要看萧凤鸣如何抵挡简碧尘的惊天一剑。

萧凤鸣仍旧那么落拓，身上的酒渍也仍然那么多。当东来的风吹过他的眸子时，他的眼神也仍然是那么寥落。

他的目光，似是从来未落到过这个世间。

铮然声响，简碧尘手中长剑震动。如今，完全受降了祈天神术的他，已将手中的剑驾驭得出神入化。就连轩辕寿，也不是他的对手。

能够胜得了萧凤鸣吗？

面对这个落拓而寂寥的对手，简碧尘心中忽然完全没有答案！

但他必须要做华音阁主，他必须要胜过他，从他手中夺过阁主之位！

他有信心，因为他有不败的天命！

东来之风更劲，简碧尘长剑如龙吟，已与风合，与天地合。

萧凤鸣迎风张开了双手。

他大志空负的眸子，第一次变得炽烈。

他张开的双手，似是拥抱着天下。

这座千年的古都，当世最繁华的都城，似是被他拥在怀里。他拥抱的，是天下、梦想、功业、豪情。

他展颜微笑，注视着简碧尘。

“天下，本是我的。”

他的双手猛然一合，简碧尘的长剑从他手间穿过，正正点在他的心口。

血溅出的时候，他的双手在简碧尘身前合在一起，他的眸子锁住简碧尘的眼神，突然变得无比温柔：“我，送给你。”

简碧尘一震——他料想过一万种萧凤鸣回击的招数，却绝没有想到，他竟不招架，以这么直接的方式败在他剑下。

天下人觊觎的华音阁主之位，他竟这么简单地让给了他。

这令简碧尘的心突然凌乱。

修长的指缓缓抬起，托着简碧尘的下颚，轻轻纠正着仰望的角度，让两人的目光再度锁在一起。

那寥落竟是如此炽烈。

“你，又送我什么呢？”

“你自己吗？”

这一刻，简碧尘如遭重击。

他知道，自己败了，败在这一句话之下。祈天神术所赋予的不败天命，也挡不住这铿然一败。

那眸子是如此深远，江山，天下，都不能在其中留下一痕。

他竟无法动。

那托着的手，却在轻轻把玩。

简碧尘脸色渐渐沉下，冷叱道：“剑奴！”

灵剑如风，倏然出现，向萧凤鸣狠狠刺下。

萧凤鸣大笑后退，身上一道紫光涌出。

美丽的紫凤在光芒中凝结，飘然飞舞。紫凤投下的影子化为一只更为巨大的璇玑玉凤，双凤齐舞，灵、枢相合，简碧尘凝成的剑芒化为飘尘。

萧凤鸣左手伸出，紫凤与玉凤盘旋，化为半紫半青的一道玉符，落在他掌心。

“送给你。”

接，还是不接？

这个男子让简碧尘无从应对。他将天下送给了他，将紫凤送给了他，要的却是什么？简碧尘一时无法回答。

萧凤鸣轻轻将凤符递到简碧尘身前。

那凤符猛然跃起，四周的光影再度变幻，化为一片深沉的黑暗。

黑暗中，一个人抬起头来，却赫然是谢云石苍白的脸！

谢云石定定地盯着他，一字一字地道：“你，背，叛，了，我！”

鲜血，顺着他的眸子流下。

简碧尘脸色陡然变化，他抬起手，想替他擦净脸上的血痕。但谢云石的脸庞，却随之慢慢融化。

融成一摊伤心的泪。

月轮红得滴血。

黑翼悄然横空，在简碧尘剑气出手前的瞬间，借着月光，将暗影投到了简碧尘身上。凌乱的羽毛急速而混杂地抖动着，交织成一片幻影，仿佛梦投下的影子，将简碧尘困在中间。

简碧尘的身影，在被暗影笼罩住的瞬间，便陷入了寂静。

再也无法动弹分毫。

巨大的黑翼无声翕动，梦魔轻轻靠近他，伸出手，似是想将他的头抱在怀中。但就算是他，也不敢对简碧尘有丝毫的冒犯，只虚虚地环着他，守护着这个强大而危险的猎物。

所有的一切，都是梦幻，梦魔从他心底织出的梦幻。

太子喘着气，从地上爬起。

大笑。

“不枉我将你从清凉月宫里放出，想不到只有你才能对付得了天下无敌的华音阁主。”

梦魔淡淡道：“他仍然有不败的天命，但再不败的人，也会做梦。我只不过是为他精心构造了一个梦而已。”

他抬起头，凝视着谢云石。

“你想救他吗，还是说，你也想做梦？”

谢云石拔剑而立，但他不敢冲上来。因为他不能离简碧尘太近。一旦靠近，他们将一起灰飞烟灭。

谢云石淡淡道：“放了他。”

剑气倏然成形。

太子笑道：“那是不可能的。你可知道，这位梦魔先生乃是我的第十重大礼，是我最仰仗的秘密武器。梦魔先生的力量实在太特殊了，连不败的天命都无法抵挡得了，我岂能放？”

他轻轻靠近，看着简碧尘，目光欢喜至极。他喃喃道：“终于……你是我的了。”

他爆出一阵狂笑，手陡然往下一指。

“我要杀你！”

他向着谢云石狂笑，飞扬跋扈。

要杀谢云石，他有足够的信心，任何一重大礼都够了！

只要华音阁主被擒，普天之下，有谁能够挡得了他？

梦魔轻轻叹息。

突然，一声禅唱悠然响起。

天空中的那轮明月，倏然发出一道白色的毫光，毫光笔直照在梦魔的额头上。

额头，是一弯流血的弦月。梦魔仿佛受到重击一般，发出一声尖啸。

遍布天空的黑翼，不由得一窒。

太子心中闪过一阵不祥之感，狂笑声骤然停住。

天空梦幻，被切割得粉碎，片片跌落。

太子气得简直发疯。

他好不容易困住简碧尘的法术，竟被这么容易地破掉了！

一个少年悠然走过来，凝视着梦魔。

“抱歉，我是你的转世，我知道你的弱点在哪里。”

梦魔的身子轻轻颤抖着，右手抚住额头，鲜血从他的指间流出，染红了披散下来的长发。他的双眸直直地凝视着少年。

简碧尘衣衫无风而动。

虚空中猛然爆发出一股强大的力量，梦魔脸上变色，身子猛然变得透明。

“剑奴。”淡淡的声音响起，随之剑光陨落，梦魔的身子猛然就被劈成两半。

两只黑色的羽翼，满空乱血。

羽翼纷舞，梦魔的身子消失，却又缓缓在金黄色的月宫中再度凝形。他捂住双唇，轻轻咳嗽着，鲜红的血从唇间沁出。

他凝视着简碧尘，双目中闪动着复杂的神光。

良久，他破颜一笑。

“为什么要醒来？”

“我给你织的梦，不够好吗？”

简碧尘冷冷道：“不够。你若真想送我礼物，就送你的人头。”

梦魔轻轻咳嗽着，细长的眉，锁住了简碧尘的眼神。

“我自己的人头吗？”

他叹息。

“总有一天，我会将它送给你的。”

突然一个吊儿郎当的声音道：“好，劈得好！”

那朵花终于变回了人形，李玄不认识简碧尘，但显然同仇敌忾，他们是一条战线上的。若不是简碧尘的目光是如此之冷，面上的面具是如此之狰狞，他真忍不住要冲上去，套个近乎。

他猛然发现一道恶毒的目光紧紧缠绕着他。

就这片刻的机会，太子已仓皇逃窜，跑出了简碧尘的剑气笼罩之下。

第十重大礼，毕竟没有白费，至少救了他的性命。

他实在太恨这朵花了，如不是李玄这个浑蛋，他早就将简碧尘困得死死的了。

李玄虽然天不怕地不怕，也不禁被这么强烈的目光刺得心底一颤，急忙退开一步，大叫道：“你恨我干什么？你该恨他才是。”他下意识地一指，指着简碧尘。

简碧尘却已无心再战。杀或者不杀太子，有什么关系呢？不过是一小人而已。

他的目光中，有一丝萧索。

山下，谢云石望上来的目光，也有着同样深重的萧索。

天秀峰已完全毁了，以后他们如何相聚？

自简碧尘摆脱梦魔造成的幻境之后，谢云石就一步一步地向远处走去。

一直走过两千八百道阶梯，来到山下。

步步啼血。

一年的相思已成空。

他的目光深痛而寂寞，但若他不走开，他们的魂魄就会被吸在一处，两人都神魂俱灭。

从此，他们再也无法聚首，只能遥遥隔着天涯，相思。

简碧尘轻轻合上双眸。

面具上，微微漾开一丝泪光。

谢云石双手轻挥，一缕琴音袅袅在虚空中出现，却是那曲《漪兰操》。

清音婉转，如诉如慕，那是谢云石在向他道别。

简碧尘破颜一笑。

相隔天涯又如何？他们的魂魄早就互通，宛如这曲《漪兰操》，无论相隔多远，都两心共知。

分离，又能如何？

第三十一章　万里西风夜正长

这一刻，简碧尘寂立风中，月华如水，山岚轻卷。

太子悄悄后退着。他知道，自己安全了。

他脸上浮出一丝狞笑，双手忽然做了个隐秘的动作。

李玄的脖子猛然一紧，太子的手已如蛇一般缠了上来。

他那点武功，哪里是太子的对手？只来得及惨叫一声，便被太子擒住，凌空飞起，向月宫中投去。

简碧尘倏然转身。

而在同时，天地大阵全力发动。

天地一片晦暝，没有日，没有月；没有光，没有影。宛如一切时间的起点时，那团孕育万物的混沌。

一个苍老的声音响起。

“皇命难违，就让老朽接简阁主的惊天一剑。”

简碧尘才动的身形倏然顿住。

天地大阵却一片静默，不因简碧尘之动而动，亦不因简碧尘之静而静。

一片白雾，沉沉掩埋着一切。

简碧尘深深一躬。

“前辈风范，晚辈仰慕至极，怎敢出剑？”

苍老的声音仰天长叹。

便是这顷刻的耽搁，太子已蹿回了清凉月宫。

苍老的声音继续叹息：“太子，我早告诉过你了，要信任。疑人不用，用人不疑。真正的杀招，一招便足够，何必十重？对法宝也一样，你若真的信任月宫，简阁主的剑再利，又岂能伤得了你？”

太子一直蹿到桂树丛中，将李玄抛到桂枝上。那桂枝立即如活的一般，将李玄缠住。

他笑道：“卫公之言，本王一定慎重思量，谨记在心。”

老鬼摇头道：“没用的——不是你的宝贝，就不是你的。越强大的宝贝，便越是这样。”

太子不去理他，望向简碧尘，一丝冰冷的狞笑在他嘴角蔓延着。

他完全不记得他曾在简碧尘面前跪倒，乞求饶命。他看着简碧尘，仿佛胜利的将军看着前来求和的俘虏。

“这就是祈天神术的力量吗？十重封锁，竟然都无法伤你分毫。”

夜风吹动简碧尘的衣角，他静立不答。

祈天神术，领受者将承载六重福佑，行走在这个世间，必将成为天地间光辉灿烂的存在。

这，成就了他无上的功业，却让他与恋人永隔天涯。

幸，或者不幸？

“也许，祈天神术可以帮助我完成一件大事呢。”

太子嘴角挑起一丝笑意。

他的神色转变得很快，这丝笑意乍一绽放，他脸上就完全没有了仇恨、阴冷。他笑得很温和，就像是在跟一位老朋友侃侃而谈。

“简主，我求你一件事。”

简碧尘淡淡道：“败的是你。”

太子自喉咙中发出一阵嗞嗞的笑声，似是在讥嘲简碧尘。

笑声猝然顿住，太子悠然道：“可惜十重大礼，还留着一道！你知道机关军团为什么一直没有出手吗？”

他一字一字，慢慢道：“就是因为它们在我跪地求饶的时候，将这一道礼物偷进了月宫！”

桂树披拂，将一座玉台送到了太子面前。

简碧尘与李玄同时惊呼：“龙薇儿！”

太子的笑更加温和起来：“不错。”

他手中倏然出现了一柄玉剑，“嚓”的一声轻响，玉剑架在了龙薇儿的脖子上。

“我再问你一句，你答不答应？”

鲜血，因用力而自皮肤下沁出，迅速染红剑身上的玉雕。

“我只问这最后一次！”

李玄惊天动地地大叫道：“不要刺！不要刺！我答应你，不论什么事我都答应你！”

太子完全不为所动，桀骜的目光笔直投向简碧尘。

他足够冷静，足够残忍，极能审时度势而又多疑猜忌，他天生就是位枭雄。

“我答应你。”

简碧尘目光冷若冰霜。

“但若你伤她半点，天涯海角，天地轮回，我必斩你于剑下！”

太子哈哈一笑，玉剑倏然收回。

“简主，你早这么说不就好了吗？只要你肯答应，我又如何愿意伤害她？”

他轻轻抚摩着龙薇儿额上的秀发，仿佛方才的残忍，全不是他一般。

“你总该知道，她是我嫡亲的妹妹啊。”

李玄骇然变色。

他，居然是龙薇儿嫡亲的哥哥？天下有这样的哥哥吗？竟然拿自己亲妹妹的性命来威胁别人？他究竟是人，还是魔鬼？

桂树千条万枝围拢过来，将龙薇儿所在的玉台包围住，引向月宫深处。

太子手握玉剑，轻轻敲着自己的掌心，淡淡微笑道：“简主一诺千金，我希望简主能记得方才答应的事。三日后，请简主驾临北极大魔国……”

他轻轻一笑，月宫也随着缓缓上升，向空中飘去。

简碧尘的脸色不由得变了变。

北极大魔国，此时已成为禁地，因为魔王石星御驻军于此。

太子究竟打的是什么主意？

相忘于江湖。

简碧尘寂然转身。

再也不能年年一度来了。

空凝眸回首又能如何？不如归去。

突然，一人沉声道："慢。"

简碧尘还未转身，一股杀气冷然横空，向他度了过来。简碧尘一凛，这股杀气与太子的阴沉不同，它凌厉、浩瀚，充斥着视死如归的绝望与壮烈。预示着此人若是一出手，必定会天地皆惊，玉石俱焚。

修为高如简碧尘，也不由得骤然止步！

天空盘旋的紫凤与脚下翱翔的璇玑玉凤同时清啼，遽然收翅！

简碧尘慢慢转身。越慢，就证明他越尊重眼前的对手，自当年击败萧凤鸣，得到华音阁主之位后，他就再也没有这种感觉了。

他的真气在转身的同时，也抵达身体的每一处，他随时都能施展出春水剑法的惊天一剑！

但他在转过身时，却不由得一惊。

眼前站着的，不过是个少年，落拓的少年。

也是那个悠然出手，用佛法毫光镇住梦魔魔气，将他自梦幻中救出的少年。

他身上披着一袭翠白的衣衫，隐约成孔雀翎毛之状。能看出来这袭衣衫本来华贵无比，但如今却显得那么破败。这位少年面容本皎如明月，如今也被疲惫与痛楚沾染，变得黯淡而落寞。

这样的人，本不可能发出那么强烈的杀气的。但简碧尘却赫然感觉到，这少年身上有股绝望的傲岸之气，正是这股傲岸之气支撑着他，淬砺如一把名剑。

少年也在看着他，眸中神情剧烈地变化着。少年的身子在轻轻颤抖，仿佛又感受到了一阵痛苦。

他仰望着这个天际之上的身影，看着他盘旋飞舞，看着他傲视天下。

有没有一天，他也能这样？也能如这个人一般凤舞九天，不再受任何伤痛制约？

他脸上的痛苦之色越来越浓，猛然发出一声狂笑："你就是华音阁主？"

简碧尘默然不答，他仍在思索少年为何有这么强的杀气。

少年似乎并不需要他的回答，继续问道："据说你有不败的天命？"

简碧尘面容淡淡，自从三圣主死后，这已经是天下皆知的秘密了。若有人敢挑战他，就必须要像太子一样，准备好十重大礼。但就算是有这么多的准备，却仍然强不过命运，只能落个黯然收场。

少年紧紧咬着嘴唇，一直咬出血来。

简碧尘的静默是最好的回答，刺痛了他的心。

在这个高如青天一般的身影面前，他是那么卑微、弱小，如多年前的那个流亡的王子一样，在黑暗中瑟瑟发抖，祈求着某个人，像哥哥或者师父一样遮蔽他。

但已不会有人遮蔽他了，他也不需要任何人的遮蔽！

少年急遽地喘息着，猛然嘶声道："我，要，挑战你！"

他急促地将最后几个字说出来，就像是用整个生命做出决定一般。然后，他的手上光华大盛。

他甚至不给自己犹豫、后悔的机会，他倏然跃起，手中光华变化成一株极大的菩提树，横空飞舞，向简碧尘怒斩而下。

当世少年高手中，再无人能将剑气控制得如此精妙。如果他对敌的是石紫凝、郑百年，这一剑立即就会取胜。就算是龙烟、玄冥常傅，这一剑至少也要对手全力以赴。但可惜他的对手是华音阁主。

简碧尘连眉峰都没有动一动，身后凤啼嘹亮，一股紫色的狂风怒卷而来，轰然就将这道剑气炸散。紫风狂卷，猛然击在少年的身上，少年一声闷哼，摔倒在地上。

但他随即站了起来，嘴角沁出一丝鲜血。他缓缓伸手，将血迹抹去，眉峰间猛然大放光明。他的双手也跟着结印，变幻出无数的形象。

草木、山川似乎全都在他双手中隐现，当他结印的时候，他的面容如此之光明，就像是一轮明月。他不再痛苦，不再迷惘，他只是淡淡微笑着，给这个苍凉的世间以照耀。

狂风如刀，切割着他的肌肤，鲜血如雾一般腾起，融入狂风之中。少年的血越流越多，雾越来越浓，风越来越狂，他那宛如明月一般的面容也越来越明亮。

却倏然充满了悲哀。

狂风在这瞬间骤然止歇，少年双手合十，静立在九重天上。

雾团的每一丝、每一毫都寂静不动，结成一尊古佛。

血红的古佛。

慈悲而缥缈的禅唱声隐约响起，古佛的面容寂静无比，流下两行血泪。少年的面容忽然动了起来，一口鲜血喷出，身子轰然跌落，而在同时，古佛骤然面容愤怒，双掌横空，向简碧尘怒拍而下！

周天雷霆俱动，这一招，连简碧尘都不由得怵然动容！

“剑奴！”一剑凌空，倏然变化，成为一抹悠远的影子。

如山中处士，含梅远望那淡淡的眉，融入了青山的黛。

古佛轰然跌落，化成漫天血泪。

少年跌倒在地上，全身血脉破裂，在他翠白交错的衣衫上凝成一道凄艳的伤。

他努力地想站起来，却一时无法起身。这一剑，已重创了他所有的经脉。

但少年仍挣扎着想站起来。

他要打倒面前的这个敌人，他不能再像以前一样，怯懦、逃避，在别人的光荣与鲜花背后瑟瑟发抖。

他是最古老的王国的王子，他是天钦的转轮圣王，他是戒日王最优秀的子孙，岂可匍匐在敌人面前，而不像个勇士一样去战斗？

但他的力量已经用尽了，他躺在血迹斑驳的大地上，就像是躺在母亲的怀抱里，那么温暖，那么舒适。

不要醒来了吧，就这样沉睡……

不要再管那些流言，不要理会别人怎么看你……

一声雀啼响起，那只巨大的孔雀明王在虚空中出现，双翼盘旋，将他紧紧护住。这只亘古就存在的稀有之鸟，就连修为极高的紫凤也不敢小觑，急忙长鸣示警。孔雀明王悲声啼叫着，环绕着少年。

少年脸上露出了一丝笑容。

“你在问我，为什么不召唤你，为什么不召唤师尊的金身？

“因为我不想再躲在你们背后了，我想证明，我，龙穆，也是能战斗的，我若全力以赴，我也能够在战斗中赢得尊重。我不仅仅是戒日王的子孙，阿罗那逸的弟弟，大日至尊者的爱徒啊。”

他伸出手，挡住了孔雀明王照过来的碧光。他深深吸了口气，强迫自己站起来。

他看着鹤氅下那个仿佛永远都无法战胜的人影。

那是否，就是自己的理想？

会不会有一天，我也能像他一样，高高地站着，没有迷惑，没有痛苦？

会吗？

他缓缓吐出一口气，一串细微的声音从他体内发出。

孔雀明王悲声啼叫了起来，拼命想冲到他身边。少年伸出手，他的手掌上有一抹淡淡的光，但就算是孔雀明王，也无法突破他淡淡的遮挡。

“就让我任性一次，自由地去战斗吧。如果我不能用战斗赢得尊重，那至少我可以像个战士一样死去。”

他转身，向着简碧尘。就像是一轮明月，在太阳光芒的尽头，转身。

这是佛法的最高境界，舍身度人。

传说佛陀在修行时，见到一只鹰捉住鸽子。佛祖悲悯，救下了鸽子，鹰说：佛啊，你虽然因悲悯而救下鸽子，但我若不能吃到食物，就会饿死。难道你忍心因为悲悯而杀死我吗？佛陀于是就割下肉来换鸽子。鹰用天平来称量，一面是鸽，一面是佛陀的肉。佛陀割完腿肉，割下胸肉，仍不能让天平平衡。最后佛陀无肉可割，于是跃身跳上了天平。愿以自己的全部来换取对鸽子的悲悯。于是诸天震动，是为佛法的最高境界。

一旦此法出，敌人必将毁灭，而自己也将随之死亡。

少年的修为本不够，无法施展此法。可惜他是大日至尊者的徒弟，他有一百种方法让自己暂时突破修为的瓶颈，只是那代价一定非常非常巨大。

这种法术，一旦施展，就不能停止。

是为禁忌之术。

但少年的脸上却有种宁静的满足，他缓慢而艰难地向简碧尘走去，带着佛法的至高奥义。

这一刻，他知道，他在做自己。不是大日至尊者的徒弟，不是阿罗那逸的弟弟，不是戒日王的子孙。

他，就是他，龙穆。

他要挑战当今世上，唯一不败天命的拥有者。

这是专属于他的尊严。

孔雀明王凄厉地长啼着，无力地看着他走向毁灭。

祈天神术的荣光包围着简碧尘，让他静静地看着龙穆惨烈的面容。他不知道这位少年为何这么执着，不惜牺牲生命来战胜他。但他知道，只要祈天神术还在他身上一天，这少年就无法伤害他分毫。就算是佛法也没有用。

为什么要选择毁灭呢？

他眉峰微微蹙起，灵、剑双奴同时聚集。

少年忽然一个踉跄，摔倒在地上。他的面容瞬间变得苍白。

方才那一招，消耗了他太多的力气，他的修为本不足以支撑这惨烈的一招，他的身体已在崩坏的边缘。

但少年仍坚持着，吃力地爬起来，向简碧尘走去。

仿佛，就算天崩地裂，他也要走到简碧尘身边，将这一招施完。

他已不再是为了证明什么，他只是要证明给自己看。

他，是龙穆，是五天竺的王子。他，是他自己。

他，能够做到吗？

佛法的反噬之力让他的神志渐渐涣散，他忍不住问自己，没有了师尊，没有了哥哥，他能够做到吗？

没有这些遮蔽的背影，他真的还是龙穆吗？

他带着转轮圣王的传说，降临在那破蔽的大地上，究竟为了什么？

幻影渐渐扩大，将整个天地染成一片血色。鲜血形成一轮巨大的红月，悬照在他头上。虚无的黑色羽翼在月华中凝结，羽翼簇拥下，是一张与他一模一样的脸。这张脸上，竟也有着与他一样的悲伤。

静静地看着他。

那是刚刚离开的梦魔，又再度浮现在绯红的月轮中。

梦魔看着龙穆，眼中神光变幻，一滴绯红的眼泪滑过他苍白的面容，终于落了下来。他望着龙穆那张浴血的脸，忍不住伸出手去，想要寸寸触摸它的微凉。

“为什么，为什么你要杀死自己？杀死我们的肉身？”

他漆黑的眸子中有痛苦与困惑：“难道，难道我不是你吗？”

龙穆艰难地抬起头，仰望着梦魔那张和他一模一样的面容，鲜血点滴从额前流下，沾湿了他的眉睫，让眼前的一切笼罩上一层绯红的雾气。

最终极的佛法，本不是现在的他能够驾驭的。他的结局，注定是毁灭。

他看着梦魔，牵动出一丝微笑，这笑容也沾染了鲜血的色彩，显得如此苦涩：“其实……我很羡慕你，你虽是魔，却可以做你自己。我却不能。”

他艰难地微笑着，向梦魔伸出手：“可不可以，帮我一个忙？给我一个梦，让我在临死前看清我自己。”

梦魔没有回答。他的身影在月光的照耀下显得有些恍惚，一道明亮的月光从他身前缓缓垂照下来，仿佛在他们之间竖起了一面镜子。

他们便在光镜的两端，凝视着镜中的彼此。

一面是佛法的光芒笼罩，一面是妖异绯月的血色迷蒙。整个世界也被一分为二，一金一红，在光镜两端遥遥相对，双生双成。

金光浮动中，龙穆的微笑宁静而安详，宛如灭度前的佛，凝视着镜中那邪恶、残忍、妖异，却并不迷惘的自己。

一个魔。

如果任由他选择，他是否宁愿成魔？

镜的那端，梦魔亦在谛视着他。

仿佛魔在灭度前静静地看着佛。

看着他自己。

看着一个慈悲、仁善，却又迷惘的自己。

看着无尽的岁月，迟迟轮回。仿佛他也曾经如此年少、执着、纯粹、永不服输，哪怕在垂死时，也要任性地叩问着心底的疑惑。

邪正相敌，殊途同归。

破颜一笑，便无所碍。

又何须分你便是我，我便是你。

梦魔隐藏在黑翼后的面容上突然绽出了一丝微笑：

“不，你就是我。”

“你，一直是我啊。”

他伸出手去，五根苍白的手指紧紧跟少年扣在一起。那一刻，少年的确感觉到，他与他心灵相通，合为一体。

无数的记忆涌进他的心，千万年的轮回拉成一道七彩的光华，宁静地翻搅进他的心灵。他痛苦地呻吟了一声，所有的罪孽在他脑海里化成实质。

有多少次杀戮，就有多少场梦魇。

梦魇昧爽，织梦之魔，拥有无尽的力量，可以潜入每个人的梦中，取走他们的灵魂。但这些人在梦魇中所承受的恐惧、悲伤、痛苦、罪恶，他都必须同时承受。

人们在他编织的梦魇中挣扎求存，那时，他们剥离了重重伪装，将一幕幕怨毒、狡诈、伪善、背叛、欺骗演绎得淋漓尽致。这些，他也必须一一目睹。

而后，将心化为铁、化为魔。

梦魇悬浮在夜风中，静静地看着龙穆。这些岁月无比漫长，他一直沉沦其中。背叛、愤怒、恐惧、绝望、杀戮……一遍遍地轮回，就是一遍遍地凌迟。这是一场永远都不会醒来的梦魇。

他的梦魇。

他看着龙穆，柔声道："看到了吗？这就是我的梦。"

为天下人编织着噩梦的罪恶之魔，却活在最深最重的噩梦中，受着永恒的凌迟，永远都不会醒来。

所以他编织出的梦才会那么可怕，足够杀人。

他淡淡道："有时我在想，我能否也做一个美梦？"

他的语调中有深深忧伤："但我却不能……织梦之魔，唯一不能编织的，就是自己的梦境。"

光镜的彼端，他展颜微笑："但你，却是我的梦境。"

"亦是我的轮回。"

"我从你诞生的第一刻就注视着你，你是那么完美，拥有世人所羡慕的一切。你拥有权柄，成为王子。所有的人为你牺牲，在信仰的国度中，你的臣民对你无限忠诚。你有无与伦比的光辉，并注定会成为转轮圣王，建立不朽的功业。你长寿、富有、智慧，拥有令所有人迷恋的美貌……"

他看着他，看着他所说的一切荣光，在渐渐凋谢。秘法在吞噬着这个少年，吞噬着他所说的那个美丽的传说。

"——你就是我的美梦。"

绯红的泪从他眼中滴出来，落在地上，粉碎成一幕红尘。

光镜对面，龙穆一动不动，仿佛连精神都陷入了虚幻中。

因为，他看到了梦魇的梦魇，那太可怕、太沉重。他不知道，自己若是置身同样的梦魇中，是否也会成为魔，以杀戮为乐。

这个世界实在给他太多的痛与罪，太多。多到他杀再多的人，都不为过。

与他比起来，少年的悲伤，成长的阴影，不被重视的落寞，都算不了什么。龙穆忽然有一丝后悔，他或许不该这么鲁莽地死的。

但他已无力抵抗秘法的侵蚀，只能眼睁睁地看着自己的身体崩坏。

梦魇轻轻伸出手：“我不会让你死去的……”七彩的光华从他指间溢出，萦绕着龙穆浴血的躯体。

冉冉地，一轮绯红的月轮升起，将他们之间一切阴霾全都扫空。那红月发出极强的吸引力，将佛法的伤害从龙穆体内吸走，又透过光镜，一丝丝折射入梦魇的体内。

龙穆心中渐渐涌起了困倦，忍不住合上了眼睛。

梦魇抬起头，仰望空中那轮绯红的明月。这一刻，他额前垂发散落，那张一直隐藏在阴霾中的面容暴露在月华中，却也同样有着皓月的光辉。

“或许，我也已厌倦了自己的命运吧。”

他是魔。从人类诞生以来就已存在。他拥有永恒的生命，无尽的力量。只要人类还会做梦，就没有人能真正杀死他，他将与人类共存到最后一刻。但他并不知道，自己为什么要来到这个世界，也不知道那无休止的杀戮到底是为了什么。

或者，这就是魔的使命。

于是他倚在血月之上，张开一双漆黑的羽翼，一次次编织着梦魇。让那些白天衣冠楚楚、满口仁义道德的人，在梦魇与死亡的恐惧中，尽情表演着懦弱、虚伪、自私、贪婪。

然后，他将微笑着从红月中走出，取走他们的生命，将他们的灵魂提炼成一颗颗瑰丽的珠子，灿如彩虹，莹洁无瑕。

千万年以来，他以为，人类，只有死去之后才是美丽的。

这一次却不同。

当终极之法从龙穆手中施展出的一刻，他惊讶地发现，在那张和自己一模一样的面孔上，竟浮现出神佛一般的光芒。

原来，那张属于他、属于魔的面孔，竟也会有这样的光芒。

原来，他，也可以不为魔。

他心底突然感到一阵深深的倦意，这是千万年来从未有过的感觉。或许是因为，千万年来他织下了太多的噩梦，日复一日，是到了该休息片刻的时候了。

又或许，只因为他做了太久的魔，已厌弃了自己的命运。

“好好睡吧，你的生命会是一场美梦……”

梦魔纤长而苍白的手指轻轻划过龙穆的脸，漆黑的眸子深处绽开一缕温柔的微笑：“——我为你织成的美梦。”

巨大的黑翼张开，徐徐托起他的影子，在空中凌风飞舞，越来越淡。

终极之法一旦发动，便无法阻止。发动此法之人，必将献出自己之身。

谁才是真正的自己？

佛，或者是魔？

黑翼被夜风撕扯成丝缕，弥散入夜色中，梦魔那缥缈的身影也渐渐破碎，在风中化为劫灰。

他是他的轮回，所以只有他，才能替他承受秘法的反噬。但梦魔，此时却忽然感到了一丝平安喜乐。

那是他永恒的梦魇中，所不曾拥有的。

这一次，他没有动用魔的力量，却最后一次操控了梦境——不再是为别人，而是为自己编织的一场幻梦。

似乎早在很多年以前，他就做过这样的梦。

那是他降生之初。

那时，天地洪荒，山河苍茫，人类第一次在月华下仰望苍穹。那时，他们还太弱小、太胆怯，只有彼此依偎着，才敢抬头仰视那浩渺无尽的宇宙。那时，他们的目光还不曾被傲慢、贪婪、伪善所沾染，是那么敬畏，那么空灵，那么纯粹。

于是，他们的梦境也没有鲜血，没有死亡，而是通透如月，充满了真正的欢喜、敬畏与庄严。

一如他初生时的目光。

裂纹在梦魔身上寸寸蔓延，从巨大的羽翼，到漆黑的长袍，一直到那张俊美无瑕、宛若天神镂刻成的面容。

一寸寸散为尘埃。

劫灰满空飞舞，用最后的力量，将龙穆托起，轻轻放置在沾满鲜血的大地上。

月光照耀下，龙穆苍白的脸上似乎绽放出一丝明月般的笑容。

从此，他的生命再不必瑟缩在阴影里面。他必将如传说中的王，引领着无数玄兵，建立起全天下的诗人都传唱不完的功勋。

太子惊讶地看着这一切，啧啧称奇。但这毕竟只是一个小插曲，无法撼动简碧尘的威严。所以，并不能引起他的兴趣。

“至于你……”

太子转身回来，望着李玄的时候，一张脸几乎被盛怒扭曲。

月宫已入九天，清凉气将它渲染成一轮金黄的满月，别指望任何人能过来救他。

李玄心中又冷又怕，颤声道：“我……我怎么啦？”

太子把手伸出，玉剑慢慢滑过李玄的肌肤。森寒的剑气让李玄全身都颤抖起来。

“我该拿你怎么办呢？”

他细细的眸子像是一条鞭子，将李玄紧紧缠住。

“是斩碎你、将你剁成肉酱，还是用十种酷刑一一消磨你？”

他猝然出手，扼住李玄的喉咙。

“我真是恨死你了！”

李玄拼命挣扎着。太子就像是他的魔星一般，身在九天清凉气中，他的一切法宝都用不上。

李玄就觉神志越来越浑浊，在太子慢慢扼紧的手下，他的呼吸几乎断掉。

他抽搐着，忽然，“铮”的一声响，太子踉跄后退。

定远刀感受到李玄即将死去的讯息，自动化形弹出。修长的刀身上吞吐着火红的烽火，那并非剑术，也非道法，却是九天清凉气所无法压抑的。

定远侯绝不容许李玄被杀。

杀意凌厉而出，直冲太子。

定远侯当年孤身入绝域，以超人之肝胆毅力降伏西域五十国，这等坚毅几人可比肩？定远刀乃其精神之寄托，秉承着这股坚毅果敢，烽火无边，侵吞着所接触到的每一种力量。

烽火大盛！

这几乎是能与龙皇相抗衡的力量，连太子都几乎被一刀斩中。

太子飘身后退，双目紧紧盯在定远刀上：“你居然有这样的宝贝……能将摩云书院闹得天翻地覆，果然不仅仅是个小混混。”

他似乎对摩云书院中发生的事相当了解。

桂树扶疏，向李玄压了下来。

李玄知道此刻生死瞬息，不敢怠慢，大叫道：“天书爷爷！快些想个办法出来！”

天书爷爷从他怀中探出头来，叹道：“这次我是没有法子了。早就跟你说，不要乱惹事，你看，惹出我的对头来了吧？身在九天清凉气之中，你叫我怎么帮你？”

他悲哀地咳嗽着，缓缓向四周打量着：“清凉月宫，好久没来这里了……”

太子脸上更是惊讶：“玄陛天书，你身上竟然有玄陛天书？”

李玄一刀在手，天不怕地不怕，笑道：“玄陛天书算什么，我还有阿拉神雷呢！”

天书爷爷抗议道："别将它跟我相提并论！"

太子似乎没听到他们的争吵，皱着眉头思量着。

"龙鼎血华、泥犁盘、清凉钥、雪天锋……

"九灵御魔镜、两藏千佛珠、四极逍遥剑、玄陛天书……"

他突然爆发出一阵狂笑，笑得跌倒在地上，不住打滚。

他浑然不顾满身锦衣上沾满万年尘埃，灰头土脸的，他也不管自己的样子有多么狼狈、滑稽、可笑。

他一直笑够了，才站起来，双手摊开，目光微微望着天，满脸都是敬畏："你相不相信天意？"

李玄完全不明白他说的是什么，他也不准备明白。眼前这个人怎么看怎么危险，这座金黄色的宫殿也让他很不舒服，还是赶紧离开的好。

最要紧的一点，是要救出龙薇儿。

"放了薇儿，我可以不杀你。否则……会燃火的刀，见过没有？很厉害的！"

太子的神色变了变。

"你也要救龙薇儿？"

李玄道："这些你都不要管，快些放了她。"

太子微笑："很好。我虽然答应简主不杀龙薇儿，但她身上中了十种剧毒，三十二种迷药，还有五种罕见的厉蛊。你若是想要我替她解毒，就要答应我一件事。"

李玄看了看龙薇儿，又看了看太子："有这么多毒吗？我不相信。"

太子的回答很干脆。

他伸手入怀，掏出七八十只瓶子来，花花绿绿的，有的里面装着粉末，有的是血水，还有赫然急速抽动着的毒虫。

他将这些瓶中之物，全部倒在了龙薇儿身上。

粉末溶散，血水沁入，毒虫入体。

李玄怔住。太子脸上的笑忽然变得可怕起来："不要向我质疑，也不要企图违抗我……"

他一字一字道："你现在只有一条路走，那就是服从我，按照我的话去做。”

“首先，放下你的兵器。”

李玄只能照做。

“吞下这枚桂实。”

那枚桂实好大，虽然散发着幽香，但怎么看都像是一块石头。李玄苦着脸将它拿了过来，眼前不禁闪过小玉的狞笑。

他认命地使劲将桂实塞入喉咙，他不能眼看着龙薇儿受到伤害。

他答应过她，要保护她，一辈子对她好。

尽管他的心，已经接受了苏犹怜，但他要对她好，这一生，都要像对妹妹一样，保护着她。

桂实缓缓滑落，艰难而抽搐地钻进了他的胃里。

一阵钻心的疼痛自胃中升起，李玄一声凄厉的惨叫，忍不住一头栽倒在地，满地打起滚来。

疼痛似乎扎进了他的肉里，他的骨髓里，不住蔓延着，生长着，钻进他的经脉，吞噬着他的生命。

李玄的惨叫声惊天动地，却无法让沉睡着的龙薇儿有丝毫动容。

良久，那疼痛才慢慢停止、消解。

李玄像死鱼般趴在地上，连一根手指都无法动弹。

太子蹲下身来，拍了拍他的脸，笑道：“这我就放心了……桂实已孵化，裹住九天清凉钥，在你体内生根。无论是谁，都无法将它取出来。”

他的笑容带着胜利的骄傲。

“现在，该是将你带去北极，交给龙皇的时候了。”

随着他的话，巨大的月宫慢慢转向，向北极方向飞去。

（后事详见《天舞纪. 4, 葬雪》）

图书在版编目（CIP）数据

天舞纪. 3，魅月 / 步非烟著. -- 北京 : 中国华侨出版社，2020.5
ISBN 978-7-5113-8103-3

Ⅰ. ①天… Ⅱ. ①步… Ⅲ. ①长篇小说－中国－当代
Ⅳ. ①I247.5

中国版本图书馆CIP数据核字(2019)第283339号

天舞纪. Ⅲ，魅月

著　　者：步非烟
责任编辑：姜薇薇
封面设计：Violet
版式设计：美味的蘑菇酱
经　　销：新华书店
开　　本：880mm×1230mm　1/32　印张：11　字数：310千字
印　　刷：天津旭丰源印刷有限公司
版　　次：2020年5月第1版　2020年5月第1次印刷
书　　号：ISBN 978-7-5113-8103-3
定　　价：45.00元

中国华侨出版社　北京市朝阳区西坝河东里77号楼底商5号　邮编：100028
法律顾问：陈鹰律师事务所
发 行 部：（010）82068999 传真：（010）82069000
网　　址：www.oveaschin.com
E-mail：oveaschin@sina.com